幼女戰記

Omnes una manet nox

〔9〕

カルロ・ゼン

Carlo Zen

Kadokawa Fantastic Novels

contents

內務人民委員部製作

聯邦

總書記（非常和藹的人）

羅利亞（非常和藹的人）

【多國籍部隊】

米克爾上校（聯邦指揮官）——塔涅契卡中尉（政治軍官）

德瑞克中校（聯合王國副指揮官）——蘇中尉

義魯朵雅王國

加斯曼上將（軍政）——卡蘭德羅上校（情報）

自由共和國

戴・樂高司令官（自由共和國主席）

相關圖

帝國

【參謀本部】

傑圖亞中將（戰務／東部檢閱官）—烏卡中校（戰務／鐵路）

盧提魯德夫中將（作戰）——雷魯根上校

【沙羅曼達戰鬥群 通稱：雷魯根戰鬥群**】**

第二〇三魔導大隊

譚雅・馮・提古雷查夫中校

└拜斯少校

　├謝列布里亞科夫中尉

　├格蘭茲中尉

　└（補充）維斯特曼中尉

阿倫斯上尉（裝甲）

梅貝特上尉（砲兵）

托斯潘中尉（步兵）

[chapter]

I

第壹章

侵蝕

Erosion

帝國的居民自以為理智。
令人驚訝的是，他們甚至還自以為明智。

沙羅曼達戰鬥群私訊　已通過審查

統一曆一九二七年六月二十九日　帝都柏盧

寫作鐵的道路，讀作鐵路。諸如波斯御道、古羅馬道路，這些全是國家的大動脈。對現代國家來說，鐵路這條鋼鐵製大動脈也連接了點與點，形成了面。

城市與城市，最終是祖國與前線。

連結國土要衝，讓國民與物資往來，然後最重要的，是讓國家作為「民族國家」有機性且強力地結合起來的特性。

對陸軍大國帝國來說，戰時不可能會有更勝鐵路的運輸路線。強韌的基礎建設才是戰爭機械的根本。

鐵路即是力量的根源。

正因為如此，一旦達到帝都柏盧的玄關口——中央車站的規模，就算形容是將活力注入鐵路網這條四通八達的大動脈的帝國心臟，說不定還太低估了。

畢竟鐵路被過度使用的程度，完全不是血肉臟器所能負荷的工作量。鐵的心臟、鐵路的大動脈，以及靠蒸氣運轉的心臟部位。

隔著緩緩駛進月臺的機關車拖曳的客車車窗，駛進月臺的機關車、跳上跳下火車的乘客，還有前來送行的人們身影絡繹不絕的景象映入譚雅眼簾。

儘管不是剛才因為內容太過分而丟到座位上的報紙當中的一節……但這是述說著「帝國的強大」的景象。

裝載的貨物大都是軍需品吧。這正是帝國這個國家活絡地從工廠收到物資，再將物資送往前線的充分佐證。

隔著頭等車廂的車窗看到的喧囂，一如往昔。

「回來了啊。」

喃喃地。

感觸良多的一句話自譚雅嘴邊滑落。

這是個適合旱季大規模作戰的季節。能在這之前離開東部純屬僥倖。儘管是激戰連連的東方戰線，也還是維持著讓部隊返回後方重新編制、休假的，真的是最低限度的正常性。

身經百戰的雷魯根戰鬥群也一樣能為了在本國療養與重新裝備而歸還。意外地，這當中說不定也包含著傑圖亞中將閣下的關照之意。

不對——譚雅就在這時苦笑起來。

「損耗也極大嗎？考慮到重裝備喪失過多的情況，這就不是過於優厚的待遇了。」

部分重裝備要另送，讓阿倫斯、梅貝特兩名上尉埋沒在另送品申報書與補給計畫書的山堆裡。這是為了在本國進行重新編制，官僚機構動起來的佐證。

只要想到能與聯邦兵的喊聲、衝鋒攻擊，還有裝甲厚得莫名的聯邦軍武器群說再見，即使是他們也會興高采烈地處理文件吧。

一陣輕快的敲門聲打斷她的沉思。請求入室的聲音來自謝列布里亞科夫中尉。

「中校，抵達了！」

副官帶著滿面笑容報告，該說是浮躁吧？她露出一臉幸福的表情。

「好不容易歸還了呢。」

「是呀，是闊別許久的帝都。真虧我們有辦法回來呢。」

部下笑咪咪的開心說道。只不過譚雅的心情卻沒有好到能對她回以微笑。

「還不到毫無瑕疵，愉快痛快的歸國就是了。前線與後方的溫度差真的幾乎讓人抓狂。」

譚雅指著丟在座位上的報紙，朝她蹙起眉頭。

「剛剛讀的時候，我可是完全無法理解喔。」

「……氣氛有點艱澀呢。」

「中尉，明確指出來也是一種溫柔喔。像是『一群笨蛋』。儘管不知道是誰在審查，但後方的人似乎不懂得『現實』這兩個字。」

在搭上從東部前往帝國的列車時，那怕背負著傑圖亞中將耐人尋味的話語，心中某處也仍然受到「安全的後方」這五個字所困。

可悲到要承認有必要解構，是在翻閱過車內販售推車經過時買到的報紙之後。

「在後方居然蔓延著這種蠢話呢，真是叫人吃驚啊。」

一直以來又在突出部又在最前線的，沒完沒了地陪著共匪玩。要說是情報差距吧，關於現狀會奇怪到呈現浦島太郎狀態，也是無可奈何的事。

「這是在遠離文化生活的前線所無法取得的讀物。看過之後差點讓我抓狂。究竟是我被戰爭搞壞了，還是後方的傢伙在不知不覺中壞掉了。好啦，是哪一邊呢？」

「……啊，哈哈哈哈。」

「述說帝國軍在東部優勢的論調真是瘋了。根據記者大人的說法，我們在東部似乎照三餐享用熱騰騰的肉食和湯品……這種東西到底在哪裡啊？」

就連露出苦笑的副官也很清楚吧。所謂的審查也就是只讓民眾知道公認的價值觀。

「應該招待諸位審查官來趟東部參觀之旅吧？就算要照三餐提供現場的食物也無所謂。」

要是不讓他們看一下現實，可就傷腦筋了。

當然，就連譚雅也打從心裡明白，戰時的報紙會寫滿「無可救藥的偏見」與「政治宣傳」。

也早就知道因為審查官的頭腦簡單，所以會過度愛國，好戰到無可救藥的情況。可以說即使是久違地拿到報紙，也打從最初就對這些做好覺悟了吧。

總之，只需看文章之中的意思就好。只要具備知性，這就是非常顯而易見的事。

——但是，沒辦法。

如果是論調讓人無法接受的報導，就還「忍受得了」吧。要怎樣解釋事實是個人的良心與知性的問題。我們必須要尊重思想的自由。

這還可以。

真的，「只有這樣的話」就還可以。

然而，從三餐來看就是滿滿的大本營發表。要是連戰果與戰局都寫滿一整面的虛偽事實，也會讓人想不顧他人目光的嚷嚷起來了。

拿起報紙的瞬間，她因為太過生氣，還差點把報紙扯破，在朝著錯愕的部下丟過去後，譚雅隨即叫來值勤兵。

「不是迅速準備熱騰騰的湯品和肉食提供給我的部隊，就是立刻去準備車內所有的報紙。」面對這種要求，值勤兵很確實地準備了堆積如山的報紙。

也就是說，關於食物完全沒有著落。然後，如果要形容譚雅在索取了車內所有報紙之後所抱持的感情，就是用憤怒的表情踏上「理應舒適的後方」吧。

「中尉，政治宣傳是要讓人相信的東西。沒錯吧？」

「那個，是的。」

「散播政治宣傳的一方看來陶醉在自己的話語裡呢，這就是所謂的無可救藥。」

雖然知道他們想鼓勵「為了前線，要在後方吃苦」的價值觀。不過這種前線三餐提供熱食、盡情吃肉的報導，也讓前線歸來的軍人看得很有意見。

唉——譚雅一面嘆氣，一面從座位上起身。

「……讓妳聽到無聊的抱怨了。」

「不會，前線與後方的溫度差距很大……我能理解中校的心情。」

不知是在陪笑還是在附和，總之點頭表示能夠理解的副官，與人交際的能力很優秀。換句話說就是能幹……但不是全員都是這種人。

部下也是人，也就是有著個性。跟「即使是戰鬥狂也有濃淡分別」是同樣的道理。或許是這樣吧。

對了——譚雅說出想到的事情。

「要是全員的理解力都跟貴官一樣好，我也就輕鬆多了。休假時要先讓戰鬥群的各位戰友徹底明白這件事。」

「遵命。」

「很好。」回應她一句的譚雅，聽到車外傳來的歡呼聲。大概是下車的士兵在對久違的本國發出歡呼吧。

她非常理解他們的心情。

「大家都下車了吧。我們也走吧。」

畢竟本來就是前線歸來的軍官。一個將校行李箱就能裝完身邊的私人物品，不是戰利品的東部土產則是塞進戰鬥群的搬運品裡。

只需輕輕提起就準備完成了。

再來，只要無視對身高來說有點吃力的階梯高度跳到月臺上，就是本國的大地了。如願以償的本國。

安全的後方。

任誰都希望的存在。

當然，譚雅也打從心底渴望著這些。懷著度日如年的心情，就連作夢都會夢到。

「失禮了，請問各位是雷魯根戰鬥群的人嗎？那個，請問哪一位是將校？」

「唔，不是參謀本部派來迎接的人呢。」

「我是國鐵的人……能稍微打擾一下嗎？」

「就交給妳了。」

譚雅一面讓副官去對應，一面再次委身在思考的流向之中。儘管差點被三餐熱食的報導所困，除此之外也有太多該考慮的事。儘管如此，為了思考所不可或缺的關鍵的自由時間，在東部卻太少了。

所謂的餘裕即是冗餘性。如果想追求最大限度的效果，就必須同時追求效率性與冗餘性。

正因為不用煩惱敵襲，所以能順利思索。

不過所思考的事不是有生產性的計畫，也不是對未來抱持希望的人事計畫，更不是作為企業品牌戰略的社會貢獻，而是非常沒有生產性的戰爭。

還真是知性活動的浪費吧。難以避免這點，讓人由衷感到厭惡。

戰爭如果只要開始，非常簡單。再怎麼愚蠢的人都有辦法射出一發子彈。

只需看塞拉耶佛事件就好。

即使是賢者也會被愚行所殺，卻不知道這會帶來怎樣的結果。正因為是難以想像的愚蠢，所以才會扣下扳機。

有信念的人在做好覺悟後掀起戰爭，這會是永遠的幻想吧。當深信自己是正確的笨蛋陶醉在自己的正義之中時，將會對世界造成極大的麻煩。

非常單純。就是犯下蠢事的狗屎，與負責擦屁股的狗屎負責人之間的惡性循環。

那麼——譚雅·馮·提古雷查夫中校就連在踏上帝都，站在軍用月臺上之後也仍在想著。當事態來到所有人都開始認為只有自己是正常時，該準備怎樣的尿布啊。

我可不是在當看護或褓姆，為什麼得去煩惱這種事啊？儘管蹙起眉頭，但只要想起在東方戰線因為擔憂襪子而內心煎熬的事情，就只能放棄地認為「業務就是會影響到無法預期的領域」。

「……哎，我也太負面思考了。」

儘管有辦法撐著不在部下面前唉聲嘆氣，但心中的嘆息早就囤積已久到該擔心會不會造成全球暖化效果的程度了。不用擔心會被課碳稅是唯一的救贖吧。

譚雅甩甩頭，然後把臉抬起時，確認到正要回到自己這邊來的副官身影。手腳俐落的人員還真是難得的人才。

趕回來的她做出的報告卻不怎麼好。

「中校，國鐵說參謀本部會派接送用卡車過來……但會稍微遲到一下。」

「什麼？」

啊，不對——譚雅就在這時，讓聽到「會遲到」而差點蹙起的眉頭恢復原狀。

「沒事，辛苦了。那就等一會兒吧。」

當然，不論是誰，遲到都是不像話的事。嚴守時間是商務的基本。更何況如果是軍隊，這可是大原則。不過這是參謀本部派來的車輛。也不是無法察覺他們的遲到肯定另有內情。

更何況就算撤換現場人員，也沒辦法解決事情。

責備帶來壞消息的人，就只會是笨蛋、無能或是不負責任的傢伙，總之就是該抓去槍斃的愚者。

由於無可奈何，所以要進行善後策略。

「副官，去向國鐵方確認有無待命場所。我們人員眾多，在月臺上待太久應該會妨礙物資流通吧。」

「遵命。要順便處理行李的寄送手續嗎？」

「無妨。如有必要，就連休假手續與相關車票的購買也一起處理。」

時間不該浪費。現在能做到的事就要趁現在一步步地做好。

「我想必須經由參謀本部的事項也很多，不過就先向國鐵確認返鄉車票的空位吧。就算要分配，也想知道擠不擠得進去。」

「那麼我就先去確認需要多少長距離列車的座位。」

「也是呢。就趁現在讓士兵自己去申請吧。就算是討厭文書工作的傢伙，也知道要怎麼寫休假單吧。」

這種時候自己也想休假。就寫休假單提出吧。

只要以提古雷查夫中校的名義向雷魯根上校提出，再以雷魯根上校的名義審批，就能公然取得休假了不是嗎？

「得考慮一下休假呢。」

要做什麼好呢——正當譚雅有著這種愉快心情時，現實襲向了她。所謂的現實總是這麼地不客氣。

「啊，中校，妳在這裡啊。」

若無其事搭話的聲音傳來。然而，聲音主人掛著的階級章，是屬於譚雅上級的「上校」。

「好久不見了，不對，就立場上應該說我們見過好幾次面了吧。」

「咦，雷魯根上校！」

譚雅一面連忙敬禮，一面繃緊差點鬆懈下來的神經。

應該在義魯朵雅方面從事「交涉」的上校，特地歸還迎接。她已經聞到麻煩事的味道了。

「你已經回國了嗎？」

「雷魯根戰鬥群因休假返回帝都了，我在這裡一點也不奇怪。」

雷魯根上校儘管若無其事地說著場面話，但就譚雅所知，他的臉色前所未有地難看。

最主要還是回答的語調。

以前的話，應該會再稍微不苟言笑一點……但變化顯著。

要說是諷刺吧，會更常擺出嘲弄般的態度。是因為戰爭的壓力嗎？

雖是無可厚非的事，但對正常人來說，戰爭是種太過不文明的行為。

只不過，追究也要適可而止吧。

「姑且需要去參謀本部做歸還報告。官方紀錄上的一致性就只能事先調整好了。」

「誠如上校所言。」

「不過，在這之前就先讓我盡到報喜訊這個令人高興的職責吧。戰鬥群的各位！有關各位的休假……上頭安排了療養地喔！」

看準將兵群起注目過來的時機，雷魯根上校高聲喊道。

「是參謀本部的強硬要求。要是希望，就連返鄉列車也會幫忙安排頭等車廂。各位，真是辛苦你們了！儘管時間不長，但就盡情地享受帝都生活吧！」

高呼萬歲或是喝采的聲音迴盪開來。

在雷動的歡呼聲中，雷魯根上校禮儀性地握起譚雅的手。

「貴官也辛苦了，中校。」

「感謝你的慰勞，上校。」

雷魯根上校就像是覺得很好似的點頭後，隨即以能讓周遭人聽到的音量高聲說道：

「接送用的卡車似乎遲到了，不過再過二十分鐘就會抵達。儘管有點性急，但我準備了休假用的配給車票，就趁現在分發給部隊吧。」

他用像是要求安排事情的眼神瞥了一眼後，譚雅立刻將工作分配給副指揮官。

「拜斯少校，由你全權處理。」

「遵命！」

由於拜斯少校像是要展開行動似的讓各級軍官列隊站好，讓他們說出要求，人群就從譚雅他們身邊消失了。

在車站的正中央形成了一個小型空洞。

「妳是謝列布里亞科夫中尉吧，辛苦妳了，退下吧。這段期間能去幫我準備一輛車嗎？」

即使如此，雷魯根上校也仍不滿意的樣子。

「中尉，照上校的吩咐去做。」

「遵命！」

畢竟是我那懂得小跑步匆忙離去的副官。想必有聽懂言外之意，會在適當的時機回來吧。

只不過就算是拿事務為由，這也依舊是在趕人。居然會做得這麼徹底。

「她是可信賴的副官。」

「必要性要求我這麼做。」

是非常令人不安的一句話。

「我是來在貴官抵達參謀本部之前簡單說明事情的。時間有限，就先跟妳說三件事。」

「是。」

點頭回了一句「很好」，雷魯根上校就很沉重似的開口說道：

「第一件事，參謀本部與最高統帥會議持續在針對東方大規模作戰的實情激烈爭論。實際上幾乎就快抵擋不住了。是閣下勉強擋下來的。」

「大規模作戰？」

沒錯——就像小鳥細語似的沉下聲音，雷魯根上校接著說道：

「安朵美達作戰的挫敗，顯示聯邦軍的骨幹依舊健在。因此計劃在擋住即將到來的聯邦軍反攻之後整理戰線。這是參謀本部提出的初期方案。」

是怕隔牆有耳的低語吧。只不過更像是從語調透露出的苦惱，讓他自然而然地壓低音量——甚至讓人有著這種印象。

「最高統帥會議對初期方案的反應很慘澹。他們沒有理解到時間與空間的原理。希望如果要犧牲空間後退，也能接著拿出相應的『戰果』。」

「戰果？」

「就是萊茵戰線的旋轉門。他們要求我們重現那個……也就是只有東方的大規模引誘殲滅戰能讓後退正當化。」

沒問「他們瘋了嗎？」，是因為早在很久以前就理解到了。軍方與政府儘管看著相同的世界，卻早已不是同一個世界的居民。

他們是在哪裡搞錯了？

「不允許只是後退的話，就會變成非常高風險的作戰吧。」

「參謀本部又再一次的要求著足以讓戰爭結束的戰果啊。」

用疲憊的語調擠出來的事實，還真是奇妙。

「上校，這是不可能的。」

「……貴官居然會說出不可能這種話。」

「參謀將校的本質，是看出可不可能。旋轉門是以低地地區的環境作為大前提的戰術。請看看東部，各方面的環境都相差太多了。」

「這我當然知道……我當然有用這雙眼睛看到、理解到，中校。」

雷魯根上校就像呻吟似的再次說道：

「東部很遼闊。」

這就是問題。

那裡「太過遼闊」了。因此帝國軍展開了機動戰。

藉由機動戰適當地殲滅敵人，說起來是很好聽，聽起來甚至就像是掌握了主導權吧。

敏捷的我軍玩弄著鈍重的聯邦軍！

在政治宣傳上，這是最棒的說法。甚至能寫滿一整面的報紙吧。

但是，實際上並不是「在挑選之下」選擇了機動戰。實際的情況是「被選了」。畢竟帝國軍沒辦法採取機動戰以外的選擇。

在太過遼闊的東部，教範上的防禦陣地是在痴人說夢。畢竟那裡太過遼闊到不論是兵力還是物資，所有的一切都不夠。慢性缺乏狀態持續太久了。就連少數受到例外性的幸運眷顧，還保持著完全充足的師團都不例外。

因為跟到處都是擔任地區的守備範圍相比，兵力並不足夠。

「上校，那麼為何會在這種爭論上幾乎抵擋不過來？光是要持續維持太過遼闊的戰線，就會必然地，如果會有防衛線……就會以要塞為基準。必須明確承認帝國軍不得不依賴機動戰。

「……殲滅聯邦軍的預備兵力是為了穩定戰線所難以避免的，也沒辦法對戰線置之不理。儘對我軍造成不可逆的磨耗吧。」

管這確實是權宜之計，但我們不得不要求東方方面軍依照教範進行有限的攻勢防禦。」

「恕下官失禮，依照教範的對應策略，有可能辦到嗎？」

就連正常的戰線都沒辦法後退，這就是東部的現狀。所謂的戰線和萊茵的壕溝戰不同，早就沒有確實的形體很久了。

藉由攻勢防禦整理戰線的點子，得要有戰線才有能實現。「除非是笨蛋，不然任誰都知道這是不可能的事。」——這裡要不是帝都的車站，自己恐怕會咆哮起來吧。

「……妳說得對。因此到頭來還是不得不作為『戲劇性解決對策』進行包圍殲滅戰吧。」

「太矛盾了。說到底，在東部根本就無法實現聯邦軍的大規模引誘殲滅，這點相信上校也很清楚吧。」

在太過遼闊的空間裡，要怎樣包圍敵人？就連在索爾迪姆528陣地周邊進行的單翼包圍運動，對帝國軍的負擔都太過沉重。就連這種在東方的小規模作戰，都需要傑圖亞中將親自陣前指揮，帶頭進行。

……大規模作戰？要說夢話也要有個限度。

「如有必要，也考慮讓一部分的敵兵突破包圍……只要不顧傷亡全力執行的話，或許吧。最起碼能成功一次吧。」

若無其事地說出口的內容太過重大了。只覺得是無視東部現實的紙上談兵。這可不是能存檔、讀檔的遊戲啊。

居然要捨棄安全策略，簡直難以置信。

「上校認為有辦法引誘？」

儘管雷魯根上校不發一語點頭的表情很僵硬，譚雅也不得不說。

「只要錯判敵人的主攻，全軍就很可能會連鎖性的瓦解吧。」

「……我無法再多加評論。就立場上也不能說是沒有成功的把握。」

「就假設『縱使』成功的話吧。即使如此……」

就在這時，雷魯根上校一臉意外的嗤嗤笑起。

「原來貴官也會依靠『樂觀論』啊。」

以不知是笑還是嘲笑的曖昧語調說出的，是一句完全出乎意料的話。意外之餘，譚雅忍不住渾身僵硬。

才正要談論成功的假設，就被評為是「樂觀論者」？這還真是露骨的雙言巧語！雷魯根上校豈不是明知新的作戰毫無成功的把握，還滔滔不絕地說著場面話嘛！

於是，譚雅就判斷要再更進一步地說道：

「即使是下官，也不是不期待軍方的成功。只不過，縱使成功，也難以說是能結束戰爭的一擊……」

在五月，帝國軍達成的鐵鎚作戰非常成功。恐怕是無法再指望更多的模範性成功吧。

帝國的目的是殲滅敵野戰軍，而為了實現這點的目標是達成鐵鎚作戰。可以說目標完美達成了。莫大的戰果；龐大的戰利品；難以置信的進軍距離！儘管如此，就連這種程度的成功都仍然不足！

根本的目的，也就是聯邦軍依然存在。他們的骨幹儘管嘎吱作響，卻毫無斷裂的跡象。這是與世界為敵的帝國，還有化為世界一分子的聯邦所展現出來的恢復力差距。

單純到殘酷的國力差距，也在總體戰上襲向了作為精密戰爭機器的帝國軍。怎麼會有辦法逃離呢？

「正因為如此才想給他們強烈的一擊。上頭大概是這麼想的吧。」

「……既然如此，首先必須要有航空戰力。」

就連將僅存的航空戰力集中投入，暫時取得空中優勢的東部天空，如今也怎麼了！就連要在自軍上空勉強維持抗衡狀態，都漸漸地變得沒有餘力了。

要是上頭有解決這個問題的覺悟就好了。

「有航空戰力的大規模增強或轉用的頭緒嗎？恕下官失禮，假如無法徹底確保東部天空，大規模作戰是……」

「不可能再集中部署了，西方工業地帶會被炸毀。怎樣也不可能。」

喂喂喂——譚雅忍不住瞠圓了眼。儘管以在車站月臺上的談話來說是個太過危險的話題，但還是不得不講。

「……那可是帝國的基礎產業地區。唯有西方工業地帶的防空體制會固若金湯吧？」

「在過去是這樣沒錯。畢竟貴官還不曉得最近的西方空戰呢。」

唉——雷魯根上校深深地嘆了口氣。

「幾乎沒有精實的部隊，目前是將新人與少數的資深老手混合運用。到處都沒有外線部隊，只能一味地抵禦攻勢，這就是如今的實際情況喔。」

上校只有表情開朗的述說寒酸現狀，讓人目不忍睹。要傳達現狀的艱困，沒有比這更好的方法了吧。

「這就是第二件事。西方空戰情勢顯著惡化，結果為了中斷對南方大陸的空中支援，甚至還提議要中止遠征軍。也有考慮要與義魯朵雅進行交涉。」

不是缺乏餘力。

是根本毫無餘力了。枯竭了嗎？甚至必須像擰毛巾似的集結兵力吧。

譚雅還以為自己理解現狀有多麼嚴重，但是在聽到雷魯根上校接著說出的話語後，整個人頓時僵住。

「因此終究得請妳重新做好覺悟了。就連像貴隊這樣的強力部隊也不會有補充人員了吧。」

「……沒弄錯嗎？」

「至少今後基幹人員等級的補充人員會變得非常難以取得，想請妳理解這一點。直截了當地說，就是沒有頭緒。」

資深人員是核心。

核心不會來了。

「上校的意思是，就連對第一線部隊，也難以再增加基幹人員了嗎？」

「受過訓練的人員不足……真的是到處都沒有剩餘兵力了。」

沒有核心，是因為拿不出來。就連不是志願役軍隊，而是徹底徵兵的總動員國家體制，都還是一樣拿不出來！

到處都沒有該是支撐起軍隊這個龐然大物的人員，即使是帝國這個現代官僚制度的極致都擠不出來？

「結束的開端」。

過於可怕的可能性。這一點會伴隨著真實感在腦中閃過，是因為脊背發寒不已。就算想開朗地一笑置之，事態也太嚴重了。

新兵不會來。

新人不會來。

也就是說，連要採用應屆畢業生都沒辦法！

即將瀕臨破產。假如事不關己，就是將有實力的員工挖角過來的大好機會，會笑得合不攏嘴；但要是事關己身，就想笑也笑不出來了。

就像是要轉換尷尬的氛圍，雷魯根上校甩甩頭，把臉靠了過來。

「最後這件事，雖然還沒有正式決定……算了，還是該先知會妳一聲吧。」

「是，請問是什麼事？」

只要能一掃這討厭氣氛的話——她握緊小巧的拳頭；就算是假設性的話題也好——譚雅故作輕鬆做出回應。

「……這是事前確認。稍微做好覺悟。」

雷魯根上校的語調沉重。樂觀的推測立刻瓦解，還不得不大幅修正估算。

看樣子是壞消息。只不過，在將不可能的任務丟過來時，從來就沒問過我方意見的軍方，竟然會做「事前確認」？

不知被嚇到的譚雅有多害怕，雷魯根上校一面做出「這終究只是私人對話的一部分」的前提，一面開口說道：

「儘管都已經說了這麼多，但這段話真的不能讓人聽見。把耳朵靠過來。」

考慮到身高差距，會形成彎腰屈膝的姿勢。這有失體面吧——儘管這麼覺得……但也只能這樣了。

譚雅輕輕走到雷魯根上校腳邊，把耳朵貼向蹲下來的對方嘴邊。

「說不定會要妳執行首都空襲。」

「……要直擊倫迪尼姆嗎？」

原來如此，確實很重大。

是需要隱密性的大任，也不得不做好犧牲的覺悟。如果是要我們去再次襲擊莫斯科並取得類似的成果，就得說明狀況已和開戰時不同了……

「中校，不是。」

「那麼，該不會是……莫斯科，再一次？」

考慮到共匪的猛烈抵抗……成功的把握趨近於零。所以在無意間讓詢問的語調不得不帶有懷疑的語意吧。不過，就連譚雅這悲觀的推測，都跟雷魯根上校評判的一樣，是太過「樂觀」的覺悟了。

「不，不是。提古雷查夫中校。」

雷魯根上校輕輕地將手放在譚雅肩膀上。假使不是錯覺，儘管微弱，但那隻手確實在顫抖。

「目標……是這裡。」

「這裡？」

壓低音量，顧忌周遭，然後雷魯根上校才總算將手指指向地面，再次說道「是這裡」。

「這裡，是哪裡？這裡是柏盧，帝都柏盧。具體來說，就是想請妳對最高統帥會議進行夜間轟炸。」

「……咦？」

人在聽到難以理解的文字脈絡時，似乎會當機。

轟炸命令能夠理解。夜間轟炸的要求很單純。我確實很願意去達成。

因為作為帝國軍的職業軍人，譚雅・馮・提古雷查夫中校以親自率領航空魔導大隊完美達成過無數次襲擊的實績自豪。

但是！但是！但是！

居然是柏盧？

是對柏盧的轟炸命令？

這次，譚雅真的忘記這裡眾目睽睽，險些大叫起來。

「這……這裡可是帝都喔……！」

即使努力反省，聲音也依舊顫抖。蹲下身軀，將臉從這裡別開的雷魯根上校自己也怎樣都難以說是平靜吧。

深呼吸後，他以彷彿是硬擠出來的聲音說道：

「必須讓政治家清醒過來。不會要求妳真的投彈。參謀本部只是渴望著一場帶有緊張感的演習作戰。」

就像慌張似的補上「假設」的說明。不過，縱使是演習，凡事也有個限度在。

「恕下官失禮，上校。」

想不讓聲音顫抖相當困難。

「是要我們擔任這種異常的假想敵？」

這怎麼看都近乎軍事政變了。或者說是稍有差錯，就很可能真的演變成「軍事政變」的行動。

「以最高統帥會議為目標，實在是……」

「假使是聯合王國在襲擊首都，也會攻擊同一個地方吧。就是這麼一回事。必須要有讓攻擊方、防守方都認真起來的理由吧？」

「就這樣讓他們誤會？」

「會安排成是演習聯絡的疏失。再三警告帝都的防空體制離完美相距甚遠的參謀本部，在為了實際進行實證研究而實施演習時，卻發生聯絡疏失，導致警報響起。到時會是這種情節。」

以故事來說，是相當有可能發生的虛假故事。原來如此，是要演一齣戲來發出警告。然後要讓他們信以為真？

怎麼可能答應？

有誰會想在不知不覺中，被當成軍事政變的實行部隊行動啊？要是搞砸了，將會作為國家反叛者被送上軍事法院吧。

就算是場面話，也不可能答應這件事。

「請恕下官不想被我方開槍射擊。外行人會把事情搞砸，所以才可怕。要下官說明一下在東部有個愚蠢的外行管制官，想引導效力射攻擊我們戰鬥群的事情嗎？」

「在現狀下，縱使有蠢蛋向你們開槍射擊，妳就讓他們射吧，中校。」

「……咦？」

「有對防空部隊『發出』通知。為了避免彈劾，有徹底落實軍方內部的聯絡。要是在這種狀況下開砲的話反倒剛好。」

這話是什麼意思？——譚雅立刻開口追問。

這是太過於危險的界線。

「失禮了，請恕下官難以服從。首先，這豈不就是在大聲宣揚帝都的防空體制很脆弱一樣嗎？很可能會誘發聯合王國的戰略轟炸。」

「……姑且不論帝都，只要自己等人深信安全的住所差點遭到轟炸，我想那些政治家也會清醒過來吧。」

狠狠說出的話語之中，充滿著厭惡與煩惱。雷魯根上校也確實有著對於政治家的憎惡吧。儘管是意外的一面，但人在這種時候似乎也會露出本性。再加上他有展現出情感，也讓人稍微安心下來。

不同於對政治家的直率意見，與最高統帥會議之間的隔閡是風言風語。是不是真心在推動這點，是個儘管細小，卻很重要的差異。

「上校，剛剛的話，你是認真……」

「如果要完全不擇手段，這是最快的方法。」

但還是想慎選手段——也就是這個意思吧。

雷魯根上校在根本上果然是個有良知的人吧。就這點來講，上述的言論就富有許多暗示。

「……如果能選？」

「中校，能乾脆依貴官的獨斷，誤射不會死人的術彈嗎？不……這種說法終究太卑鄙了。」

將別開的臉移回來，就像是從肺腑之中擠出這句話來的上校面如土色。這真的就像是在危險界線上所擠出來的一句話。

「恕下官失禮，雷魯根上校。」

譚雅自身所知的雷魯根上校，不是會說出這種話的人。她不會說自己能確實地掌握人性，這會是種傲慢吧。然而，他曾是名具備善良性與公平性，值得致上敬意的市民。

市民雷魯根態度驟變。

正因為如此，譚雅才不得不問。

「到底怎麼了？」

是遲疑吧。

雷魯根上校肩膀微微顫抖，拿出雪茄盒。

「鐵鎚作戰的勝利是戲劇性的。當時儘管在義魯朵雅擔任交涉中的一角……但在那瞬間，我甚至是感謝起你們開拓了祖國的未來。」

「榮幸之至……共匪的抵抗頑強，考慮到那導致眼前的狀況，完全是空歡喜一場就是了。」

「要來一根嗎……啊，不，勸貴官抽菸是找錯對象了吧。」

「上校？」

「……一時性的停戰方案，因為上頭的關係沒能談攏。我能說的就是這些了。」

夠了——丟下這句話，上校立刻恢復憂鬱的表情站起身來。接著在用莫名粗暴的態度取出打火機後，點起雪茄。

「那曾是『主要目標』。」

「咦？」

「別問。接下來的事，就算以我的權限……也終究沒辦法說。」

「是下官失禮了。」

呼——雷魯根上校一面抽著雪茄，一面以疲憊的表情恨恨說道：

「……我們是軍人。必須服從軍務的命令，回應需要並善盡職責。有時也會感到厭惡。」

「恕下官失禮，下官也深有同感。」

對譚雅來說，問題非常單純。「需要」這兩個字要求得太多了。

「很可悲的，和過去的各位戰友不同，我們還活著。」

活著，還真是美好。人的性命要像這樣更加珍惜地使用吧。就算是有需要，因此浪費掉也難以說是非常合理的行為。

「即使他們倒下了，我們也必須將子彈上膛，繼續面對敵人。還是說上校要消沉地沉浸在感傷之中嗎？」

「給我訂正，我實際上是很消沉。最近總覺得腳底下的感覺很不牢靠。對於自己是還活著，還是曾經活著都感到不可思議起來了。」

「上校？」

「對外一般宣稱我人在東部吧，就跟這一樣。到底何為真實，何為謊言啊？」

在義魯朵雅這個陽光普照的土地上悠哉過活的人，其實是待在「東部」——只要揣摩自嘲的雷魯根上校的內心想法，就是這麼一回事吧。

只不過，譚雅不是偏重現場主義的人；也十分熟知要是輕視後場的重要性，就將會導致組織整體瓦解的事實。

「真不明白究竟是為了什麼而戰死……為了什麼而犧牲。」

「上校？」

「啊，沒事，變成在抱怨了。就算跟他人抱怨也無濟於事啊。」

雷魯根上校邊用長靴踩爛雪茄菸蒂，邊低聲發著牢騷。

這是難以說出「自己方才也在客車上向副官抱怨喲」的氛圍。譚雅露出曖昧的陪笑，若無其事地當作沒聽見這句沉重的話。

「我們的未來，就只有神才知道吧。」

「不好意思，下官信仰的是這個。」

譚雅用手指用力彈了一下掛著的寶珠。

艾連穆姆工廠製九十七式〈突擊機動〉演算寶珠。有別於受詛咒的九十五式，是對身心友善的清淨傑作。可悲的是，能夠運用這個的魔導師補充人員才剛被雷魯根上校說「不要期待了」。

……九十七式是連受過最低限度訓練的補充魔導組都需要反覆嘗試的東西。搞不好讓今後補充的人員使用聯邦製的演算寶珠，生存率還比較高也說不定。

真是可怕的現實呢。

「相信自己嗎？很好的心態。」

雷魯根上校嗤嗤笑起，這時總算重新擺出對外的表情。乍看之下是張無比認真的人格面具。

還真是出色的偽裝。

「去向盧提魯德夫中將覆命吧。雖是形式上的，但我還能跟妳說些包含義魯朵雅方面情勢的小故事。」

「遵命！」

悄悄話就到此結束了。

實在是才剛回來，就在測試自己的胃和自制心的瞬間。讓人回想起對於像譚雅這種比起政治動物更像是工作狂的人種來說，只覺得無益的公司政治。

不論在哪裡，說起來都會遇到的東西。

真難受。

為什麼大家都無法在工作上邁進？比起互扯後腿，以競爭方式進行合作明明就有效率多了。是愛社會的精神不足嗎？有社會才有人，有社會才有文明，總歸來講就是要有社會才有組織啊。

唉——輕輕嘆了口氣，譚雅特意甩了甩頭，轉換心情。

必須走了。

停留在這裡就只會礙事。

「換個地方吧。車子就這樣命令謝列布里亞科夫中尉駕駛嗎？」

「當然。抱歉，中校。就麻煩妳了。」

「不會，上校，感謝你這一席寶貴的話。請稍待片刻。」

留下會迅速處理好的話語後，譚雅就走到身為部下的將校身旁向他搭話。

「拜斯少校，有空嗎？」

「是的，中校。」

有何吩咐嗎？——對於有幹勁的部下，譚雅迅速命令他妥善處理之後的事。

「我要帶謝列布里亞科夫中尉陪同上校前往參謀本部。貴官儘管辛苦了，但就帶隊在這裡等待卡車抵達。」

「遵命。就讓我先行享受休假氣氛了。」

無所謂啊——譚雅對副隊長的答話笑了笑。

「不過這可是雷魯根上校的安排喔。我不會要你一本正經的嚴守軍規，但也別太過喧鬧。」

遵命，中校——對於爽快答應的副隊長，譚雅明知多此一舉，也還是囑咐著他。

「這裡是後方。儘管就跟大家都知道的一樣，但在解散前要徹底落實在東方戰線的封口令與情報管制。姑且不論我們魔導大隊的老兵，中途參加組也有許多補充人員。」

要是不小心說溜嘴可就麻煩了，畢竟可不能給雷魯根上校添麻煩。

最重要的是，雖然大概不會像日俄戰爭時一樣，帝都內到處都是間諜……但諜報對策就算不用偏執性的進行，也最好還是要多加留意。

這可是在與共匪和約翰牛打仗。

對了——譚雅就在這時將一聲輕輕嘆息吞了回去。對像帝國這種耍小手段超弱的國家來說，跟這些傢伙打諜報戰就只會是一大罩門。

「願盡微薄之力。之後也會向梅貝特、阿倫斯兩上尉還有托斯潘中尉轉達，請交給我。」

「抱歉，但就麻煩你了。好啦，我就去適當演說一下吧。」

於是，譚雅就讓部下集合，稍微演說一下，分配休假順序還有「叮嚀」，結束這個能讓眾人盡情享受輪休的帝都駐紮手續。

士兵暫時會享受期盼已久的快樂假期。

想衝進帝都的電影院也行吧，肯定會附上零食；至於必要的娛樂配給券，有基於參謀本部的通融拿到；就連返鄉用的特別車票，都經由烏卡中校的關係確保好頭等車廂，可說是無微不至的最佳照顧。

依照軍令應該要給予部下的休假條件全已安排妥當。當然，甚至連特別加給餐的麵粉配給券，也以傑圖亞閣下的管道，強硬準備了戰鬥群的份量。

於是讓譚雅的工作變得很簡單。

信賞必罰是軍隊根本，就趁現在還能用雷魯根上校名義時處理吧——進行授勳申請書與晉昇安排的申請。

再來，就是給予士官與士兵「真正」的休假。

參謀本部與安排歸國的傑圖亞閣下對軍官以外的人都意外地體貼。是帝國這個機構的優點。

但反過來說，除了這點外，帝國也有著許多缺點。

比方說——譚雅踏著沉重的腳步，搭上謝列布里亞科夫中尉借來的轎車。

自己可是不容拒絕地要前往參謀本部報告。

而且身旁還坐著一名神經質地按著眉頭的長官。

副官要是沒把事情辦好，或許還能改天再去吧？可惡的維夏，這種時候就給我揣測上意啊。

「……唉。」

「怎麼了，中校。」

「不，沒事。」

「這樣啊。」

坐在問完話後就徹底沉默下來的雷魯根上校身旁，同樣保持著有禮貌的沉默。隔著搖晃的車窗往外望，還真是一片非常單調的景色。

就算有著些許色彩，也早已明白自己無法觸及。軍官的休假究竟在何處？

想要勞基法。懇切地，現在就要。

不對——想到這，譚雅微微搖了搖頭。

事到如今，比起遙不可及的勞基法，更想要能有如暴力裝置般粉碎問題的友方。可以的話，希望要能幹、可依靠，如果還能作為肉盾保障譚雅安全的話就太棒了。

即使傑圖亞閣下在東部扶植了自治議會……不對，以懷柔政策來說，這並不是毫無意義的行為……但除了當縱深之外似乎派不上用場，還真是可悲。

落於被動也很讓人不爽。帝國軍高層與政府在方針上的衝突是個令人擔憂的要素……只要準備好尿布就有辦法彌補嗎？

唉——譚雅就在這時再度將嘆氣吞了回去。

明明沒帶過小孩，卻要負責包尿布。

只要是工作就不容拒絕。基於義務與契約，謹慎執行傑圖亞閣下要求的包尿布工作也是既定路線。雖然很想寄額外津貼的帳單給他。

但既然不容拒絕……不對，可是。

目前明明就不是需要看護的狀態。帝國這個國家的中樞為何會需要尿布，而且還沒辦法自己穿上去啊？

看在譚雅眼中，這是個由衷感到不可思議的疑問。

≫參謀本部——盧提魯德夫中將勤務室≪

「……蠢話說到底，也很震撼嗎？」

房間主人的盧提魯德夫中將苦笑著。不對，就本人來說，是想盡最大限度的努力笑起來。結果？

悽慘地抽搐起來的嘴角即是一切。

「想打贏戰爭、不想花錢，還討厭犧牲？太貪心了。必須得讓他們對其中一項妥協。」

盧提魯德夫中將面前要是有面鏡子，將會看到一張非常愚蠢的臉吧。被朋友說是鐵臉皮的那張臉苦惱扭曲著，就宛如是被宣告患有不治之症的患者，露骨露出懊惱的表情。

最後是說話的語調。從嘴邊滑落的話語，是與在部下面前充滿自信的高傲語調相差甚遠的脆弱。

連盧提魯德夫自己都忍不住感到諷刺。

「我們在戰爭。」

仍然在。

為什麼？——他不得不自問自答。

「……真奇怪。要是沒有那些捨棄掉放棄選項的笨蛋，戰爭早該結束了。」

良機、展望，極端來講甚至還看到了未來。萊希應該能走在光輝大道上的可能性。

「為此的主要目標挫敗……未免也太過分了。」

原本能看見的結束。這是為什麼？在參謀本部以大膽聞名的盧提魯德夫中將不得不祈禱。主啊，這是為什麼？

「就算嘆息，就算祈禱，情況也不會變嗎？」

乾啞的自嘲會從嘴邊滑落也是無可奈何。

畢竟一切，所有的一切都從手中滑落了。

理應抓住的「可能性」已消失許久。如今留在手邊的就只是化為殘渣的夢。

不對——男子就在這時嗤笑起來。

「不能屈服。」

還沒有結束；要放棄還太早了；我還有戰意。

能從體內擠出來的，就只有「還沒，還早，還有」。就只有這些。即使如此，也還有這些。

那麼，為什麼要讓幹勁衰退？

這種時候，所需要的是極為單純的一步吧。

解決事態，預防問題。對患處進行治療的緊急應急措施。該做的事真的非常單純。

從嘴邊喃喃滑落的自身話語，讓盧提魯德夫中將不得不自問。目的是守護帝國。這很明確。

但是，目標設定卻充滿陰霾。

「這會是外科性的一擊吧……在這種時候對『必要部位』施行外科性的一擊嗎？」

殲滅敵野戰軍的目標設定沒有成功的案例。對「必要部位」施行外科處置……只覺得是無法原諒的措施。

儘管如此，卻很誘人。

「……東部只要交給傑圖亞就好。如果是他，就能暫時『鞏固』下來。不過在實際可用部隊的掌握上，西方略感不安嗎？只要放某個能理解意思的適當人選……」

事情成功的把握究竟有多少。跨越是非對錯，作為參謀將校受過軍紀教練的男子，考慮著純粹的可能性。

因為政治糾紛僵化的腦袋，也只要注入名為作戰的潤滑油，就能讓運轉速度飛漲。只要熟知配置兵力，要估算出所需兵力也很簡單。

不對，還能精確無比的算出必要戰力吧。這樣一來，之後就是展開與運用了。

「帝都近郊有雷魯根戰鬥群。這樣的話……很勉強嗎？不對，是太勉強了。數量果然不夠。儘管是必要的最低限度，但難以說是充足。」

集結必要的棋子適當配置。這正是基礎，也是根本。只要將思考放在兵力的總量平衡上，這件事也能毫無阻礙地推進了。

把握能用的棋子，對參謀本部作戰領域的人來說是擅長的得意領域。只要有傳統性的積蓄，要籌出必要經費也是輕而易舉。

「……還有南方大陸遠征軍嗎？」

就連指揮官的為人都能熟知的參謀管理。這正是參謀本部這個能讓參謀將校得以成為參謀將校的「排他性特權集團」的根源。

「如果是隆美爾中將，如果是他的話……」

恐怕……不對，是肯定能做到吧。

值得信賴的實績、經歷，還有最重要的是，他有著充分過頭的動機。

啊啊——直到這時，道德論才總算介入了盧提魯德夫中將的腦中。直到剛剛都還無視的感情高聲喊著排斥反應。

外科處置？這是絕對無法原諒的行為。

「……我累到會開始妄想了嗎？」

參謀將校在參謀本部，盤算著如何對祖國的制度展露獠牙。

要是讓建國時代的參謀將校知道，會太過憤怒到不由分說地拔軍刀指來吧。賭上忠誠的誓言與名譽保證，這是當然的反應。因為這是無法原諒的反叛。

就連假設性的幻想，都是過度的逾矩。

「哼，我也病得太嚴重了。」

這不是將校之道。會變得跟那群混帳政治家或該死的共產主義者是一丘之貉。

「終究只是預備計畫。」

這與其說是認真思考，更像是在無聊地假設「萬一真的發生的話」的思考遊戲。

沒錯，就是這樣。

是疲憊的腦袋偶然想到的愚蠢的異想天開。

有辦法操作的可能性太過誘人。「根本性解決」的文字在腦中躍動著。儘管理性叫喊著這是自殺性的愚行，精疲力盡的腦袋也依舊被吸引了。

說不定沒有餘裕了呢——只能這樣笑道的事態。睡眠不足，讓想法變得危險。

「……要是能笑說這是在發牢騷的話，就好了呢。」

不知是幸還是不幸，思考的螺旋被突如其來的敲門聲打斷了。朝座鐘瞥了一眼，發現雖然比預期晚了一點，但時間到了。

「打擾了。提古雷查夫中校請求會面。」

為了調整語調，他連忙做了一個深呼吸。

接著，在取回一如往常若無其事的語調後，盧提魯德夫中將大聲喊道：

「讓她進來！」

「是的，下官這就去。」

在氣勢十足的離去後，要不了多久返回的腳步聲有兩道。

在敲門、開門之後，出現的是一雙空洞的眼睛。眼睛的主人以東部歸來的野戰將校來說，體格過於矮小。小鬼有著獨當一面的軍官表情。不過，這也是總體戰的一面。

盧提魯德夫中將稍微抽了口雪茄，在部下面前高聲說道：

「好久不見了，中校。很高興妳別來無恙。」

「閣下則是，那個……稍微變瘦了嗎？」

儘管還不到久違的程度，但才一段時間沒見，長官感覺就像是體重暴跌。是相當程度的心因性疲勞吧？

那個大膽無畏的盧提魯德夫中將，以肉眼看得出的形式憔悴下來的景象，讓譚雅在無意間忘了慎選用詞。如果是在意自己肥胖的對象也就算了，但你變瘦了這種話，不是該對精疲力盡的對象說的話吧。

暗示對方生病的話語，有點太過深入了。

「是餐廳害的。不合胃口。」

「參謀本部餐廳還是老樣子？」

「沒錯，中校。一如妳所知的難吃。讓人明知是在浪費時間，還是想乾脆去吃外食的難吃。」

「東部的泥巴味道倒是相當不錯。」

「足以讓貴官讚不絕口？」

當然——譚雅向他保證。

「請容下官為你介紹。那可是只要吃上一口，就會暫時不想用餐的美味。」

「既然是這麼美味的泥巴，聯邦人也會吝於招待不是嗎？」

「請放心。他們可是共產主義者，聯邦人招待得相當大方。」

慶幸長官有巧妙接話的譚雅，努力想挽回剛剛的失言。

「量多到就連航空魔導軍官都懷疑吃不吃得完。坦誠稟告，下官還擔心會吃到超重。自我管理還真是困難呢。」

「想到去東部的傑圖亞會胖著回來，心情還真是愉快。」

稍微的玩笑話。經由共同友人的笑話。平穩地，文化性地，硬要說的話，這如果不是在戰時，可說是出色的事務性對話吧。

只要氣氛熱絡得差不多了，再來就是為了避開方才的失言，單刀直入地進入主題。

「要下官去將最高統帥會議炸毀，這樣的內部通知……偏偏是從那位雷魯根上校口中得知。」

為了不被認為是在密告，譚雅以坦蕩的態度說出疑問。徹底裝作是因為不太清楚狀況的確認。

順便還非常用心地不讓語調出現陰影。這看起來說不定是拐彎抹角的處置，但在組織理論上，「通報上司」就算像是沒意義的行為，也是預防糾紛的基本手段。就譚雅所見，往往愈是無能的勤勞員工，就愈是會省略報告、聯絡、商談，導致重大慘劇。

對於詢問的反應，就某種意思上是一如預期。

「我嗎？我有下這種蠢命令嗎？」

長官一臉困惑。

只不過，任誰都能「假裝困惑」。

人是會說謊的。就連個人都會說謊了。如果是需要說謊的好組織中人，可以說盡是些誠實的騙子。

要是無法聽懂長官話中的微妙含意，就會在晉昇的階梯途中，從正面用力撞上玻璃牆壁。直接撞上去，只是成為牆上的汙漬，還算是謝天謝地。只要沒有想被強力清潔劑洗掉，展示出來以儆效尤的奇特興趣，就需要以最大限度運轉自己的腦袋。

「下官有收到暗示，說有這種計畫。」

「雷魯根上校也懂得說笨拙的笑話了嗎？儘管沒什麼品味，但進步就是進步。是義魯朵雅與東部的風效果出眾吧。」

「是玩笑話嗎？那個雷魯根上校！」

「沒錯。妳會驚訝也是無可厚非……不過最新的轉地療養法，似乎對那傢伙的腦漿帶來不錯的影響。看來有推薦給所有古板傢伙的價值。」

姑且不論這話有多少可信度，盧提魯德夫中將是打算一笑置之的樣子。不知道真相很可怕。

但比一臉嚴肅地肯定好多了。

還笑得出來，就還沒有問題。

「既然效果這麼好，讓下官也想去一趟義魯朵雅了。只不過在東部與義魯朵雅人談話時，並不覺得他們的幽默品味有這麼優秀。」

「和一本正經的貴官談話，根本說不了玩笑話吧。同盟國人似乎相當有禮貌。」

「真是驚訝。就連閣下都會說這種玩笑話了呢。」

譚雅愉快似的笑著回應。

義魯朵雅有禮貌？赫赫有名的義魯朵雅禮貌，難不成是指讚揚友情的諷刺？明確的共識是邁向妥協的偉大一步。作為仲介人，義魯朵雅還真是方便啊！

「妳這該怎麼說好，是很大膽的意見呢。然後呢？」

以半開玩笑的語調，假裝是玩笑話的詢問。正因如此，譚雅也以若無其事的態度丟出正題。

「雷魯根上校的發言，可以當成玩笑話一笑了之嗎？」

「當然。縱使有向貴官下達奇怪的命令，現在也還不到那個時候。我就跟妳明說了，現在參謀本部沒有下達這道命令。」

「被玩笑話擺了一道了。看來下官也還真是粗心。」

譚雅裝出反省的態度，一面困擾似的笑著，一面目不轉睛地盯著盧提魯德夫中將的表情。

糟糕的是，儘管是能否定的態度，卻不是「明確的否定」。

畢竟是「現在」。

譚雅在心中稍微咀嚼了一下盧提魯德夫中將的話語。儘管是在笑，還擺出半開玩笑的態度，但嚴格來講，早在沒有立即否定時，就非常耐人尋味了。

以立場來講，中將必須擺出堅決的態度……卻語帶曖昧。

言外之意連猴子也懂；就連猴子也懂的語意解讀。是在述說意圖時，避免法律責任並獲得免責的典型手法。

不是否定。這是裝作否定的拒絕回答。這根本就跟宣稱參謀本部的中樞，擔任整體作戰指導的副作戰參謀長閣下，對高層的做法抱持疑問一樣。

太過足以讓人察覺到不協調音，讓背上滿是冷汗。

還真是可怕。

「那麼，互道近況就到這裡為止吧。在東部的奮戰，辛苦妳了，中校。我很期待來自前線的毫無忌憚的意見。」

「是的，這是下官的榮幸。只不過，下官並未在東部聽聞安朵美達作戰之後的方針。還希望能請教一下往後的戰略。」

「別兜圈子說話了，中校。我知道貴官的批評立場。是想說在東部的大型攻勢是失敗的吧。

不是嗎？」

被他這麼一瞪，譚雅也只能坦白了。

「姑且是實現了形式上的戰線整理……但誠如閣下所言，完全就是失敗的吧。果然除了讓戰線後退，自治議會的戰力化，還有努力確保長期優勢之外別無辦法了。」

「等等。」

短促而且堅決的插話。

聲音的主人不高興似的擺手。

「我跟傑圖亞不一樣。」

盧提魯德夫中將一面吐出雪茄菸，一面靈巧地聳了聳肩後，睥睨起譚雅。

「我就歡迎將校自由發表意見吧。只不過，我沒有偏愛慢條斯理討論的壞毛病。」

用手指叩了一下桌面，中將眼神銳利地瞪著中校。就算再不願意，也會理解到他不容許任何異議的意思。

「我不要浪費時間跟貴官沒完沒了地討論辦不到的前提條件。」

伴隨著討厭浪費時間的強烈意志，再次叩響了桌面。

「我們不需要過度緊繃，但也沒理由要浪費時間吧。結論，給我先說結論。」

「閣下，下官只是一介魔導中校。雖說有上過參謀課程，但疏於參謀本部的勤務。由於野戰勤務的時間太長，像這種時候……」

「結論或離開，妳自己選。」

冷淡的回答。在那如岩石般堅決的話語中所蘊含的頑強意志之前，譚雅放棄迂迴的說詞。

儘管想做好保險，但要是保險費用太高的話，就只能做好覺悟了。因為譚雅打從一開始就沒辦法選擇不說。

「那下官就恭敬不如從命了。」

「繼續。」

「我們所追求的目的在哪？為實現國家安全目的的戰略目標，帝國在這次戰役中所該追求的國家目標在哪裡？」

凝神聽著的中將，用鼻子哼了一聲。

「是勝利。」

喃喃說出的話語，讓譚雅困惑起來。勝利？這就算說好聽點，也是目標的結果。不是在詢問戰略目標時會聽到的答案。

「閣下？」

「就說是勝利了。中校，妳聽不懂嗎？」

即使再度詢問，答案也一樣。儘管承認這點很讓人生氣，但完全聽不懂。

勝利終究只會是「結果」。當然，會是美好的「成果」吧。譚雅自己也非常喜歡勝利。軍事組織會在戰爭中追求勝利這個可喜的結果，也是當然的事。

可是，該作為「美好的成果」追求的目標是什麼？重點就只有這個。

就連企業也一樣。不論是新契約、利潤率，甚至是收到的名片數量還是什麼都好，總之都會有個各人該達成的基準在。

就算是帝國這個國家，也不可能例外。首先要有「目的」。然後設定為了達成目的的目標，各員再採取為了「勝利」的行動。

不知道該達成的目的與目標，組織要怎麼行動？

「政府要求我們達成怎樣的勝利？儘管慚愧，但請問那個勝利的定義為何？」

「我說過很多遍了吧，中校。所追求的勝利，就是『勝利』。除此之外，什麼也不是。」

盧提魯德夫中將狠狠說著「這非常顯而易見」的模樣，看不出詭辯或敷衍的神色。

我的天啊。真的是，我的天啊！

譚雅不由得顫慄起來，同時勉強靠著意志力開口詢問。拜託，請不要是這樣。

「閣下，那個……那麼，難道就只有命令軍方『勝利』嗎……？」

「沒錯。」

「……是……是這……這樣啊。」

希望他說不是。

不論是再怎麼愚蠢的目標都好。只要政府，帝國這個國家，能為了國家目的指示出追求設定目標的狀況，不論那是「量產襪子」，還是「殲滅聯邦」都好。

偏偏，這是怎麼回事。最高統帥會議向盧提魯德夫中將下達的命令是勝利？

除此之外，什麼也不是？

因此，義務也只有勝利的話……這不可能——譚雅忍不住扭曲表情。

「會有這種蠢事嗎？」

「妳說得沒錯。」

的確，勝利的未來是任誰都會像是理所當然地去追求的東西。勝利會是能解決各種問題的最強萬靈藥吧。

只不過，就連最強的萬靈藥都會假設要「治療」的疾病。就算銀子彈真的存在，會有可能不指定所要射擊的目標嗎？

這只要稍微想一下，答案就顯而易見了吧。

不可能。

今天一天，才剛返回帝都就不斷被測試著自制心的極限。因此，譚雅忍不住叫道：

「最……最高統帥會議，沒有制定為達成目的的國家目標？」

「妳說得沒錯。」

這不尋常。他們的腦袋還正常嗎？

國家理性消失到哪裡去了？

由於衝擊的巨大，就連掩飾的餘裕都被炸不見的譚雅甚至表露出感情，忍不住地仰望起天花板。現在，就算聯邦兵在這瞬間從參謀本部的門後衝出來襲擊，也不會感到如此衝擊吧。

這是不該發生的事。是只能這樣形容的最危急事態。

就跟在坐飛機途中，被告知機組人員從駕駛艙中消失了一樣。不對，搞不好是跟被機內廣播告知駕駛艙整個消失了一樣也說不定。

「……閣下，是帝都情勢太過複雜離奇了吧。下官一點也理解不了理由。」

「妳已經聽膩了吧，但妳說得沒錯。中校，帝都的輿論是怪物喔。」

譚雅聽到盧提魯德夫中將的回答，差點忍不住仰天。

以前，據說日本的政治家丟下一句「歐洲情勢複雜離奇」，就丟下自己的工作跑了，但有辦法跑掉還真讓人無比羨慕。要是自己也能有如脫兔般地逃走的話，真不知道會有多好。

這樣下來，辛苦的會是帝國，會是帝國軍，換言之就是現場的我。真想大聲痛斥，我究竟是為了什麼在鞭策勤勞精神啊。

本來就處於糧食情況惡劣，薪水也沒空去花，而且還缺乏物資，有點通貨膨脹傾向的環境中，做著不合薪水的工作了！

基於社會契約的規範意識，這可說是無法原諒的契約不履行吧。

應該要解僱愚蠢的負責人。迅速，並且徹底地。

「突然覺得……誤炸是個最棒的點子了。」

「傷腦筋的是，確實是相當誘人。」

中將閣下嗤笑起的表情，還真是可怕。

笑？偏偏是對……「剛剛的發言」？這樣的話，豈不是離沸點相當近了嗎？

「就來整理一下帝國的現狀吧……差不多是飽受絕症煎熬的壯年吧。不幸的是，除了醫生之外，搞不好就連本人都沒注意到自己活不了多久了。」

「無法痊癒嗎？」

「……只要除掉聯邦，地面戰或許有希望。」

說不定有勝算的語氣。

考慮到對帝國軍來說，眼前最大的威脅是東方的情勢，這就是當然的事。雖然就是因為辦不到，所以才會苦悶。

也就是不說辦不到，而是考慮著要是能辦到的話嗎？

那麼，問題就是……

「閣下認為患者承受得了？」

「天知道。」

「咦？」

她有自覺到自己露出錯愕的蠢臉。然而這也是沒辦法的事。今天的盧提魯德夫中將對譚雅來說，已成為一個完全無法預料的存在。

偏離平時對長官的印象。

不論是誰，都能大致掌握上司的個性。中將閣下嚴重背離了那個標準。

「天知道。無法確信患者會承受不住，但也沒有承受得住的手感。」

「閣下，這樣對軍方來說……」

「這可是沒有勝利的定義，卻被期待能夠勝利的軍隊。那麼，這種程度的不可能任務，就該理所當然地輕易達成吧。沒錯吧，中校。」

或許該乾脆去申請做精神鑑定吧。今天的盧提魯德夫中將很詭異，她腦內閃過這種非常沒意義的念頭。

自暴自棄。

儘管是想立刻否定的可能性，但在聽他這樣充滿諷刺的喃喃說道後，也確實是讓人不得不擔憂起來。

「可以的話，想請教閣下自身的打算。」

中將閣下很親切地點了點頭。

「東方就只能鞏固；西方也只能鞏固。到頭來，還是每況愈下。」

突然說出的，是對現狀的認知。儘管很殘酷，但這就是帝國面臨到的現實。長官有適當的理解是好的一步吧。

「想辦法解決是我的工作。至於能不能從患者體內摘除該摘除的部位……現在就連目標、辦法都還尚未決定。」

令人不安的一句話——「摘除」。目標與辦法？

隨便插話，毫無疑問會打草驚蛇吧。

在一面自嘲，一面自問自答的長官面前，譚雅基於社會規範，帶著曖昧笑容保持沉默。所謂的禮節，總歸來講就是自身的安全。

「我抱怨太多了，中校。」

「不會，這讓下官窺見到些許閣下所肩負起的重責。這份重擔讓下官再次肅然起敬。」

正因為是禮貌性的對答，所以表現得很完美。譚雅以極為自然的態度，欽佩似的向他低頭。

「妳很懂得看人臉色。貴官的話，就算擔任帝都的中央官僚也幹得下去吧。啊，我這不是在侮辱妳喔。」

「下官領教到軍方對整體官僚的一般評價了。」

室內迴盪起哈哈的兩道大笑。

共同的敵人、共同的親近感，是邁向團結的偉大一步。針對官僚主義的憎惡，只要適當運用，就會是優秀的潤滑油。

「也不能就這樣一直聊下去。關於貴官的部隊，就在雷魯根上校底下重新編制……形式上是這樣，實際上就由貴官全權負責。」

「遵命。」

「作為輪休的一環，就讓戰鬥群部隊的砲兵與步兵部隊駐守海港都市。會找機會在名目上讓雷魯根上校轉調，讓他回到參謀本部。」

「是榮昇呢。」

真受不了，上校就連這種時候都因為與中央的緊密關係受到優待嗎？不僅是人力資本積蓄，還受到社會資本的眷顧呢。

「沒錯。那麼，裝甲與魔導部隊就在帝都近郊重新編制。」

「關於魔導部隊的補充頭緒？」

「很困難。」

「……下官了解。」

早就知道不行了。儘管帶著些許期待，但果然沒辦法嗎？

「能在最前線實際運用的魔導師出現慢性不足的傾向已久。老實說。光是沒有從妳的部隊中拿人，就該說是『充分的關照』了吧。」

「恕下官僭越一句。我們是戰鬥群，更何況第二〇三是以九十七式為主軸的快速反應戰力。但願閣下能更加關照部隊的維持與發展。」

「別強人所難了，中校。這是極限了。」

「……是。」

就連維斯特曼中尉水準的軍官都已經耗盡了嗎？譚雅察覺到沒辦法迫使他答應這個難題。太過依賴個人的本事、資質的魔導部隊，想在總體戰中進行以大規模損耗為前提的補充太過困難。能使用九十七式的魔導師略微耗盡的情況，還真讓人隱隱發寒。唉——譚雅將內心的嘆息吞了回去。也就是包含自己在內，經驗豐富的航空魔導部隊會是珍貴的消耗品。今後將會更加慎重地，並且過度使喚到壞掉為止吧。

勞基署的存在還真是讓人愈來愈懷念不已了。儘管以前也不是不覺得他們是一群囉哩囉嗦的傢伙，但如今卻是發自內心的懷念。

「辛苦妳了。下次有機會再來談吧。之後的事就去跟雷魯根上校協議吧。」

「是的，下官失禮了。」

譚雅一離開房間，就被疑似在等她的雷魯根上校搭話。

「中校，方便嗎？」

「是的。」

「陪我走一下。」

不待回答就邁步走開的姿態，是對「跟上是理所當然的事」深信不疑的態度。儘管有點在意，哎，考慮到階級差距與立場，也不可能拒絕。

對追在後頭的譚雅來說，慶幸的是雷魯根上校的體貼能力尚未故障，走路時還有意識到雙方的步幅差距。

既然如此，是有話要說吧。

跟預想的一樣，雷魯根上校裝成若無其事的對話切入主題。

「……跟我說的一樣吧，中校。」

「非常不妙。」

「沒錯。」

難受地嗤笑起來，上校接著說道：

「這已經常態化了。」

「難以置信。」

「去看看輿論吧。提古雷查夫中校，我在帝都也很久了。儘管如此，也還是經常對輿論與軍方之間的意識差距由衷感到驚訝。一旦是貴官的話，聽起來說不定像是異世界的話語。」

對他本人來說，這話並沒有特別的意思吧。但對身為異世界人的譚雅來說，這卻是相當令人深思的一句話。

「哎呀，真受不了，是在與異世界人對話嗎？」

難怪會無法溝通。在這瞬間，差點就深深認同了。

也就是只要消滅共同語言，要讓異世界產生意外地簡單嗎？

唉——輕輕嘆了一聲。

「那要說什麼語言才好啊。」

「萊希語就好了吧。」

「啊，是這樣沒錯呢。」

在異世界，說萊希語。

哎呀，在異世界煩惱跟異世界人溝通的話語嗎？

是我腦袋出問題了嗎？還是說，這是正確的概念？

總覺得就連要保持理性都變得很困難。只要沒有存在X這個惡魔的話，明明就不會變成這樣了。

絕對要讓那傢伙對此付出代價。

[chapter]

II

第貳章

本土

Home Front

雲是朋友，同時也是最惡劣的背叛者。

——摘自聯合王國第210嚮導轟炸中隊　飛行紀錄——

統一曆一九二七年六月三十日　帝國軍西方空中管制部門

攔截管制官這個職別，當初在帝國軍中，是作為極為限定且臨時性的部門開設。航空魔導部隊、空軍師團的攔截運用。直截了當地說，攔截管制官就是專門負責防空的管制官。當初設置的理由非常單純。

那就是萊茵戰線的熾烈空戰。由於敵我的戰線太過接近，會追求能負責即時對應分秒必爭的迎擊任務的部門，是自然而然的發展。

特別是急迫需要針對密集出現的少數共和國軍武裝偵察部隊的對策。

於是，為了減輕面臨過度負擔的萊茵控制塔的工作量，設置了另一個專門針對攔截的管制系統。除此之外，沒有其他功能，只要解決掉壕溝戰這個敵我超接近的空間後，就會自然而然地結束使命……本來應該是這樣。

就在解散時機不斷拖延時，西方空戰爆發了。

之後，舊萊茵控制塔成為西方空戰的專屬支援部門，而將舊共和國方面的制空權維持暫時交由攔截管制官管轄，形成了這種工作分配。

不過，就連在這個階段，萊茵控制塔的空中管制官與攔截管制官都還是不同的職別。至少，當事人的認知毫無疑問是「負責領域的不同」。是以空中管制官為主體，攔截管制官則負責攔截不時侵入的長距離偵察機的程度。

只要西方平息下來，一切就會自然回到空中管制官的管制之下……本來應該是這樣。

那是往日的夢。

如今，舊萊茵控制塔——即西方空中管制部門，已成為專門防空攔截的部門已久。

儘管也有逆轉的時候，但就只有極少數的特種作戰群作為「臨時且有限」的部門，享受前往敵地的空中管制官導航的程度。

從攻勢強制性地轉換成防禦。這正是帝國所處現狀的構圖吧。沒有比攔截管制官在管制室內陳列的表情，還要能雄辯地指出帝國軍的現況了。

硬要說的話，就是嘆息供給過剩。在生產力慢性不足的帝國，唯獨鬱悶的嘆息會例外的大量供給。

「是定期航班。看來今晚也會學不乖地跑來。」

「今晚很盛大呢……分成三群，是襲擊低地工業地帶的航線。」

值班人員迅速針對敵人的意圖交換意見，司令官就跟往常一樣下達決定。戰爭時間到了。

今晚也要在夜空中開始戰鬥。

「發布警報。是迎擊戰，各位。是熟悉的工作；期待會有熟悉的結果。」

是熟悉的工作。

撇開諷刺，值班軍官為了激勵部下所說出的事實，非常如實的述說了帝國的現狀。

當天——舊萊茵戰線低地工業地帶航線上空

對於遭受迎擊的聯合王國轟炸機乘員來說，是意外地缺乏「熟悉」。

除了嚮導部隊，對大半的駕駛員來說，敵地攻擊都是前往不熟悉的土地進行的攻擊任務。

理由非常簡單。

聯合王國軍轟炸機的平均壽命是「五十～六十飛行時數」。

要是相繼出現千瘡百孔的機體、九死一生地歸還的機體，也就沒辦法意氣風發地積極執行攻擊任務了。

人稱「通往地獄的轟炸航線」。墜落地獄的會是炸彈還是自己等人，全憑運氣決定。運氣不好的一天，也就是死神突然覺醒了勞動意欲。

實際上，那一天也是個與受到該死詛咒的日子相稱的考驗之日。

他們的災難，來自極為單純的原因。

是雲。

應該要覆蓋住地獄的夜幕不足。率先注意到這件事的，不幸地是熟悉土地的老手組。

其中一人，導引編隊的嚮導機的機長咬牙說出擔憂。

「……沒有發出中止命令嗎！雲量太少了！」

夜晚的天空。

漆黑的天空。

恐怕受到燈火管制的地表雖是一片漆黑，但能看得出來沒有受到「厚重的雲牆」阻擋。能看見轟炸目標是很好，不過在窺看深淵時，對方也同樣會窺看過來。

「該死的氣象預報員，什麼萬全的氣候啊！是在說萬全的迎擊氣候嗎！是喝了阿夸維特酒嗎？那群該死的蠢貨！」

那群用宿醉的腦袋隨口亂說預報的該死蠢貨——機長如此狠狠說道，伴隨著討厭的預感判讀地形。

然而，映入他視野中的卻是一片紅；足以讓人瞬間眼花的，光線的激烈照射。

「是探照燈！」

「該死！被看得一清二楚啊！」

「是夜間戰鬥機！升空了！」

機長就在聽到飛航工程師的大喊，正準備壓下操縱桿迴避時失去了意識。

凶手是上方敵機發射的二十ｍｍ機關砲彈。過於現代化的死神鐮刀，就連死前的走馬燈都不給，讓機長成為了人類的過去式。然後，最近的死神本領非常好。

在曾是機長的男人噴出的腦漿在機內飛散的同時，他的組員也迎來了相同的命運。於是，搖搖晃晃，無法再維持姿勢的嚮導機，就遭到重力的束縛，朝著地面墜落。

同時，這一幕也讓後續的編隊看得非常清楚。該說是不得不看吧？畢竟，帝國的探照燈很親切地照亮了這整個過程。

所以後續機的組員才會大叫。

「嚮導機被幹掉了！該死！」

雲不夠。毫無辦法地在地獄小巷裡一絲不掛。

最後還有如惡鬼般的敵方戰鬥機，就像立刻上鉤似的襲擊過來。對維持航線飛行的轟炸編隊來說，可恨的是敵方夜戰的狀況絕佳。

而且，棘手的客人還不只是從上面來。畢竟，不論上下都是地獄。

「是防空砲火！從下面打上來了！」

朝著探照燈照亮的目標，一個勁地發射高射砲彈。此外，被照亮的機體對敵機來說也是最棒的標靶。

只要被照亮一分鐘，壽命已經減半。

要是被照亮兩分鐘，能活下來要感謝上帝。

彷彿在消磨靈魂的時間，一分一秒都等於是永劫的煎熬。還沒嗎？還沒抵達投彈點嗎？

成為聯合王國的轟炸機組員，就是這麼一回事。儘管知道，但神經也受到近乎極限的折磨。

「準備投彈！配合我的時機！」

由於喪失了嚮導機，所以指揮官獨斷地重新設定目標。

「就是現在！」

一齊投下的炸彈對他們來說是累贅。只要能將沉重的炸彈丟到帝國那邊去，事情就辦完了。

變輕的轟炸機絲毫沒有繼續停留在該死的防空陣地上空的理由，他們一架接著一架地翻轉機翼，

十萬火急地加速脫離有大野狼巡航的帝國制空圈。

不過，還在半路上。

「有追兵！混帳！被射擊了！」

距離越過渡渡巴德海峽的友軍控制空域，還很遙遠。

統一曆一九二七年七月一日 帝國軍西方空中管制司令部

戰爭有一個極為基本的傳說——「當一方痛苦時，另一方也不輕鬆」。

帝國軍不斷毅然擊退聯合王國的戰略轟炸。但是，卻離甜美的勝利很遙遠。即使他們是這一晚的勝利者，也充分品嘗了勝利的苦澀。

徹夜未眠的值班軍官，每天早晨都得很不情願地面對現實。

今天又怎麼會有例外呢？

「損害如何？」

司令官詢問。

帶有緊張感的氣氛，伴隨著視線投向報告者，等待著結果。

「在可容許的範圍內。」

這樣啊——伴隨著這一句話進行轟炸損害評估的將校，安心地吁了口氣。在西方司令部，每天早晨都是在眾人但願今天也是如此的願望下開始這一天。

損害輕微。

沒人奢望著更好的結果。希望沒有轟炸的願望，早在很久以前就被眾人放棄了。

「外圍地區的防禦陣地有些許損害……特意讓擔任誘餌的防空陣地吸引注意力的策略進行得很順利。只不過，也不認為同一招會永遠有效。」

「有一個機群沒有被佯攻吸引，入侵到工業地帶附近。所幸，航空艦隊的空軍師團有搜索到並加以擊退。地上的損害有限。」

各負責將校陸續提出昨晚的彙整報告。

「就總評來講，有對敵方造成損害。然而，敵方依舊能維持攻勢的可能性很大吧。」

帝國航空艦隊所無法奢望的，以無數的重型轟炸機進行的夜間轟炸。最初還能完封的聯合王國空襲戰力，數量突然大增。

當然，帝國方即使貴為東家，也沒辦法對此袖手旁觀。儘管如此，也還是跟不上數量。沒辦法殲滅。

因此，任誰都帶著嘆息，不斷考慮著「現狀有辦法『維持』下去嗎？」這件事。

「進行修復、支援，還有對犧牲者的關切。那麼，就下去處理吧。」

值班指揮官做出的總結，完全是日常業務的口氣。面對連日不斷的轟炸，西方方面的將校已一如字面意思的徹底習慣了。

要是每晚都遭到轟炸，最初也不是不會緊張。而如今要說的話，毫無疑問已是平順的日常。

至少，對將校來說這已然成為日常的風景。

儘管如此，他們英明的腦袋偶爾也會考慮起未來的展望。

沒有特意高聲主張。就算是帝國將校，也會對意氣風發地討論黯淡展望的行為感到遲疑。

然而，只要稍作想像……就會不小心說溜出嘴。

「……阻止轟炸的狀況，到目前為止甚至能說是良好。但沒辦法每次都這麼順利。照這個樣子下去是遲早的事。」

一名將校說出擔憂。

悲觀論是將兵的最大禁忌。本來的話，這是會被一笑置之、激勵，或是稍加警告的怨言。是太壯烈了吧。

就連受過軍紀教練的將校，都欠缺著能將悲觀論一笑置之的力氣。他們大都共有著相同的不安。

相同的擔憂。

相同的恐懼。

相同的預感。

光是軍紀與命令，就只能阻止他們陷入失敗主義。一度說溜不安的話語後，贊同的意見就有如決堤似的流出。

「東部拿走太多戰鬥機部隊了。」

「魔導師也是。全是東部，東部，東部！真想要他們適可而止。」

非生產性的抱怨。

這是眾人都心知肚明的事。儘管如此，這些怨言也在將校的喉嚨中累積到不吐不快的程度了。

「補充的將兵，飛行時數幾乎毫無例外都在開戰前的規定以下。最後居然還開始配屬飛行時數才兩位數的駕駛。」

「兩位數？就算是現在，在初戰前最少也應該要飛滿一百五十個小時吧？」

「最近的速成組，有到三位數的很罕見喔。」

難以置信——好幾個人重新注視起空軍聯絡軍官。以開戰前的基準來講，一百小時是訓練未完之前的階段。

最少也要三百小時。可能的話，要六百小時。

這是只要是有以戰前的嚴格基準培育，受到這種幸運眷顧的將校，任誰都有學過的「基本」。

因為是常識，所以面對現狀，他們才只能顫抖。

「難以置信。是打算將素質優秀的年輕駕駛員或魔導師消耗殆盡嗎？」

「這也是不得已的事。畢竟擅長野戰的航空魔導部隊全被拿走了。是為了填補被東部拿走的缺口……」

「到頭來，不論到哪裡都是東部，東部，東部嗎？東部是無底沼澤啊。」

中央吸走莫大的物資數量，注入到東方戰線。要是聽到連占領地區生產的彈藥都送往東部的消耗戰的話，就算再不願意也會明白這是占了多大的比例。

即使高喊著高射砲彈不足，本國也會以「東部需要」為由，執拗地要求提供。就連照原本的假定，應該會有餘裕的防空人員都開始面臨慢性的人員不足。

不夠；所有的一切都不夠。

原因是東部。帝國在東部失血過多。

「西方也沒辦法老被當成是堅實的地盤。真讓人覺得本國的感覺偏離現場。」

打斷攔截管制相關的將校繼續抱怨的，是上級指揮官苦澀的假咳。

「各位，就到此為止了。」

只要用眼神警告「你們說過頭了」，就連映像管的微妙波長都能看穿的將校，是不會看走眼的。

再說下去就是逾矩；堅決的表明這裡有著一條無法原諒的界線在。

於是，他們就爭先恐後地連忙趕回工作崗位，直到方才為止的氣氛，瞬間就從室內消失得一乾二淨。

只不過，就連要他們適可而止的指揮官本身，也是一丘之貉。即使終究只有心想，但只要是指揮防空戰現場的當事人，就不得不深刻感受到這些情況。

「……每況愈下嗎？」

被抽出的核心戰力。

接連不斷戰鬥所導致的損耗。

最後是在品質上與數量上都不充分的補充人員。

就在傷透腦筋時，會有大規模補充的消息也曾讓他暫時懷有期待。結果實際一看，卻是將「速成畢業組」投入現場的禁忌手段。

在室內，指揮官臉上保持著就像沒事般的冷靜表情。不過內心卻想呻吟。

今晚也遭到聯合王國軍轟炸部隊狠狠攻擊了。考慮到受惠於雲量的情況，也能對確認戰果抱持相當大的期待吧。

敵我的損耗比也毫無疑問是保留在容許範圍之內。是久違的大功一件。

但是，這就只是防衛成功。

「真難熬啊。」

他們明天也會來吧。明天的西方防空戰也會是帝國勝利吧。後天或許也會來。就算是後天，也沒道理會贏不了。

但是，下個月呢？下下個月呢？半年後呢？明年呢？

這種消耗速度能補充得了嗎？

「……還真是難熬啊。」

當天——帝都／帝國軍參謀本部

西方方面司令部的人員支援。這件事的必要性，帝國軍早已認知到很長一段時間。同時也是尚未解決且擱置已久的諸多問題之一。

原因很簡單。

人不夠。

說得更詳細一點，就是錯誤的假定導致了今日的現狀。不同於開戰前的假定，參謀將校的人數不足。

如果是決戰時的野戰軍運用，即使集中投入，所需要的人數也有限。基於這種推斷，帝國的參謀培育方式是徹底的選拔與集中投資。

只選拔出資質優秀的將校送進軍大學，集中進行參謀教育的奢侈方針。只有從本來就經過篩選的軍官中，經過更進一步選拔的菁英才能就讀的系統太過精緻。

連這種在平時是最佳答案的方法，也無法在戰時發揮機能。

此外，如果是像萊茵戰線那樣「膠著的壕溝線」的話，也有餘裕將軍官調離戰場，丟到軍大學裡就讀；但要是想從東方戰線這種「流動性的防衛線」中，把熟知當地情況的軍官調離的話，就難以避免當地會亂成一團。

而且，參謀將校就算想要速成也有限度。於是，既有的參謀將校被迫面臨到劇烈過勞。要是能藉由將負傷將校配屬至後方以進行補充的話就好。

但只要是能動的參謀將校，甚至沒空休息。他們大半都一如字面意思，被過度使喚著。就算是與其說是人類，倒不如說是參謀將校的他們，在身為參謀將校的同時，也是最低限度的人類。

本來就處於慢性的人手不足了。

在這種狀況下，要是接獲命令要將優秀的軍官調離到其他部門，那可是會渾身僵住的。就算是帝國式參謀將校，也不會想得意洋洋地埋首執行。

然而，他們的遲疑就到此為止了。

要是帶頭的人是參謀本部的老大盧提魯德夫中將，參謀將校就不得不得向上帝大吐怨言，開始處理了。

參謀將校聚集在一間會議室裡。

總數不滿十位的他們，戰戰兢兢地朝主席盧提魯德夫中將的方向瞥了一眼。就連作為一名參與者列席的雷魯根上校，也只能說這是無可厚非的事。

參謀全體性地蔓延著疲勞感。理應在參謀課程中，將知性與體力壓榨到極限為止，讓耐性獲得承認的參謀將校，居然會是這副模樣！

想表示「沒辦法再抽出更多人手」的氣氛，想必卡在全員的喉頭上吧。

不過，主席仍舊在雷魯根上校面前若無其事地說出議題。

「西方果然有必要派人去管。」

他是在暗示要以此為中心進行討論。要是察覺到這是以派遣為前提的議論，即使是順從的參謀，也會對老大的決定提出異議吧。

坐在雷魯根隔壁的將校臉色大變，連忙舉手說道：

「閣下，請恕下官直言，現狀下，西方的陣容並沒有特別的問題……」

「有必要改善。要派人出去。這是確定的事。」

鄰人儘管試著迂迴地提出「不想派人」的意見，也依舊被盧提魯德夫中將堅定的話語給輕易粉碎。

沒辦法了——雷魯根上校做好覺悟。

這樣就只能派人了。這是上頭的意思。

「能即時看出參謀本部意思的人員很少。外加上陷入泥沼的消耗戰。些許的改善很可能在往後導致決定性的差異。」

只要被他瞪上一眼，任誰都會顫抖起來。

「因此，我們要做到徹底。基於這點，想留意一下西方。」

懂了嗎？——在被他這麼一問後，那怕是參謀將校，也有大半別開視線。勉強承受住他的目光的雷魯根上校本身，如果可以的話也不想回答。

然而，不論好壞，他也都是參謀將校。

在腦中搜索最適合的人選，立刻說出候補人選的名字。

「羅森伯格閣下如何？在復役前是議員。精通軍政關係，而且還具有男爵位。」

是達基亞方面的軍政官。與帝室的關係不錯，還是能相對地與平民政府妥善相處的上級將官。

「達基亞軍政是石油供給的生命線。他要是走了，會讓人不敢想像之後會怎麼樣。」

最重要的是有著豐富的政治經驗。

最主要的候補人選不行，雷魯根上校就隨即說出第二好的人選。

「下官的同期，舒茲中校如何？儘管因為長期療養，對轉任野戰勤務的適應性存疑，但重要的後方調整能力出類拔萃。下官記得應該是在處理本國的軍政關係。」

「不錯的人選，前提是如果能用的話。雖然尚未公告，但傑圖亞那個笨蛋已確定要把人帶去東部了。」

「被拿走了嗎？」

是呀——盧提魯德夫中將苦澀點頭。

「會在下次的例行人事時公布調職。要轉調東部的自治議會擔任顧問官。也就是看上他的調整能力的赴任。儘管能理解這與師團構想有關，但圓滑的高級參謀竟然這麼稀少啊。」

第二好的方法也不行。不過，如果是中校級的參謀將校人事，就能以參謀本部的一己之見變動吧。

如有必要的話，就乾脆選擇調用吧。

「要將舒茲從那裡調走嗎？」

「否決。也不能讓那個義勇師團構想失敗。」

考慮到東部的重要性，西方的優先順序怎樣都會下降。這樣一來，候補人選就更少了。能幹的參謀將校雖說人手不足，卻也還有很多，但能用在作戰以外的人選非常少。

對了——雷魯根上校就在這時，想到一名優秀的鐵路專家。調整能力出眾，人格、品性皆很理想的人物。

「烏卡中校如何？優秀並且善良。下官認為有滿足標準。」

「……在內部使喚太久了。他的話，話語權太弱。如果是准將，或是有過前線的連隊長經驗的話，情況就不同了吧。」

是軍歷啊——想到這，雷魯根上校忽然想到一名人選。

一名只看經歷的話，就非常完美的候補人選。

「那麼，下官如何？雖是形式上，但也有過戰歷。儘管還沒辦法昇為將官，但只要勉強配合軍歷——」

也會是個相稱的人選——話才說到一半，就被盧提魯德夫中將揮手打斷了。

「就算總體戰是拿自己的房子當柴燒的愚蠢行為，情況也沒危急到想在途中拿自己的手腳當柴燒。」

「感謝閣下的賞識。」

「我會更加過度的使喚你。上校，沒有其他人選了嗎？」

還來不及笑說「請手下留情」，就指名要他交出下一個人選。

這樣的話，乾脆只考慮軍歷吧——雷魯根上校思索起來。目前有空，能讓參謀本部的意思強行通過，具備這種意志力的人選。

那位大人如何？

「隆美爾閣下如何？在南方大陸遠征軍撤退後，只要在參謀本部待上一陣子，再前往西方赴任的話，也能充分傳達情況了吧。」

「……他有空嗎？」

是的——雷魯根上校點頭回應，接著說道：

「如果是在歸還後的話，就毫無疑問有空。此外，如果是西方的話，也能多少成為休假吧。就人事上，下官認為很剛好。」

「只不過，他是個優秀的戰術指揮官，這方面的才幹很可惜。最主要還是像西方這樣牽扯到軍政的話，就是他尚未經驗的領域吧。要教育也行吧，但難道不會矯枉過正嗎？」

那麼——雷魯根上校提出修正方案。一個人不行的話，就兩個人。

「那就派烏卡中校輔佐如何？」

不可能——盧提魯德夫中將搖頭否決。

「派不出兩個人。能用的參謀將校真的很稀少。」

儘管提議被否決的雷魯根上校本身毫不知情，不過烏卡中校的交涉能力受到很高的評價。能讓迂迴說著囉哩囉嗦的牢騷、怨言，還有譏諷的人「吐出物資」的能力，長久以來都不是參謀將校的評價項目。

結果，讓有辦法進行協商的將校，是一如字面意思的供不應求。

要是想拿走能與後方的平民「態度親切地交涉的鐵路專家」，將會導致不顧一切的反對吧。

唉——擔任主席的盧提魯德夫中將，很明顯地向眾人嘆了口氣。

「師團的激增，戰死者的填補，最後連軍政都要參謀本部吐出人來，傑圖亞那傢伙還因為最高統帥會議的指名到東部去了。」

唉——再次不耐煩地嘆了口氣，盧提魯德夫中將接著說道：

「湊齊人數，和湊齊真正的參謀將校，意思可是完全不同。」

非常正確的抱怨。肯定能得到會議室內列席的全體參謀將校的同意吧。然後，正因為如此，接在最後的話語才會讓他們傷透腦筋。

「儘管人手不足，也依舊要派人。」

「……就誠如閣下所知，很困難。」

「總之，去進行選拔。西方也沒辦法輕視。要是不將懂得實戰的將校留在後方，東部與西部的戰鬥教訓接受度也很可能會產生很大的差距。」

當天——東方戰線

當本國負責人抱怨時，現場負責人也一樣在抱怨——為什麼不派更多兵力過來。

就連在帝國軍之中，這也是無可奈何的真實。

擔任東部戰爭指導的傑圖亞中將也在撲克臉底下壓抑著苦澀，擺出一臉裝傻的表情，抽著存量愈來愈少的貴重香菸。

「……那個多國籍部隊怎麼了？」

「在壓迫霍芬突出部。第三十一師團儘管英勇奮戰，但現狀下還是難以承受住壓力吧。」

盯著攤開的地圖，傑圖亞中將就在這時暫時沉默下來。兵力密度薄弱，預備兵力有限的現狀。

……東方方面軍的帳面戰力是很巨大，但消耗也非常激烈。

手邊作為戰略預備部隊留下來的，是裝甲師團、機械化師團、航空魔導大隊各一。然後，是幾個半毀的步兵師團。

以方面軍的戰略預備部隊來說，還真是寒酸。

根據教範知識的話，立刻後退重新編制會是正確解答。如果是自己在軍大學擔任指導教官的時代，就會教導學生該如何後退吧。問題點在於，現狀下縱使後退，別說是增援，就連補充的頭緒也完全沒有。

「要從戰略預備部隊中派出航空魔導大隊投入嗎？考慮到殲滅作戰，失去霍芬突出部果然會造成影響……」

「放棄吧。」

「閣下？」

朝著愣住的將校，傑圖亞在臉上擺出笑容嗤笑著。

「你是想議論戰略預備部隊的靈活性與重要地形的優劣，陷入這種古典的兩難推論嗎？」

回想起軍大學時期，當時還真是快樂啊。

肩負著將兵的命運，達成對帝室與祖國的責任與義務的痛苦，肩上的負擔太沉重了。是上年紀了吧，扛起來很痛苦。

「你能說那塊土地是絕對要確保的對象嗎？貴官能斷言嗎？你好好想想。即使有用，能活用那塊土地的兵力會是個問題喔。」

時間與空間，還有戰略預備部隊。

將校總是在計算得失。

「恕下官失禮，閣下。」

「怎麼啦。我隨時歡迎發表意見喔。」

「閣下的言論，聽起來像是要撤兵的表現。」

是假裝確認的譴責語氣。的確，就以教範來說，從「突出部」這個足以作為攻勢基點的要地撤兵，是會成為批評的對象吧。

只不過——傑圖亞中將笑了。

「……作戰領域的參謀將校居然會說『聽起來像是』這種話，看來東方方面的情勢已經迫切到這種程度了吧。」

「這！」

就算是他們，也離無能很遠。

正因為有意識到時間與空間的權衡，腦中隱約浮現出撤兵的必要性，所以才會反抗。就算不能從要地撤退的常識讓腦袋冥頑不靈，會去煩惱與現實的一致性，也是因為具備著對知性的誠實性。

「兵力不足，是無可奈何地不足。要是讓區區一個重要地形把戰略預備部隊引走的話，會陷入無益的消耗戰。」

因此——傑圖亞中將的裁定被無聲的呻吟接受下來。儘管任誰都不想這麼做，卻也承認沒有其他方法。

「放棄霍芬突出部。該以支援後退為前提制定計畫吧。」

「可是，也有像索爾迪姆５２８陣地那樣的例子……」

以半包圍戰取得戰果——不甘願的語調。不過他的言外之意，就只是太過貪得無厭的願望。

「這是要怎麼跟用上最精銳的戰鬥群，還有完全充足的裝甲師團，對方的主力還正在對應安朵美達作戰的條件相提並論？」

戰力差距與戰略環境差太多了。甚至沒辦法做為比較對象吧。傑圖亞中將不得不板著臉狠狠說道。

「如果有選擇正攻法的餘裕，就給我報告那份餘裕的所在位置。立刻去辦徵用手續。」

瞪著眼睛環顧眾人，全員臉上都浮現相同的苦澀表情。

現場要是有將校想看自己的愁眉苦臉長怎樣的話，只要拿身旁戰友的臉當鏡子照就好。只要是具備知性的參謀，就能直接從彼此的臉上察覺現狀。

彼此看到的，會是彼此臉上浮現的苦澀表情。

「很好。」

「閣下？」

「看來意見統一了，那就來討論撤退支援。」

叩地敲著桌子，傑圖亞中將在眾人面前一改苦澀的語調。

「要是友軍有辦法撤退，我想作為連結下次行動的預備性行動。具體來說，就是要考慮作為對聯邦軍的誘餌。」

「……意思是要引誘包圍突出部的敵軍？可是，能用來機動包圍的兵力──」

「我也是徹底的機動戰論者，但不能每次都用同一招引誘包圍殲滅戰。」

跟魔術一樣。

所謂的戰術，就算發揮創意的餘地很大，將同一招模式化地持續使用的弊害也非常大。

要是機關或把戲被看穿的話，想靠一招走天下是不可能的事吧。

反過來說——傑圖亞中將就在這時微微一笑。

「在敵人自認為看穿把戲的瞬間，就是讓他們落入陷阱的最好機會。各位，就試著稍微動點腦筋吧。」

無法採用正攻法的事實太過於讓人焦躁，但就只能將現場該做的事情，在現狀下做到最好了。

東方方面軍，終究只是方面軍。

諸如與自治議會的合作、補給線的保全、後勤狀況的改善等等，儘管也不是不能推動影響這些戰略的各種要素。

但儘管如此……現場終究是現場。

帝都的那些傢伙，帝都的最高統帥會議會怎麼做？

本來就連在軍中都不是腦袋，是手腳了。既然是這樣的話，作為就只像是手腳中的一根手指的東方方面軍，就只能在現場發揮最大限度的能力。

「總而言之，就將那個多國籍義勇軍部隊送進多國聯合軍墓裡頭吧。」

想再抽一根，但手頭上所剩不多了——一面在心中悲嘆這件事，傑圖亞中將一面輕輕笑起。

「各位，共匪非常喜歡政治宣傳。所以要隨時注意那個部隊的所在地點。那裡恐怕就是下次主攻的主軸。」

「閣下，他們在安朵美達作戰時是『完全位在主戰線外』。」

「沒錯。然後，按照共產主義者的思考邏輯，『這次』恐怕就會以他們為主軸了吧。當然，並不是要你們認為絕對會是這樣，但應該可作為參考條件。」

同一時間——多國籍義勇軍部隊基地

勝利是萬靈藥。至少，能期待以看得見的形式，發揮出將爭執裹上糖衣的效果。

就連對不斷落入帝國軍圈套之中的多國部隊來說，也沒有例外。

安朵美達作戰的阻止是偉大的轉機。至少，表面上聯邦能伴隨著榮耀宣揚這是一場大勝，共同交戰國也能毫無保留地以外交禮儀恭賀同盟國的勝利。

就算緊接著在機動戰中吞下慘痛的敗北，這也毫無疑問是戰略性的勝利。

情勢的改善，也宛如甘霖般的降到東方方面的多國籍部隊身上。畢竟，他們能比較容易地確保適合政治宣傳的畫面。

在戰地，無法期望更多的政治性戰果了。

於是，聯合王國聯邦分遣海陸魔導部隊指揮官——德瑞克中校愉快地喃喃說道：

「……一帆風順啊。」

一望無際的沃野；不見敵蹤。配合著帝國軍的逐步後退，聯邦軍執行了主戰線的推進。

德瑞克中校等人也為了支援推進行動，不斷重複著連日出擊。主要任務是搜察攻擊任務。就算讓部隊分散成扇狀前進，也只有零星的遭遇。

這只能認為是帝國軍地面部隊乾脆到令人害怕地放棄前線，急急忙忙地後退了。

頂多就是很罕見地收到與疑似偵察的帝國軍航空機、魔導部隊的接觸報告。空中優勢的天秤毫無疑問是傾向自軍陣營。

「相對地，戰線的推進也超乎預期嗎？」

獵物少到會讓出擊撲空。

邊覺得這樣很好，邊讓親自率領的中隊集合返回的德瑞克中校，一降落就注意到兩張眼熟的長相並排在一起。

是身高一高一矮的米克爾上校與莉莉亞．伊萬諾娃．塔涅契卡中尉這兩個人。也就是親密的戰友與麻煩的政治軍官。

姑且不論前者，後者特意跑來「迎接」自己，只讓人有種麻煩上門的預感。

這次又要我做什麼啦？

「德瑞克中校，方便嗎？」

跟預想的一樣，搭話的是共匪養的狗。與政治軍官之流說話，怎樣都叫人難以忍受。

就以德瑞克自身直率的見解來講，幾乎沒有比這還要過分的事。跟鸚鵡說話甚至感覺還比較有益吧。

「沒問題，是米克爾上校找我嗎？還是貴官找我？」

「是上校同志想針對戰局跟中校商量。」

「喔，是米克爾上校找我啊！」

德瑞克中校一面充滿挖苦的嗤笑，一面將視線重新對向擔任口譯的莉莉亞·伊萬諾娃·塔涅契卡中尉。

「上校到底想找我談些什麼呢，中尉？」

名目上是米克爾與德瑞克在進行協議吧，但實際上，塔涅契卡這名中尉卻沒有用聯邦官方語言向米克爾上校確實地一一說明。

這其實是體現共產黨意志的塔涅契卡這名中尉，特意以經由政治軍官口譯的形式在與德瑞克中校對話。

我的戰友——米克爾上校精通聯合王國官方語言這件事，現在就只能暫時忘卻了。

演戲的關鍵就在於連續性吧。

儘管是一齣非常滑稽的鬧劇，但身為演員的米克爾上校與德瑞克自己可是非常認真的。就算觀眾只有一名政治軍官，既然這關係到米克爾上校的生命與更勝生命的事物，也就只能演下去了。

「航空魔導戰很順利。配合友軍的進入，有辦法推進戰線吧。因此想在此局面下，考慮新的作戰行動。」

「在此局面下的新作戰！聯邦方的氣勢還真好啊，能幫我向上校轉達這個主意很好嗎？」

盯著一看，就看到中尉不知所措的眼神。

啊，是這樣啊。

「上校的回答是？」

「那個，不好意思。能請中校再說一次嗎？」

「還真是抱歉，塔涅契卡中尉。對口譯來說，我講話有點太快了嗎？」

輕刺拳與挖苦。

順便找麻煩的牽制。

就在政治軍官向米克爾上校解釋情況，米克爾上校嗯嗯地點頭後，德瑞克中校就間不容髮地繼續著不成熟的惡作劇。

「話說回來，南方沒派增援嗎？新作戰是很不錯，但首先無法無視兵力的問題。」

「根據黨的通知，南方的狀況儘管正漸漸改善，但仍有警戒反攻的必要。」

雖然政治軍官立刻做出回應，但儘管只是形式上，這可是米克爾與德瑞克之間的對話。德瑞克中校朝著塔涅契卡中尉稍微挖苦起來。

「中尉，辛苦妳了。但是，貴官是中尉。可不能讓階級差距成為知識差距。為了小心起見，能幫我詢問米克爾上校『有沒有增援』嗎？」

就跟剛才一樣，政治軍官向米克爾上校滔滔不絕的說明起來，將適當的答覆「加了非常多料後」做出報告。

「上校的答覆還是一樣。表示南方的情勢正逐漸改善，目前的狀況正是能以積極的行動粉碎邪惡帝國主義者的大好良機。」

「喔！那麼，那個新作戰是？」

「是黨中央的提案。」

「咦，還真是期待呢。是怎樣的作戰？我非常有興趣喲。」

話中滿是迂迴的鄙視。正因為與擔任看門狗的政治軍官對話會削減自己的品性與理性，所以怎樣都非常難熬。

不過，就連這種感情性的言外之意，也終究在聽到下一句話後，就從德瑞克中校的內心裡消失了。

「黨中央要我們研討一下斬首戰術。」

斬首嗎！

看來他們偶爾也想以其人之道，還治其人之身的樣子。

總結提案的性質，大概就是這麼回事了。

「目標是？」

「東方方面軍司令部。目標恐怕會是敵軍的參謀長——傑圖亞中將吧。」

「不對，我記得他不是參謀長，而是『檢閱官』吧？」

「可是，俘虜的證言指出，他是實質上的指揮官。」

肯回答疑問是件好事。

要是有問題的話，就是她雖是政治軍官，但就連區區一介中尉都知道的情報，身為「聯合王國軍指揮官」的自己卻不知道這點吧。

在研討認真的作戰時，這樣可討論不下去啊。

「塔涅契卡中尉，可以問妳一件事嗎？」

「是的，請問有什麼事嗎？」

「不好意思，這是什麼時候的情報？」

「咦？」

在德瑞克中校不耐煩的注視之下顯得困惑的年輕女性政治軍官並無惡意吧。單純只是她連想都沒有想過要跟自己報告。

要在用無能就能說明的事情中找出惡意，會讓事態變得複雜。

「我沒有收到這項情報。要基於沒有收到的情報討論作戰行動，是不可能的事。」

最重要的是——德瑞克就在這時再次強調軍階。

「塔涅契卡中尉，妳雖說是政治軍官，但就連貴官都知道的事情，身為聯合王國軍派遣部隊指揮官的我卻不知道，這讓我無法接受。我要相關資料。」

「那個，這個是……」

真是叫人不得不生氣。在事關將兵性命的戰爭中，勉強也同樣算是士兵的傢伙，居然搞這種把戲！

「米克爾上校是故意隱瞞我的嗎？」

德瑞克自己也很清楚，他是不可能這麼做的。

因為聯邦共產黨對米克爾上校的戒心，搞不好比對德瑞克自己還要高。

執政黨真該再多送一點職業軍人到聯邦方面來的。這樣一來，全員對於「我們」議會的感謝與信用，肯定會異於尋常地高漲到前所未有的程度吧。

在聯邦，能讓人學習到民主主義到底有多麼重要。

「好像是出了什麼差錯，那個……現在正要和中校說明。」

「很好。那麼，想請妳順便翻譯一下。『期待從今以後，能相信貴國會對同盟國進行適當的說明』。」

還有——德瑞克中校露出明理的外交官笑容，向塔涅契卡中尉裝出微笑。

「為了兩國關係，我很樂意提供協助。」

「這是中校贊同作戰的意思嗎？」

猛然抬頭的政治軍官，肯定是在擔心自己的失誤會有怎樣的下場吧。聯邦真是太害怕「失態」了。

不是他們膽小。而是讓他們不得不膽小的體制太有問題了。

……這居然是同盟國！

難怪首相閣下會在庶民院擁護惡魔，揚言如有必要就不惜與惡魔握手了。

一切都是為了必要兩個字！

驚人的是，自己居然會帶著笑臉與政治軍官妥協！

「發揮多國籍部隊的能力，追求最大限度的成果。這是我們的職責。」

我們是政治性的派遣，極端來講沒道理要聽從聯邦方的命令。然而，只要有效，提供協助也是我們的職責。

聯合王國本國也會認同這種痛快的作戰吧。特別是哈伯革蘭少將閣下他們似乎會非常喜歡。

「就以此觀點來看，實際上，精銳的特種運用方式非常有效。雖然得加上『只要實行的我們能夠生還』這句但書……但將校就是為此存在的吧。我很樂意盡全力執行。」

艱難的任務。

不過，效果出眾。

要激起將兵的幹勁，是輕而易舉吧。

「能期待你們將必要資料及時送來嗎？」

對於死盯著聯邦方的德瑞克中校，回答的依舊是政治軍官。連詢問米克爾上校的動作都忘了，立刻向他點頭。

「這是當然。請交給我吧。」

點頭回了一句很好，特意只和米克爾上校握手的德瑞克中校，就在返回宿舍時，迎來了令人驚訝的訪客。

是塔涅契卡中尉以及無數的聯邦憲兵。還來不及問這到底是怎麼回事，抱著整套資料的政治軍官與聯邦憲兵，就伴隨著碰地一聲勇猛聲響，將東西陳列在德瑞克的辦公桌上。

是有好好翻譯成聯合王國官方語言的俘虜審問紀錄。這些正是剛剛才要求的資料。看來聯邦軍有時也會將委託的東西好好送來。

是打從一開始就有了——這也會讓人想嘆氣吧。

既然能這麼輕易地將整套資料送過來，也會讓人想抱怨「既然辦得到，就趕快給我啊」。算了，在說不定有遭到監聽的室內老實地佩服給他們看，可是我的工作。

該死。

不過，在看完資料，大略研究完狀況後，德瑞克中校真的就只能罵出口了。

「該死，這……很困難啊。」

目標是帝國軍的高級將官。

既然是頻繁使用斬首戰術的指揮官，當然也會知道對策吧。光看資料，就能看出他正在到處移動。

這跟襲擊定點的作戰，前提條件可是完全不同。這樣就算期待聯邦體系游擊隊的通報，也不可能準確地確定所在位置。

「……是要怎樣找出會移動的對象？要是無法掌握到預定行程，這是不可能的吧。」

撲空的可能性非常大。

「縱使成功找到了，也還有一堆問題。就算他真的在那裡，有辦法在短時間內解決護衛嗎？要是讓他逃了，該怎麼辦？」

簡單來說，風險太大了。

「帝國那些傢伙，還真虧他們能把這種事當成戰術使用。」

儘管令人吃驚，但即使如此，他們也還是非常有效地做到了。

他們雖然可恨，不過該對他們身為專家的實績致上敬意吧。

諾登外海「一連兩次的偶發遭遇戰」，共和國軍萊茵方面司令部的剷除，最後是在對聯邦戰中「頻繁到令人傻眼」的樞要攻擊。

還有對協約聯合的登陸作戰也是吧。那也能說是將陸軍的迂迴概念帶到海上來的成功事例。

果然，愈是思考，就愈覺得這一切都策劃得很好。

儘管本國的分析官指出「這一切可能全都是臨機應變」……但就從有過前線經歷的人看來，也很懷疑「這種特技有辦法成功這麼多次嗎？」。就連精心策劃的計畫都會非常頻繁地發生事故。想靠偶然成功，總之是不可能的事。

「靠臨機應變指揮軍隊？太荒謬了。」

不可能是個別的偶發事例。假如沒有進行有系統的準則運用研究，是不可能這麼順利的吧。

因此，向敵人學習是最好的辦法……但他們創下的最大成功案例，共和國軍萊茵方面司令部直擊的「詳細」，至今還尚未判明。是執行了某種航空作戰吧，但航空魔導師不僅沒被偵測到地「長距離入侵」，還配合著疑似列車砲的攻擊空降。

老實說，也有不是列車砲，而是空用炸彈的說法……但畢竟是混亂成那樣。還來不及徹底進行完美的檢證，就慘遭帝國軍蹂躪了。

「雖是馬後炮，但謎題太多了。就連分析材料都只能慢慢摸索。」

戰線崩壞的混亂，直到現在都還能回想起來。資料會不足也是沒辦法的事。可是，也不能不去調查吧。

「真想知道謎底……包含向自由共和國的確認，或許該向本國詢問吧。」

畢竟是本國的話，就肯定能掌握到某種線索。但情報要回送到這裡來，怎樣都需要時間吧，這是個問題。

意外地，時間是個深刻的問題。

不論是什麼都好，自己可是立刻就想要線索。畢竟是將性命放在天秤上。分秒必爭是理所當然的吧。

即使無法期待，也該以作戰必要的相關資料名義，試著向聯邦軍要求嗎？……雖是他們的提案，但就連在企劃階段都沒說要提供資料。

無法期待。說到底，根本就不該對共產主義者抱持過度的期待吧。就沒有別的，其他地方的情報源嗎？就在思索著這些時，德瑞克猛然敲了下手。

「嗯？這麼說來，我記得在戰地記者組當中也有幾個。對了，安德魯他們應該有待過萊茵戰線。」

向戰地記者他們詢問。

就算沒什麼希望，但說不定有一試的價值。反正在聯邦的邊疆地帶，有辦法接觸的情報資源也很有限。

是不會白費工夫吧……

不過，思考就在這時被敲門聲打斷了。

「德瑞克中校？啊，不好意思，中校。請問方便嗎？」

「當然。是誰啊？進來。」

儘管以對方不熟聯合王國官方語言為由放過那拙劣的遣詞，不過會這樣說話的部下軍官，毫無疑問就只有一個。

老實說，就連要握住韁繩都很費力……但不是完全掌握不住，算是不幸中的大幸吧。

「是蘇中尉嗎？妳回來啦。」

「是的，正在寫報告書。不過，沒有接敵，地面上也幾乎看不見敵蹤。」

「很好。等下給我最終任務報告。」

對於德瑞克中校的要求，蘇中尉以非常老實的態度點頭。這是某種程度的獨立任務，率領部隊的作戰行動。

儘管無法放心，不過在可妥協的程度內穩定下來了。

能在某種程度內控制住蘇中尉，簡直就是上帝保佑。

「沒有失控嗎？」

這種提心吊膽的現狀，難以說是理想的狀態。甚至帶有問題。只不過，反正跟德瑞克自己的意思無關，就只能用她了。就算只有某種程度，但既然有辦法控制住她，甚至應該要高興吧。

「還不錯。」

還真不錯——德瑞克中校就在這時喃喃自語起來。

「能贏的戰爭還真好。」

被自己的話語感動，會很蠢嗎？不過作為事實，德瑞克中校是在品嘗著勝利的恩惠。

「死者很少，爭執也減少了。盡是一些好事。雷魯根戰鬥群的那些傢伙肯離開這裡，還真是幫了大忙了。」

感謝敵人似乎也不太對吧。不知該說是上帝保佑呢，還是因為帝國人太蠢了，但樂得輕鬆不是件壞事。

「……同情起約翰叔叔了。」

麻煩的敵人不在，對現場來說是非常幸運。

「不對，這裡也有這裡的問題吧。得承擔上頭交代的麻煩事。倒不如說，我才想被同情吧。」

在曾是威脅的雷魯根戰鬥群離去後，需要謹慎對待的蘇中尉等人也變得愈來愈聽話。這是在有得到戰果，戰況順利的情況下。

米克爾上校與塔涅契卡中尉的指揮系統問題，也依然沒有改善；多國籍義勇軍部隊的統一運用是一場惡夢。這要是苦戰的話，情況會變得怎樣啊。

「在勝戰時擔心苦戰，我也太愛操心了。」

不對——自己心中浮現的樂觀論，讓德瑞克中校重新繃緊神經。

「傑圖亞這名敵方的將軍，真是太讓人毛骨悚然了。」

還以為他們會為了救援陣地，立刻突出戰線，結果卻毫無反應；才想說他們要是能繼續待著不動，讓部隊後退的話就好，結果怎麼了？

還真的給我後退了。

……服務精神旺盛的敵人，當然也會要求用鐵與血支付相應的代價。想必是在打什麼驚人的壞主意吧。

既然如此，去砍掉那顆腦袋的要求也不無道理。儘管要同意聯邦人，或是說共產主義者的想法，怎樣都讓人不爽就是了。

不，是該同意吧。

斬首戰術有研究的價值。

但不得不承認此戰術的風險太過巨大，實行部隊還得徘徊在拚死與必死之間。作為部隊指揮官，德瑞克中校厭惡著這種犧牲；另一方面，作為理解戰術、戰略層面的將校，德瑞克中校也不得不評論這是有用的戰術。

這可說是將校的兩難吧。

該怎麼辦——非常懷念起雪茄來了。

沉思了一段時間。

「不好意思……那個，中校。餐點準備好了。」

注意到勤務兵的搭話，德瑞克中校不由得看向時鐘。是想太久了吧。

「糟糕。已經這麼晚了嗎？得趁熱趕去用餐了。」

真受不了——德瑞克中校起身，搖了搖頭。有道是笨蛋想不出好主意。沒有對腦袋注入酒精，是想不出好辦法的。

在這種時候，總是會讓人深深懷念起酒吧的啤酒。這種時候，該拿出用牌從記者團手中贏來的珍藏葡萄酒嗎？

只要認為能順便向他們打聽消息的話，可以說是必要經費……不對，軍官可不能喝醉。

「今晚的晚餐是？」

「補給情況改善了。真是感謝殖民地人。」

「喔？」

還真是期待啊——在帶著勤務兵前往軍官餐廳途中，德瑞克中校看到堆積如山的罐頭。大概是剛搬進來的，每一罐都有特地進行簡易包裝的那種罐頭。

指著大量的優質罐頭與瓶子，露出燦爛笑容的負責人心情也好得出奇。這也難怪吧。不是聯邦官方語言的標籤，而是見慣的聯合王國官方語言。換句話說，就是殖民地人也有在使用的東西。然後，會在戰時送來有個別包裝的罐頭的，也只有殖民地人了。

抱持著期待走進軍官餐廳後，就看到一批先到的客人。

愉快談笑的部下手中拿著的是……紅茶杯。而且，還散發著引以為傲的清新芳香。

「是從港口直接送來的。要來一杯嗎？中校。」

「不錯的主意。這麼說，殖民地人也有送紅茶罐來嗎？機會難得。我也來一杯吧。順便也想加果醬喝看看。」

「這不是邪門歪道嗎？」

軍官那充滿親近感的挖苦，不論是要斥責還是一笑置之都很簡單。最主要是因為戰局好轉，所以能隨便對應。

「不是說要入境隨俗嗎？既然共產主義不是人吞得下去的東西，那至少要配合他們的方式喝茶吧。」

然後朝桌上看去，喔，今天是藍莓果醬啊。

用餅乾代替司康餅還在容許範圍內。麵包雖然有點硬，但也是白麵包。只要不是軍用口糧就好吧。

豆湯、簡單的魚料理，要是連肉料理都有的話，就還算過得去了。如果再加上戰地的要素，就算說這是全餐也毫不遜色。

飲食良好。

這讓前景愈來愈看好了。

「戰場上就連這種菜色也很不錯。就換個心情，品嚐美味的食物吧。」

統一曆一九二七年七月一日　帝都／澤魯卡餐廳

軍大學同期的烏卡中校說要請吃飯。這美好的邀約，讓譚雅對同期情誼打從心底的感動起來。就職務上來講，跟鐵路圈子的人打好關係不是件壞事，最重要的，他是個有益的相識。既然這餐不用錢，像譚雅這樣的人是「不可能不去的」。而會一口答應招待，輕率地前往邀約，也跟對方是個能放下戒心的人有很大的關係。

也就是說，這一天，譚雅．馮．提古雷查夫中校大意了。

她走在熟悉的街道上，懷著對咖啡的期待，心情愉快地走進澤魯卡餐廳，認出表情有些疲憊的烏卡中校，一面與他親切地打招呼，一面坐下。

就在要伴隨著餐點與他暢談時，譚雅這才總算是注意到自己打錯如意算盤了。

在澤魯卡自豪的骨董桌上，就形式上是擺放了「跟以前一模一樣的餐盤數」。是麵包、前菜、主菜，還有尚可的餐後茶飲。

看起來相當不錯，但就只有一個問題。餐盤裡裝的，全都是怎麼看都像是代食品的東西。

「……本國的宴席如何，提古雷查夫中校。」

烏卡中校那總覺得帶著寂寞的臉上，浮現若有似無的微妙稚氣。維持著難得的表情，烏卡中校輕輕笑道：

「就貴官的表情來看，我的戰略奇襲看來是完美達成了。」

被擺了一道了——譚雅也半開玩笑地點頭。

「背部被擊中了。真是過分。」

「還以為如果是武勳赫赫有名的貴官，就連背上也會長眼睛呢。」

「如果是那位惡名昭彰的傑圖亞閣下在參謀本部設下的宴席也就算了，但既然是軍大學同期的招待，也會掉以輕心吧。」

烏卡中校就像覺得意外似的搖了搖頭。

「我還以為如果是貴官的話，就會體現常在戰場的精神。」

「就算是常在戰場，也不會不信任友軍。這讓下官非常驚慌喔。」

對於譚雅的反駁，烏卡中校輕輕點頭。

「能讓銀翼突擊章持有人驚慌失措，是個出色的英勇事蹟吧。總有一天要說給女兒聽聽。是面有點光榮的勳章啊。」

「不得不告知令嬡，中校的真面目是個背叛朋友牽絆的悖德之人，令下官深感遺憾。」

「真是辛辣。啊，不對，這妳還是饒了我吧。」

擔心會被女兒討厭的好父親；身為好家人的烏卡中校，就像投降似的舉起雙手。他的親子關係很良好吧。算是後方和平的一幕嗎？真是令人羨慕。最後，要是主餐還端上戰時麵包的話，也會讓人想挖苦一句。

「就個人來說，下官也想表現出好戰友精神，但可悲的是，不知道舌頭會不會聽我使喚呢。」

「因為戰時麵包生氣了？」

「是的，這個吃起來很痛苦啊。」

在本國吃到的戰時麵包，味道非常強烈。

嚴重破壞著舌頭的味蕾，在最前線還有稍微考慮這會直接影響到「戰意」，所以也經常配給純正的黑麥麵包。儘管如此，為了備齊足夠的食糧，就怎樣都無法避免戰時麵包的流入，即使是最前線組，就算討厭也有吃過好幾次。

但是……本國規格的戰時麵包雜味多到讓人想說「這搞不好是戰時麵包中的戰時麵包吧」。

「第一次試吃戰時麵包時的感覺，下官直到現在都還忘不了。讓我懷疑起本國的蠢蛋，該不會是認真開發出了違反國際法的拷問用或懲罰用食物了。」

「深有同感，中校。不過，看吧。如今餐桌上擺的全是假貨。」

就跟烏卡中校說的一樣，就連澤魯卡餐廳也已經蒙混不過去了。

甚至連肉類都瀕臨全滅。端上桌的，只有用不知道存放多少年的魚乾與蔬菜混合成的戰時組合肉。

後方，而且是帝都的澤魯卡餐廳，送上這種料理。

要是不知道以前的澤魯卡餐廳，甚至會佩服起端上這種料理的店家居然還沒倒閉，是過分到這種程度的水準。

坦白講，這裡的料理曾有著相當以上的美味，但全都是過去的事了。不情願地動著刀叉，將說是料理的某物放進嘴中，雜味很明顯。

「……味道又變差了嗎？」

「雖然也跟主廚和廚師被徵兵有關，唉，但帝都在本質上的原因就跟貴官知道的一樣。就算是再好的廚師，面對這麼惡劣的流通情況也回天乏術吧。」

「期待能獲得改善就是了。」

「這麼說也有道理……只不過，比期待味道極端地變好，要來得好多了吧。」

咦——譚雅對烏卡中校的回話蹙眉。期待食材品質獲得改善不好嗎？

「澤魯卡餐廳是在配給品的範圍內想辦法的。」

是這樣啊——譚雅伴隨著理解點頭。譚雅自己也需要在戰鬥群的糧食情況費上相當大的心思。具體來講，就是不得不進行灰色地帶的籌措。哎，就是所謂的偷拿。

沒有資源卻怎樣都需要資源的痛苦，並不是事不關己。

「非常努力呢……雖然也說不上好。」

沒有接觸黑市或靠著違法途徑籌措，是值得稱讚的守法精神。但很難吃。很難吃啊。

「來源明確的料理，只要味道沒問題的話就完美了。」

儘管不打算自稱美食家，但如果有著能靠自己的舌頭分辨好壞的水準，也會讓人想抱怨幾句。

作為少數樂趣的料理竟是這種東西。

不好吃。直截了當地說，就是乏味無比。這種料理，會讓壕溝的戰意像戰時麵包一樣變得破爛不堪。

「這句發言會讓人嚴重懷疑妳的守法精神啊，中校。」

「恕我失禮，烏卡中校。下官是航空魔導軍官。假如不攝取規定量的卡路里，甚至很可能會在飛行前餓死喔。」

將狗屎般的料理塞進喉嚨裡，意外地會侵蝕心靈。因為戰爭充滿壓力，所以才想追求對心理衛生的照顧。吃飯是戰場上少數的樂趣，就不能再稍微重視一下嗎？

不是想否定補給效率的重要性，但源源不絕製造單一製品的傢伙，只要有共匪就夠了吧。豐裕正是在資本主義社會中的統治正統性。

「基於職務，而對吃的很講究？」

「是下官正在發育。」

「說得還真好。」

一副既然如此的態度，烏卡中校開口說道。

「只要貴官希望的話，我這就去參謀本部的晚餐室訂位。妳愛吃多少就吃多少。」

「烏卡中校要陪同嗎？」

「……為了彼此，似乎還是別這麼做比較好。」

「有這麼慘嗎？」

對於譚雅「還是這麼難吃嗎？」的詢問，烏卡中校稍微歪頭困惑。

咦，這是什麼意思啊？

「哎……該怎麼說好呢。老實說，我不知道該怎麼評論那裡的味道。儘管難吃，但也沒有特別難吃。」

「下官不太明白中校的意思。」

面對譚雅的疑問，烏卡中校用明確的說法重新解釋。

「硬要說的話……最近就算在外頭吃，也和參謀本部差不了多少。」

「也就是說，味道改善了！這怎麼可能！」

對於譚雅非常驚訝的確認，烏卡中校以痛切的表情點頭。

「要是這樣的話就太好了。但是就壞的意思上均質化了。」

「那麼，難不成……是這個意思嗎？」

不比外頭差。不過，還是一樣難吃。也就是說，社會上的平均水準變難吃了？

「與其說是參謀本部的品質改善，倒不如說是市井的品質急遽下降。結果，甚至開始有人覺得到外頭吃浪費時間，而在參謀本部用餐了。」

「這是開玩笑的吧。」

「然而，這很驚人的卻是事實。」

他一臉認真的回答，譚雅想笑也笑不出來了。

以前，曾被傑圖亞閣下以近似權力騷擾的手法「請客」過好幾次……甚至會積極地選擇吃那種東西嗎？

這實在是太可怕了。

愈是去挖掘過去的記憶，就愈是能窺見到帝國忌諱的糧食情況。居然會選擇參謀本部餐廳，這難道不是文明的敗北嗎？

「總體戰還真是恐怖。」

譚雅喃喃低語，然後看向手邊的東西。

漂亮的餐具，配上染色的湯。感覺還真是悲慘。最高級的陶器，配上最劣質的假淡茶。正因為勉強用了富有文化氣息的陶器，所以也讓憂鬱的心情愈來愈強烈。

「就連飲料都被犧牲了。」

苦笑兩道，苦澀的表情也兩張。

以紅茶的名目端上桌的染色溫水。就算是最劣質的茶葉，也還會再稍微有點色澤與香氣吧。

「這是時下流行的『香草茶』。搭配富有膳食纖維的食物飲用，對健康似乎非常好喔，提古雷查夫中校。」

「即使是下官，也不否定追求健康。」

不過──譚雅苦著臉說下去。

「至於把過度減量與無法消化的東西塞進腸胃裡這件事嘛，下官是怎樣也難以贊同。剛剛也說過了，畢竟，下官正在發育。」

就像是要補充說明似的，譚雅表明著自己的主義主張。

「最主要還是興趣的問題……也不是討厭香草茶，但依舊是想喝紅茶或是咖啡。」

「是咖啡因啊。」

「因為是文明人。」

咖啡與紅茶，幾乎是促進文明一大進步的觸媒。乾淨的煮沸水，還有能讓經濟作物流通的偉大商業交通路線。

交易是讓各式各樣的文化交流，促進社會發展的最好方法。正因為如此，咖啡因是現代市民的好朋友。

「烏卡中校，老實說，不該輕視飲料的主義主張吧。即使是我，也沒辦法和喝茶品味差勁的人好好相處。」

「好品味嗎？」

烏卡中校露出苦笑，用手指拿起茶杯說道。

「很可悲的，淪為戰爭犧牲的永遠都是這方面的品味。紅茶與咖啡是最大的犧牲者喔。」

「誠如中校所言，但也不能就這樣唯唯諾諾地放棄。」

譚雅也半開玩笑地苦笑回應。

「這是身為將校，該以堅決的意志力奮戰到底的局面。」

「很遺憾的，妳還是放棄吧，提古雷查夫中校。現實是，假如沒有貴官從東部帶回來的土產，就連要弄到砂糖都不太可能。」

戰前的帝國曾是砂糖的一大產地啊。轉種、轉種、馬鈴薯的增產。不斷高呼糧食增產的結果就是現狀。

愈是了解，心情就愈是無可奈何地沉重。

「總體戰的進展，偷偷潛入日常了嗎？」

「沒錯，日常生活也變得相當不便了。」

「不過，就只有這樣吧。」

「……妳的意思是？」

烏卡中校忽地向前傾，探頭過來。是說了什麼讓他感興趣的話嗎？

「終究是平穩後方的勞苦。」

不用在各個街口掃蕩抵抗的敵人，能一手拿著錢包散步的和平世界。往來的軍人都穿著筆挺的軍服。

這裡沒有戰壕的泥濘。

沒有衝過來的共匪，沒有隸屬部隊不詳的游擊隊，也沒有愚蠢友軍的誤射，是非常有秩序的日常空間。

對譚雅來說，後方依舊是安全的溫水區。

「雖然尊敬大後方的犧牲，不過一旦處於戰時狀況下，就只能甘願承受這種程度的辛苦了。」

這麼說沒有其他意思。

就單純是「這裡比最前線來得好吧」這種基於比較的感想。後方比最前線安全。

這是客觀的事實，也是顯而易見的公理吧。

不過，對於譚雅的發言，烏卡中校明顯扭曲了表情。能讓人瞬間理解，所看到的全是憤怒與悲嘆的那種表情。

「提古雷查夫中校……我希望妳收回這句話。」

他嘆了口氣，抬頭望著天花板說道。

「……關於這件事，我對貴官有個提案。」

「是的，請儘管說。」

「儘管也已經跟兩位中將提議過了，但『貴官』也跟『閣下』是一丘之貉。我沒有惡意，但你們的腦袋太過清楚了。」

不知是稱讚還是批評的微妙話語。

儘管不是由衷的稱讚，但也不是批評。而且，就算被說是傑圖亞與盧提魯德夫這兩位中樞中將的同類，也不會覺得不舒服。

「所以說，這是什麼意思？」

譚雅詢問這句話的真正意圖，烏卡中校卻緘默不語。尷尬地將難喝的「香草茶」的茶杯遞到嘴邊的模樣，就像是在猶豫似的。

要是如此明顯地難以啟齒，想必是足以讓他躊躇的辛辣言論吧。

「請中校直說無妨。」

筆直凝視之下，他再度嘆氣。是打算用呼氣溫暖地球嗎？

記得這個時代的產業結構……儘管也會產出龐大的溫室效應氣體，但影響有限。還是該告訴他「雖然你很擔心行星寒化，但就長期趨勢來看，該擔心的應該是暖化才對」會比較好吧？

經過足以讓腦中浮現這種莫名其妙妄想的漫長沉默後，烏卡中校總算是開口了。

「……我想，請妳稍微『帶有』一點人類的感情。」

「恕下官直言，這話的意思……也就是說我——」

「簡單來說，想請妳去做以人來說理所當然的行為。」

是想說我不是人？這還真是遺憾。我想很少有人會比自己還要更具備著身為一個人的主體性吧。就算是存在X那個狗屎混帳，應該也沒辦法否定這件事。

「這是在質疑下官的人格與人性嗎？中校，我以名譽起誓，我是完全地忠於義務……」

面對太過憤怒，微微站起的譚雅，烏卡中校慌慌張張地補充說道：

「這不是對貴官個人的批評與攻擊！希望妳能明白！」

「能請中校說下去嗎？」

「我完全沒有貶低貴官人格的意思！我可以發誓，這是在勸告！請認為這就只是勸告之類的話。」

「……是在指出下官的缺點嗎？」

面對儘管坐回椅子上，也依舊不太高興地單刀直入提問的譚雅，烏卡中校就像個參謀將校的單純點頭。沒有耍小聰明的敷衍。

「對於事情的對錯『太過追求當機立斷，並且太過否定做不到的人』。考慮到貴官的出身、經驗，是可以理解妳為什麼會這樣……但這就只能說是惡習吧。」

畢竟——烏卡中校一臉由衷感到厭煩的表情說下去。

「大半時候，感情是很頑強的。要解開心結，無論如何都需要時間。」

「這下官也不是不懂。」

「但也還是想要否定？」

是的——譚雅老實點頭。

感情很頑強是基本性的事實，能以腦袋理解。

要是蠢蛋放任感情把自己推下火車月臺，主張自己是超常存在卻意外性急的存在X惱羞成怒，萊希至今還在以被死者支配的感情論持續戰爭的話，就算再討厭也會明白。有誰能比身為被害人的自己還要清楚啊。

正因為如此，才不能不譴責感情的有害性。要是打結了，切掉就好。即使是戈耳狄俄斯之結，不也是這樣解開的嗎？

「我們不是能因為好惡哭叫的幼兒。」

是成熟的大人，迫切追求良知的市民。

要是一直只靠感情用事，文明直到現在都還沒辦法打好基礎吧；要是只靠臂力解決事情，就無法實現核武的共同毀滅原則。

儘管不願承認，但歷史就是證人。就連共匪，就算只有最低限度，也都還具備著某種理性。極端來講，那個能否定義為理性也非常可疑就是了。

不過，光是事實就足以證明了吧。儘管雙方陳列核武、追求共同毀滅原則、囤積著能立刻毀滅地球的劇毒，冷戰也依舊沒有變成熱戰。

文明萬歲；理性萬歲。

「必要在追求理性。猶豫、拖延，還有欠缺堅決的意志，就跟機會損失是同義，只會造成妨礙。」

這不是場面話，也不是形式論，而是譚雅的肺腑之言。

在某種意思上比市場競爭還要惡質且激烈的生存競爭中，戰場上的軍人必須一如字面意思的賭上自己的生命做出判斷。往往都得在完全沒有時間思考檢討的狀況下臨機應變。

比起深思熟慮後的最好，更要求能在時間內選擇的次好。名為時間的機會成本，特別是在戰時會比尋常的性命更加重要。當然，自己的生命與財產要另當別論。

「……就是那個。」

就從烏卡中校的表情與語調來看，譚雅對基本原則熱烈的忠誠表明似乎離簡明相距甚遠。儘管這恐怕是野戰將校，不論是誰都會全面，甚至是在細項上大為贊同的領域。

「那個能無條件肯定『必要』的精神，我無法理解。」

烏卡中校發出喃喃的呻吟聲。

「我是成熟的大人。作為參謀將校，也經過徹底的教育。儘管如此，如今的我卻非常想像個幼兒似的裹著棉被大哭。」

「咦……？」

「中校，我怎樣也無法理解。老實說，我無法理解『必要』的意思。」

譚雅突然間受到困惑的感情驅使。就彷彿是認為不會倒的牆壁倒塌一般的衝擊。無法理解？這怎麼可能。

「恕下官失禮，中校也是參謀將校。」

有在軍大學受過軍紀教練。總歸來講，只要一旦成為參謀將校，作為參謀將校的典範就會反覆徹底地灌輸在腦中。

這種人居然想像個嬰兒似的大哭！有良知的人，給我振作一點！

「我們是參謀將校。就只會是基於共同的認知，經過共同的軍紀教練，共有著確實典範的存在。」

「不可能無法理解？」

「是的，烏卡中校。這就原理上是不可能的事。」

參謀將校會被教育成足以擔任「參謀將校」之人。

作為根本且最基本的概念就是「必要」。毅然完成所設定的目標。

這正是發明之母，也是可惡的義務。只要有要求，就不容拒絕。毫不遲疑，毫不拖延，捨棄一切的議論，勵行職務。

「軍大學的教育非常單純。是以參謀將校的量產為目的，只要一度踏入，就會作為習性養成習慣。我們應該是這種人才對。」

感情性的各種問題，是該考慮的戰意要素。除此之外什麼也不是，更不該是會讓參謀將校「迷惑的原因」。

這種事早在入學時，就被徹底灌輸在腦中了。

「中校，你到底是怎麼了？」

「……貴官說得很對。實際上，我也具備這個道理的知識。幸好，我的記憶力並不差。」

然而，有別於他說的話，烏卡中校搖起頭來。

「不過，我在後方待太久了。我已經變回人類了。肯定是打從女兒出生之後，就已經變回來了吧。」

在瞬間的遲疑後，他發自肺腑地擠出軟弱的話語。

「提古雷查夫中校，我……沒辦法再繼續當個名為參謀將校的怪物。就只是個脆弱的人類。儘管曾一度想要成為怪物，但我辦不到。」

人類宣言？

偏偏是在軍大學修完相同教育課程的人？在職務上能幹且誠實，具備著身為現代市民美德的同期！

「怎麼會！中校太杞人憂天了！」

譚雅扯開喉嚨，喊出激勵的話語。

「中校不是名優秀的參謀將校嗎！也有耳聞過中校的活躍。下官明白中校的疲憊，但這不成為讓中校太過軟弱的理由！」

「作為掌管物流、後勤的專業人士，我還勉強派得上用場吧。現狀下就連這份職務的內容，也大都是遠離本來參謀將校業務的後方交涉。」

在戰場上，我已經派不上用場了喲——無力的自嘲。

「最重要的是，在作戰領域上我可說是三流的吧。有太多躊躇了。作為指揮官是最差勁的無能。不知是幸還是不幸，我還能客觀地審視自己。」

淡淡說出難以置信的自我評價的烏卡中校，超出了譚雅的理解範圍。

這算什麼。

「坦白講，我衷心感謝妳勸我去做後方勤務。」

烏卡中校深深低下頭。

雖說客人比平時還要少，但澤魯卡餐廳依舊是個公開場合。要是不顧形象到這種地步，他就是認真的。即使看不見表情，他所帶有的誠意也是貨真價實的吧。

要是一笑置之，社交性很可能會遭受質疑。猶豫到最後，譚雅選擇了無可非議的回答。

「恕下官僭越……那就只是作為一個好同學說出的提議罷了。」

「即便如此，我還是衷心感謝著妳。」

當面獲得他人的致謝與謝意……該怎麼說好呢，是身為市民的喜悅吧。或許是在最前線待太久了，嚴重有種喉嚨裡卡著東西的不自然感。

「正因為如此，我才想勸告妳。以個人來說，我能理解貴官並不邪惡。所以才會這樣勸妳。」

「感謝中校的厚意。」

「……別用這種場面話回我，中校。」

「這是下官的個性。」

只是沒天真到會在工作交際上捨棄場面話與禮節。或是說，帝國的一般規範也是如此吧。

「沒錯。貴官就是這種人，對於義務的忠誠心太過完美了。要是無法理解的話，很容易被當成是相當冷血的人。妳常被人誤會吧？」

親切的忠告。老實說，以帝國人的標準來看，烏卡中校是相當愛干涉他人的類型。這在字典上就叫做多管閒事。

畢竟——譚雅挺起胸膛。

「下官可是以良好的人際關係自豪的。」

「哈哈哈，也可說是只有當事人不知情。就讓我作為友人奉勸妳一句小心吧，提古雷查夫。」

「下官有著好長官、好戰友，甚至還有著好部下。人際關係就像是我少數能向他人自豪的寶物一樣。」

能幹的長官、會提供方便的同期，以及能幹的肉盾。而且，要是全員還受過實質性的軍紀教練的話，我還有什麼好奢求的？

豈止如此，我甚至還有可信賴的同僚、部下。在品質顯著劣化的帝國軍中，恐怕也很少有將校比自己還要幸運吧。

「以美好的友情為傲……嗎？哎，這是貴官的自由。」

「自由萬歲；友情萬歲。硬要說的話，就是這樣吧。」

對了——他和藹可親的表情稍微黯淡下來，烏卡中校儘管一副若無其事的態度，語氣卻微微變了。

「……啊，對了。關於友情，我還有一件事。是個人的心裡話。」

「是哪方面的？」

收到暗示了。

不是經由官方途徑，而是非官方人脈的情報。這種情報非常重要。俗話說笨蛋會從報導中找情報，是因為當事情在社會上「報導」出來時，「結果」早就顯而易見了。

在戰時，想得知事態的變動，就只能從內部的人身上挖出來了。

瞧，我的人際關係很優秀吧。哎呀，烏卡中校也意外地愛照顧人呢。

「有個壞消息。」

或是說，難怪他會像這樣迂迴地發出警告吧。譚雅為了表示衷心的謝意微微低頭，全神貫注地洗耳恭聽。

「以前有聊過吧。在朋友家中企劃的和好派對的預定計畫。就是那個啊。妳有印象吧？」

朋友、派對，不對，是和好。

就目前的文字脈絡來看，是在指經由義魯朵雅交涉議和的那些事吧。

「啊，跟我們的共同朋友有關吧？是後續消息嗎？」

「怎樣也沒辦法談好啊。所以要換地方了。」

「是幫忙仲介的朋友搞的？」

如果是義魯朵雅方讓帝國與聯合王國之間的議和談不成的話，就很可能是義魯朵雅方在露骨地表明立場。真棘手——蹙起眉頭的譚雅，就在這時注意到烏卡中校搖頭的模樣。

「不，是我們的獨斷。」

「真意外。我還以為我們是想和好呢。」

「很遺憾的，雙方的距離感很大。連談下去的意思都沒有，就起身走人了。」

「是這樣啊。雖然很遺憾，但下官明白了。」

喔喔，該死的混帳。是帝國方先不耐煩了！明明就需要和平，卻一點耐心也沒有，真是沒救了！

要不是認識烏卡中校，這消息過分到讓人想大喊你別胡扯了。

「要說是作為代替也很奇怪，不過我幫妳安排了一場與盧提魯德夫中將閣下一起的小規模參觀行程。去參觀一下吧。」

因為議和沒談成，所以安排參觀行程是什麼意思啊？不過，對現在的譚雅來說，只要知道一件事情就好。

於是她問道：

「是軍令？」

「沒錯。」

烏卡中校淡淡點頭的答覆，是非常充分的條件。

「那麼，就依中校指示。」

「謝了，中校。」

「不會，就麻煩你了。」

兩人當天進行了這種對話，只不過，烏卡中校為何要做出人類宣言呢。譚雅對此百思不解。

統一曆一九二七年七月二日　帝都／中央車站附近

帝都前往東方戰線的列車，是每日通行。送離帝都的他們盼望著休假時的返鄉，在東部的前線躺下，或是成為散兵線的點顫抖著。

不論是誰都在想家吧。很可悲的，只要想到戰局的緊迫與鐵路情況的惡化，想要充分消化規定休假日就近乎奢望。

另一方面，帝都幾乎每天都有收到新的歸還者。夢想著返回故鄉，享用故鄉啤酒的他們，如今作為無法言語的棺材主人回到故鄉了。

在漫長的大戰中，即使主要的棺材出貨地從西方改為東方，今日也有著躺在棺材裡的歸還士兵回到帝都。

譚雅領到民用喪服，奉命出席的儀式，也是這種「已經司空見慣」的戰死者追悼儀式。

雖是軍務，但不穿軍服。累人的是，今天要當個民間人士吧。同樣脫下軍服，穿上一般禮服的盧提魯德夫中將閣下不發一語，就像在說跟我過來似的走向會場的一隅。

這不是能質問的氛圍。譚雅也不得不忍住想問的疑問，閉嘴跟上。

過沒多久，就抵達了稍微遠離車站入口的會場。

環顧四周，是一整面的黑。軍禮服不時混在整齊排列的喪服顏色之中，浮現出不協調的奇妙色彩。

混在黑色之中的不同顏色，是海軍的白禮服嗎？特別顯眼。

一點一點的淺白色，就像奇妙的斑紋似的引人注目。同時，看似陸軍軍官的人也大半是尉官。

儘管帶隊的人是校官……但譚雅和中將閣下要是穿著軍禮服在這裡排隊，確實會就不好的意思上引人注目吧。

只要穿著無個性的黑色喪服，就能不是以個人，而是以群體混進來。是很聰明的偽裝。於是，

譚雅跟往常不同，作為旁觀者參加葬禮。

不過，這裡是帝國，這是一場儀式。也就是說，不論在哪裡都是照著同一套標準規範執行。

這種儀式的開始，不論在哪裡都是一樣的。

淒涼的喇叭曲調。從前線的簡易儀式，到後方的戰死者追悼儀式，都一樣的慣例曲調。

坦白講，帝國非常喜歡形式。

不論是在帝都、最前線，甚至是東部的壕溝線裡，弔祭死者的方式都有著共同的規定。

怎樣都很耳熟的曲調。由於是緬懷戰友的曲子，所以早就縈繞耳畔。講明白點，就是會讓人條件反射性的做出舉動。

擺出立正姿勢，要是沒注意到的話，甚至很可能會以民間人士的打扮行軍禮。譚雅放下瞬間舉起的手腕，將嘆息輕輕吞下。

這次的目的是觀察。

因此，要仔細去看……就在這時，譚雅面臨到意料外的困難。

看不到。

視野不良的原因，直截了當地說，就是只看得到別人的背。

平時的話，顧慮自己的部下會主動讓開，但想當然的，實在無法期待這些群眾會這麼做……

該怎麼說呢，就是非常困擾。

「看得到嗎？」

長官就像是在揶揄的詢問，譚雅儘管心急，也還是老實答覆。

「勉……勉強……那個，以我的身高來講有點……」

儘管在最前線，矮也不是件壞事。特別是需要蹲下的時候不比其他人多，光是這樣就很輕鬆了。只不過，在站立的群眾裡就有點辛苦了。

身高差距。儘管很不甘願，但就承認吧。我的身高很矮。雖然藉由受彈面積的極小化，針對戰場環境達到了最佳化。

但沒有針對市區這種文明環境達到最佳化這點，還真讓人心煩。

「完全看不到嗎？」

「那個……很遺憾的，從這裡的話是看不見。」

「再怎麼說，也不能把妳扛起來啊。」

像個和藹老爺爺般看過來的長官，其實覺得這樣很有趣是顯而易見的事。居然在嘲笑人。參謀將校的個性就是因為這樣才惡劣。

儘管在奇怪的地方露出奇怪的弱點也讓人無法釋懷……但也不得不承認自己有點矮。

「要讓我坐在肩膀上嗎？」

「什麼，想要我扛妳嗎？既然如此，就來吧。」

就算想讓他動搖，對方的防禦也固若金湯。

對身為政治性動物，同時也是社會性生物的人類來說，有著一條該守住的底線。老實說，就唯獨不想這麼做。

「……不，那個。」

「不用跟我客氣喔？別看我這樣，可是有適當鍛鍊的。」

還能把妳扛在肩膀上喔——聽他這麼笑道，譚雅頓時一陣毛骨悚然。

一旦在這種地方讓他扛在肩膀上，會一輩子都抬不起頭來的。假如被拍下照片的話，毫無疑問會顏面盡失。雖然是自己主動提出的，但就只能婉拒了吧。

「下官非常榮幸，但畢竟是這種場合。必須謹言慎行，還是等下次有機會吧。」

是這樣啊——這樣笑著回答的盧提魯德夫中將，真是太不莊重了。他這豈不是在享受追悼儀式嗎？

真是非常懷疑他到底有沒有人性。連像譚雅這種基於工作出席的人都維持著「嚴肅的表情」了，他卻在那開玩笑！

是不具備社會性吧。

就這點來講，不知是幸還是不幸，名為後方的空間裡還保有著日常禮儀。雖然並非本意，但只要小孩子踮起腳尖，就會讓紳士淑女發揮禮讓的精神。

具體來說，演一場蹩腳的戲，人群也就能輕鬆解決了。只要盧提魯德夫中將立刻換上沉痛的表情，說幾句「不好意思，也請讓這孩子看看吧」等利用自己的話，就會有種摩西的感覺吧。

此外，除了配合演這場蹩腳的戲之外，可悲的我別無選擇。於是，我就只是萬分抱歉似的低下頭，場地就在轉眼間讓開來了。

也輕易地成功確保了視野。

要不要坐肩膀的對話，肯定就像是對自己的牽制吧。參謀將校這種人種，太過於會率先去做別人討厭的事了。

就是因為這樣，參謀將校才讓人受不了。

不過，就結果來說視野暢通了。譚雅就趁著這個機會努力觀察。

環顧四周，是非常標準的配置。是徹底按照形式進行的儀式，就算仔細觀察，也沒看到特別新奇的東西。坦白說，是看膩的景象。

畢竟，東部可是將士兵加工成戰死者的一大據點。

東部將從帝都進口的原料，加工成屍體出口。是由帝都出口原料，作為戰死者進口來源的加工貿易。

也能理解大致上會基於地點出現地區差異。比方說，帝都是後方中的後方。由於地點的問題，明顯排著許多民間的黑色喪服。

不過，就僅僅如此。

也沒必要特地跑來參觀吧。

「……看看他們。」

肩膀被輕輕戳了一下，他所指著的方向上……有一群服裝筆挺的人。在東部是由同僚的士兵扛棺材，不過他們是專職的儀隊兵吧。

「嗯？」

就在這時，譚雅忽然注意到一件事。就像是相當地，該怎麼講……他們就像是相當沉重似的扛著棺材。儘管是不到氣喘吁吁的程度，但也看得出他們扛得很吃力的感覺。

奇怪。

這類的棺材，明明大半都是裡頭沒裝東西的空箱子。在帝都是顧慮到周遭市民的感受，假裝裡頭有放屍體的樣子扛著嗎？

只不過，要是戰爭持續了這麼久，裡頭有放骨灰就算很好了……這種實際情況也早就是眾所皆知了吧。是就算裝樣子也無濟於事的現實。

首先，戰死者的埋葬規定裡頭沒有這一項。就譚雅所知，當中並沒有制定要假裝扛得很重的規定……是在不知情時修正了嗎？

或是說，裡頭真的放了這麼重的腐敗遺體？要是這樣的話，會是高階軍官或受勳者的遺體吧。

可是，出席者當中卻沒多少認識的人。

盡是些搞不懂的事呢——困惑起來的譚雅，果斷地繼續觀察。

關鍵一直都是士兵。

暫緩對棺材內容的考察看過去，是一群非常普通的士兵。只不過，該怎麼講，讓人看了想別開視線。

哎，還真是相當不整齊的腳步！

是不會要求他們一絲不亂地踢正步。但是，既然是後方的儀式，太過輕視視覺要素也很讓人奇怪。考慮到軍方的顏面，這就是一種讓人困惑的表現。

還以為對形式論很囉唆的軍務官僚會第一個跑來斥責呢。

實際上，儘管絲毫沒有要讓部下做這種事的意思，不過這種水準的話，沙羅曼達戰鬥群還比較能勝任儀隊的職務吧。

甚至會比「沒怎麼學好禮儀」的部隊還要好。

「……真過分。」

足以讓譚雅忍不住嘆息的光景。如果不能在最壞的情況下一個人扛起傷兵，就難以稱為是士兵。多人扛棺材還會喘是連談都沒得談。如果是一般的狀況，難以相信受過訓練的士兵會多人扛一個棺材扛得「很重」。

不對，或許是真的「很重」也說不定。不過是對扛著棺材，有點營養不良的他們來說——必須補上這一句吧。

在目不轉睛地觀察後，注意到一件事。

士兵整體來講臉色都不太好。大半是因傷病或因故轉調後方勤務的那類士兵吧？說不定是黃金的負傷。只要看動作，就能看到像是拖著腳在走路的不正常動作。

除此之外，年輕人大都還是稚嫩的青少年。

以軍方會想讓身高一致以端正威儀而挑選的儀隊兵來說，隊伍高矮不均這點雖然也很讓人在意，但最重要的是，他們的年紀輕到讓人難以置信。

假如不是錯覺的話，就只能認為他們是軍官學校的候補生，或是志願從軍的十多歲少年兵了。

「……這就是扭曲嗎？」

譚雅喃喃說出這句話。儘管只是在自言自語，不過對聽到的長官來說，這似乎是讓他很滿意的一句話。

「看得出來嗎？」

對於來自上方，就像很滿意似的詢問，譚雅「是的」輕輕點頭。

「……這個，眼前的這個景象正是現狀。」

蹲下來的盧提魯德夫中將，悄悄說出這句話。

「病人與年輕人，扛著死人的棺材……太過分了。」

腳步會讓人覺得棺材很沉重的一群人，還真是靠不住。只會是體現人力資源枯竭的景象。譚雅自己光是要忍住暈眩就快達到極限了。是有著相同的想法吧——

盧提魯德夫中將繼續低聲說著壓抑的牢騷。

「這也正確述說了帝國的命運。不過，是看在我們的眼中。今天就去看看不同的故事吧。」

緊接著，他就輕拍著譚雅的肩膀起身。

「今天一天，妳就好好看清楚別人的臉吧。」

她依照指示環顧會場一圈，看到一大排強忍悲痛的表情。是遺族，或者是友人吧。

不論如何，既然有出席，就代表他們與戰死者有關係。這些被遺留下來的人們，表情會痛苦是當然的吧。親近之人的死，總是會讓人動搖。

凝重的沉痛氛圍，還有哭泣聲響。毫無疑問是出殯隊伍。

不過，或許該這麼說吧。譚雅的眼睛同時看到另一個事實。

悲嘆的嘆息只限於出席者。

帝都內往來的無關路人，表面上是有形式性的讓路，社會禮儀性的低頭哀悼。但是，只要揭開面具一看，甚至能感受到他們的漠不關心吧。往來市民所表現出來的一切舉動，混著「無可奈何的習慣」在內。

這是一目了然的吧。流暢且甚至讓人感到從容的一連串動作。

看似非值班的軍人集團聚集起來敬禮的動作，各個都做得相當流利。譚雅自己要是因為其他事情經過這裡的話，也會形式上的獻上敬禮與默禱吧。

在不斷重複之下洗練的動作，就只是「徹底的禮儀」。

「……啊，原來如此。」

對於犧牲的悲嘆普遍日常化，淪為就宛如是回歸成一種禮貌的行為。

舉止優雅是很好。只要這不是不斷舉辦的戰死者儀式的話。

在和平的日本，一天要是有兩位數的人死亡，新聞媒體就會不斷報導吧。另一方面，在如今的帝都，兩位數已沒有意義了。

就算告知每天都有兩位數的人死亡也一樣。充其量就是相當於「今天的天氣」般的尋常話題。肯定下一瞬間就會開始熱烈討論起代食品了。

戰爭已如此地侵蝕社會。對於大戰中的帝都居民來說，戰死者的棺材早已成為「一如往常的日常」已久。像譚雅這種沒有餘裕一一埋葬的前線歸來者，還比較算是會被儀式的罕見性嚇到的那種人吧。

在這裡的是扭曲的日常。

該是非日常的事物成為日常已久的，崩壞的平靜。儘管覺得最前線是充滿著被敵野戰重砲兵耗盡理性的人類的世界……但意外地，就連後方也一點一滴地染上瘋狂的樣子。世界的理性遭到粉碎，世界的渾沌愈來愈強嗎？

「……這還真令人哀傷。」

對於說出這句話來的譚雅，是判斷已經讓她看到該看的事物了吧。中將閣下冷淡說道。

「要走了。」

「……是的。」

不需要撥開群眾，與稀疏的人群點頭行禮後離開。姑且不論最前排，除此之外的地方都沒什麼人。

在離開這種儀式會場的途中，盧提魯德夫中將一味地緘默不語。

在一度從懷中拿出雪茄叼起，深深嘆了口氣後，他邊抽著雪茄邊加快腳步。

沒有考慮與隨行的譚雅之間的腳步差距，該怎麼說好，是那種煩躁的步伐。到最後，譚雅甚至得小跑步追上去。

完全不考慮身高差、腳步差的長官也真是的。

或者該說是「沒有餘裕考慮的長官」吧。

前者儘管也很糟糕，但要是本來做得到的人變得沒餘裕去做的話……這才反倒是個大問題吧。

就在穿越主要街道，混進往來的人群之中後，長官才總算是停下腳步。

「怎樣。」

屏除修辭，而且突如其來的詢問。

「讓下官體會到想像力的渺小……後方的景象讓人難以想像。如今的帝都是煉獄嗎？」

「沒錯，就跟妳看到的一樣。我也是被烏卡勸說，前陣子過來看一下後才總算明白了。」

「下官也是一丘之貉……這就是所謂的百聞不如一見吧。」

感覺窺見到了烏卡中校卓越的疏通能力。

坦白講，安排得很完美。不是無視他人意願的說服，而是讓他人「接受」的人，會受到重用。還真是擅長與人交際。肯定會出人頭地吧。

應該是把他踢出昇遷競爭了才對，但是該怎麼講，成長得相當茁壯啊。與這種人競爭是體力、資本、時間的浪費。今後也和他好好相處吧。

同時，也有必要聽取這種優秀人才發出的「警告」——儘管後知後覺，但譚雅也還是領悟到了這一點。

「……現在就連戰死者都不可能刺激輿論了嗎？」

「傑圖亞那傢伙會把這稱為死的普遍化吧。」

總體戰的衝擊很巨大。必須進行典範轉移吧。儘管如此，或許就是因為衝擊巨大，所以社會選擇了讓感覺麻痺。

不僅徹底動員了年輕人，最後還實行徹底的配給制度與婦孺勞動力的徹底活用。然後，是屍橫遍野的最前線。

「但似乎也看得到希望。」

「什麼？」

「沒有過度激情，反過來講，就是也能進行帶有國家理性的『議論』，得到這種結論不是嗎？」

我這個提議還真是聰明。至少，譚雅是真心認為自己說出了一針見血的意見。

但可悲的是，對話總是這麼困難。

「中校，妳是笨蛋嗎？」

「恕……恕下官失禮了，閣下，剛剛是說？」

與預期的讚賞完全相反，嚴厲的一句話。

「妳是笨蛋啊。」

要是被如此斷言，即使是譚雅也會生氣。就算保持著彬彬有禮的笑容，想要不被能從微微抽動的嘴角看出情緒的對手看穿想法，也是不可能的事。

「妳是無可救藥地不懂人心吧。是即使能打心理戰，但卻無法理解人心的典型例子啊。」

「咦？」

對於無法理解這句話的譚雅，盧提魯德夫中將就像是打從心底感到傻眼似的嘆了口氣。該怎麼說好……真是屈辱。

對譚雅來說，這真是非常，非常地不愉快。

「妳是只懂得戰爭和廝殺的笨蛋嗎？稍微用點腦，然後取回常識。憤怒一旦超越極限，就會平靜下來。」

就像在說愉快的哲學論似的，盧提魯德夫中將擺出與他那張凶臉不合的溫和表情微笑起來。

「愈是激動的人，意外地愈容易抑制。」

中將閣下拿出雪茄與打火機，似乎是突然打算抽一根的樣子。嘴邊冒著煙霧的長官，就像行有餘裕似的泰然自若……但意外地，手卻在顫抖著。

如果是因為年紀大的話，倒也就算了。

「還在叫喊，就不一樣了。還能叫喊，是因為還喊得出聲音；一旦跌至谷底，喊不出聲音之後……該怎麼說好呢。」

儘管以作為軍人的基本軍紀教練壓抑，也仍舊是在臉上掠過的感情，是微微的恐懼？怎麼可能！是就算想一笑置之，也太過凝重的神情。

長官，而且還是實質上該稱為頭目的作戰將校在「害怕」？這只會讓譚雅這種實際在現場做事的人心臟為之一緊。完全是場惡夢吧。甚至幾乎能夠理解，為什麼會有人精神衰弱，跑去依靠不該依賴的「超越的存在」。

倘若沒有自由意志、堅定的近代自我，就會敗給自身的無力感，覺醒出「信仰心」吧。

幸好，詐欺師的把戲揭穿了。

做一次深呼吸。待氧氣送進腦袋，微微搖頭後，也不是沒辦法讓心情平靜下來。

「閣下，是恐懼嗎？」

「恐懼？……也是，是該承認吧。」

中將閣下厲聲喃道。

「輿論沉默到最後的爆發力，就像是加壓到極限的岩漿。確實是該恐懼。」

這種就像是將社會比喻成岩漿庫一般的表現，雖然也讓譚雅蹙起眉頭，但近來她儘管不願意，但也確實承認「大眾」與「輿論」是自己不擅長的領域。

以譚雅自身來說，是想斷言自己也是平均且善良的一名市民，所以是輿論的體現者就是了。

可悲的是……譚雅知道蠢蛋的存在。

那些傢伙真的是無可救藥。所以像譚雅這樣有良知的人，似乎也無法想像他們究竟有多麼不像話。

「那麼，閣下。意思是這世上的平靜，表面上的平穩，內含著『瀕臨爆炸』的危險性啊。」

「就算是火藥，在爆炸前也很穩定吧。」

就彷彿是砲兵與工兵般的說法；就像是士官在講「炸彈只要擺著不爆炸就很可愛喲」的語調。

「就跟想殺人時會意外冷靜是同樣的道理吧。」

「……這或許是戰場上的真理，但不是用來述說國家大事的用語，是只知道戰場的愚蠢說法。這是思考僵化的典型例子。我很失望喔。」

我該怎麼回話？——在這瞬間，譚雅啞口無言。雖然想反駁自己經驗豐富，卻苦無證據。

只不過，儘管傷透腦筋的譚雅愣住了，但不知是幸還是不幸，盧提魯德夫中將臉上也浮現困惑，然後敲了下手。

「……抱歉，我要修正剛剛的一切發言。妳確實是欠缺經驗。」

「咦？」

「實際上，貴官的人生經驗有大半是被軍務占據。明明是在跟這樣的貴官說話，我卻忘了這件事。不得不說這是完全不恰當的批評。」

抱歉了——像這樣被真摯的低頭賠罪，還真是讓人遺憾。這就叫做有禮無體吧。是更加淪為笑柄了吧。

想要反駁的話，多得是理由。

正因為如此，想要瞬間忍住險些出口的辯駁相當困難。不過也不可能說得出口。假如要我說明的話，要怎樣回答才好？

畢竟是最年少的「志願役」。那怕是形式上，也不可能說出自己並不是沒有從軍以外的經驗。

雖然不清楚他是怎樣理解譚雅這段禮貌性的沉默，但自顧自的點頭，似乎是自行得出結論的中將閣下開口說道：

「說是『攻擊準備前的平靜』妳就懂了吧。在那裡的，就只是一味地在壕溝線裡等待吹哨，讓思考暫時麻痺，精疲力盡的人類。」

「這種比喻的話，崩壞也只是一瞬間的事呢。」

沒錯——盧提魯德夫中將在點頭回應後，隨即將雪茄遞到嘴邊。

「如果符合預定，就能保持平靜；如果無法符合預定，就保持不住。不知腳下還有沒有那一層薄冰，就是這麼一回事吧。」

帝國的勝利，要是美好的……不對，是要與犧牲相符的成果。總而言之，就是要與帝國軍流的血等價。這以口號來講是不錯。

但可悲的是，投資並不保證保本。

就連勝利的定義要件都行蹤不明的專案。成功的希望，就只能在誆騙股東的詐欺師身上找到。那怕是新創企業的新聞稿，現在也會寫得再稍微煞有其事一點吧。

名為勝利的債權，早就只是一筆呆帳了。

甚至無法評等。就算是不畏懼投資不良債權風險的專家，也無法在這種不良債權裡找出一絲的希望吧。

最大的喜劇，就是沒辦法嘲笑這個狀況很荒謬吧。這還真是痛苦。

人類意外地是會在這方面上重蹈覆轍的生物吧。儘管在主觀記憶裡就像是很久以前的事，但是什麼時候的事啊，就是美國人闖下大禍的那時候。

房屋的次級貸款，那真是一場非常瘋狂的騷動。

難以置信的是，「普遍的美國人」全都對這麼做的異常性，集體抱持著漠不關心的態度，只需要回想起這件事就夠了。

「……幻想的預定、幻想的符合預定、應有的未來。閣下，這可是不得了的詐欺。」

「就算是詐欺，預定就是預定。」

「就是因為不會成功，所以才叫做詐欺吧？」

「一旦無法維持下去，就難以避免重大慘劇。因此，就只能抵抗了吧。畢竟無法保證這不會成為將萊希炸毀的起爆雷管。」

爆炸，也就是出乎預期的失控。

是指戰敗時的暴動嗎？——譚雅忍不住思索起來。

同時，自己清醒的部分也抱持著一個疑問。徹底戰鬥到最後，徹底疲弊的國家，就連「爆炸的餘力」都會沒有了吧？

人會不會對徹底毀壞的東西繼續執著下去也很微妙吧？

「恕下官失禮……意外地，在燃燒殆盡之後會如何呢。視時間與場合，有時也能平靜地迎來和平吧？」

「就連貴官也成為幻想家，加入陶醉在白日夢裡的作夢集團了嗎？」

受到打從心底輕蔑的語氣與視線對待，讓人不愉快至極。畢竟這可不是無主見的失敗主義，也不是樂觀主義。

譚雅就像是要證明這點似的，加強語氣說道：

「不，閣下。這雖是下官的一己之見，不過是在非常單純地預測總體戰的發展之後所提出的意見。」

有歷史為證。沒有比歷史還要強力的證據。或是說，就譚雅所知，事實總是比小說還離奇。認真說的話，世界上確實是充滿著不可思議。因此也能反駁長官的反問態度。

「對下官來說，是怎樣也不得不懷疑。在戰爭中耗盡一切的國家，還有辦法留給民眾爆發的餘力嗎？」

「有根據嗎？」

有，當然有。

大日本帝國的戰敗。

得知戰敗的人們變得茫然若失。除了厚木的少數案例（註：指厚木航空隊事件）外，在前線的殘存士兵，即使還有著對抗共匪的防衛戰要打，應該也大都接納了「敗北」。

第三帝國的戰敗。

廢墟將他們徹底擊倒，不得不面對「敗北」。

或是克里特島戰役或阿富汗的蘇聯軍吧。奮戰過後依舊是山窮水盡的話，就不得不一如字面意思的接納「敗北」了。

「請注意舊協約聯合與達基亞大公國兩國與共和國之間抗戰意欲的差距。前者受到『體無完膚』的打擊，後者即使敗北，卻還保有著『抵抗的餘力』。」

儘管不是生命衝力，但道德有時也會化為怪物。

人會做出蠢事，總而言之是心的問題。所謂的心理戰，是有點值得評價。

「如有餘力，就會想再一次，或是這次一定行的爆發開來吧。」

「貴官也不是不知道游擊隊的跋扈。最近就連達基亞都冒出來了。在如此現狀下，這種意見還真是嶄新。」

「時間似乎有著止痛劑、忘卻作用，還有心理強壯劑的藥效。」

人往往可以忘記對自己不利的事。

多虧這便利的腦袋，讓法國人宣揚著「抵抗運動神話」；德國人呢喃著「好德國人」；英國人自稱是「寬容的帝國」；日本人成為「軍國主義的受害者」；美國人深信自己是「山丘上的例外國度」。

到頭來，真相是如何？

「很好，中校。我理解了視時間與場合，能不陷入『混亂』平息下來的可能性。但是中校，作為前提的條件大有問題。」

要是被指出來的話，譚雅自己就算再不願意也會明白。

敗北，而且是一如字面意思的「以明確的意思強迫接受」層級的敗者所接受的和平，絕不是現狀下的帝國可以接受的路線。

每況愈下。

陷入泥沼。

前程不明。

只不過，帝國仍自負著有辦法「對峙」。

考慮到交涉時的立場，讓抗衡狀態崩潰的風險太大了。要是露出破綻，就很可能陷入跟第一

解說

【生命衝力】 在法軍的軍事教範中占有重要位置的精神。

次世界大戰的德國相同的狀態。

那麼，該怎麼做才能平息下來？有什麼能面面俱到的方法嗎？

只要回想起譚雅知道的歷史，議和就會是……不對——譚雅就在這時想到一個苦澀的事實。

就連獲勝的日俄戰爭，都會出現日比谷的暴徒（註：指日比谷縱火事件）。

只要綜觀歷史，沒有茫然若失，甚至還激烈反對「條件如此優厚的議和」的暴徒確實存在。只要欠缺對輿論的適當說明，就會變成這樣。

到頭來……為了避免大後方的混亂，也不能輕視輿論。

該說是幸好吧。現狀下，特別是帝國的政治情勢與民心情勢並不惡劣。就連對宿敵的共產主義體系團體，帝國的行政單位都具有優勢。進行堅決且毫不留情的「打壓」，還有可當作是警察功績的消滅組織運動，早就逼迫到事實上的滅絕狀態已久。

不過，對手可是共匪。

很難說已殲滅了所有細胞。那個的生存率意外地頑強。就算打了又打，也還是看不到盡頭。讓人聯想起東方戰線，厭煩起來。

「確實是極為困難吧。我們必須突破有如在東部取勝般的難題。」

在追求軟著陸戰略之際，要是硬著陸的陰影忽隱忽現，事情也相當難以平靜地發展。

只要看在第二次世界大戰後，世界直接面臨到共匪的事例，就會知道對他們掉以輕心，只會是自殺行為吧。

就承認吧。這真是個可怕的難題。只不過，交織著決心與意志，譚雅加強語尾力道地喃喃說道：

「確保和平且平靜的戰後……就算是無比的困難，也不能就此放棄。」

「妳說得對。」

「是的。為了和平，我們必須得要辦到。」

這也是為了我自己。

必須要恢復和平。

至少，就算只有自己身邊也好。不會狂妄地奢望世界和平。只要有著能尋求自身安全與未來的環境就非常滿足了。

也為了實現這個願望，和平會是必要條件。

「為了和平嗎？」

「讓萊希和平，讓故鄉平穩。事情非常單純。」

軍人必然地會成為和平愛好者。有誰能比戰時的軍人還要能切身體會到和平的珍貴呢？

「我還不知道貴官是如此的和平愛好者啊。」

「因為下官是膽小鬼。」

譚雅裝作是在開玩笑的說出真心話。

露出意外表情的長官心中的刻板印象，大概是基於戰績而來的吧。要是在最前線待得太久，會被判斷是偏好現場的人也是可以理解的。

不過，自己的本性是偏好總公司業務。

最近也才剛被烏卡中校強烈的人類宣言所感動。對譚雅來說，是希望能被視為一名有人性的軍官。

「銀翼持有人會是膽小鬼？妳這傢伙？妳嚇到我了喔，中校。這能寫成某種童話故事哩。」

「由參謀本部出版嗎？下官會期待版稅的。」

這句回答似乎戳中了長官奇怪的笑點。

「哈哈哈哈，版稅嗎！居然說版稅！」

愉快地捧著肚子豪邁大笑的盧提魯德夫中將敲了下手。

「好啊，中校。」

「咦？」

「我就跟妳約好吧。」

「要約好什麼呢？」

一副妳在說什麼啊的表情，長官再度笑起。

「就是如果能平安迎來戰後的事喔。到時候，就把妳的告白寫成童話故事吧。由參謀本部全額負擔，寫成一本繪本出版吧。」

「可以嗎？很可能會被當成是在私用公款吧。」

不論是在哪個時代，公私不分都是懲罰的藉口。那怕是英雄也不例外。就連那位西庇阿．亞非利加努斯也被指控「親屬盜用公款」。老加圖或許是很偉大，但這世上總是不缺腦袋不好的蠢加圖（註：日文音近「你是笨蛋嗎」）。

「才這種程度，沒關係吧。就用政治宣傳經費支出。最重要的標題就取膽小鬼英雄如何？」

「這還真是榮幸之至。」

就像很滿意似的，盧提魯德夫中將破顏一笑。

「妳就努力活到終戰那一天吧。看我將妳這羞恥的祕密大公開。事到如今，妳就算想阻止也來不及了喔，中校。」

這是當然——譚雅也笑了。這種時候，實際利益可比被當成勇氣十足、永不退縮的狂犬重要多了。

「如果是為了憧憬的版稅生活，就無論如何都得活下來了哩。」

只要有正當的報酬，勞動就是一件美好的事。但是，假如不用勞動就能持續獲得正當的報酬，又為什麼有必要討厭呢！

這種令人高興的幻想，在清醒之後的後座力也很難受。特別是當想像中的展望愈是誘人時，失望也不得不變得愈是巨大。

與盧提魯德夫中將告別，獨自走在帝都街頭的譚雅嘆了口氣。

灰色的帝都、死者的城市，還有依靠著崩壞日常的奇妙生活。帝都的情勢是完全超乎譚雅的理解。

「……沒有輸，所以才棘手嗎？」

原因只有一個。

就是這個雖然沒有贏，但也沒有輸的奇妙現狀。

實際上，東部簡直是一場惡夢。帝國面臨著泥沼、劇烈的損耗、沒有出口的混沌狀態。還有明確的每況愈下。

只要正視該看的事物，就能看出沙漏的沙正在飛快地落下吧。

只不過，人類是盲目的生物，只會看自己想看的事物。往往比起會思考的蘆葦，更會是在假裝思考的殭屍。

死者的重擔，被感情支配的萊希。

說得也對，要是在殭屍面前主張自己不是殭屍的話，就會被咬。殭屍毫無疑問地會不斷擴大感染。

在街上隨意漫步的譚雅，再度嘆了口氣。因為不是穿著講求體面的將校制服，所以接連發出憂鬱的嘆息。

「害怕大流行的理由太多了嗎？」

殭屍恐慌。這簡直是好萊塢電影的發展吧。

要說到笑不出來的理由，就是這並不是隔著螢幕的創作。令人驚訝的是，這是現實。要是不想辦法封鎖疫情，即使是身為列強的帝國也很可能會被貪食殆盡。

想到這，譚雅搖了搖頭。

「……這不是一介中校該考慮的事吧。就算去想，手上的拼圖也不夠。」

誇耀能力是很好，但超乎實力的自大會成為絆腳石。

就算累積了經歷，自己終究只是參謀本部的便利棋子。就像是受到總公司優待的實戰部隊是優秀的手腳，但也終究只是手腳。

手腳是不允許擅自思考的。

「話雖如此，但也不能置之不理。」

當腦袋犯錯時，也沒辦法只讓手腳沒事。

倒不如說是反過來。無論如何，就連幫忘記穿尿布的大笨蛋穿上尿布，也是「手」的工作。

手腳往往得被迫先幫愚蠢的腦袋「擦屁股」也是世間常情。等到手腳壞死後，腦袋才總算明白事態的情況也不罕見。

唉──譚雅嘆了口氣，搖了搖頭。

「只能抬轎了嗎？」

也不能太過拘泥在人體的比喻上吧。即使是比喻為手腳的部分，在現實世界中也是由懂得思考的個人所構成。

法律也沒規定我們不能思考。

為了改善狀況所能做到的事。只要認真思考有什麼能做到的事，盧提魯德夫中將與傑圖亞中將這兩位強力且賢明的將帥，就會是宛如明星般閃耀的存在。能期待兩者的「權限擴大」，就結果來說也能對戰局帶來有益的影響吧。

為此向他們做出超乎軍事義務的貢獻，乍看之下也像是能有效解決問題的第一步。

「……非常可能會是邁向軍閥化的第一步。消除黨派，進行『政治鬥爭』的軍隊？怎麼看都是麻煩的根源。」

暴力裝置。

軍隊無論如何都會包含著這種面相。假如沒有適當管理，「暴力」很容易就會開始失控。

不論是怎樣正當的目的，只要放鬆韁繩，就無法避免失控吧。

譚雅難以接受被捲入這種未來。

要是知道暴風雨即將到來，就要採取相應的對策。是緊急避難，逃難甚至是當然的權利吧。

「雖然不是我的風格……」

就乾脆流亡吧？

在這瞬間，譚雅認真考慮底難以出口的想法。

就跟轉職一樣。甚至有種身邊往來的帝都居民在監視自己的錯覺，但是也不得不考慮。

帝國是艘泥船。

以飛機比喻的話，就跟讓酩酊大醉的外行人坐在駕駛艙一樣。靠著自動操縱，乍看之下像是能穩定飛行，但不保證能夠著陸。

要是有降落傘的話，就不得不認真考慮中途跳機了。

不過，只是因為焦急就跳機的話，就只是在勒自己的脖子。

就算要轉職，當然也要「保留現在職場的職位」去做。如果是從一流企業轉職，就不會被抓到把柄，但失業求職，就會在待遇面上落人把柄。

別看我這樣，可也是曾經做過人事的人。能輕易料到這種程度的事。

如果是要「挖角」受到最高待遇的人，當然就要給予好的待遇，但「曾有過好的待遇卻被開除的人」，市場價值往往也會下降。

具備一技之長的醫生或技術人員的情況說不定不同……但譚雅就只有在軍中極端強化專業技能的經歷。說到最終學歷，是帝國內部的軍大學。是否能作為專業文憑在海外通用，也讓人非常懷疑。

流亡後的職涯展望真是一片黑暗。而且，縱使要轉職……就連能期待轉職過去的人際管道也沒有。

「要是有抓到高階高官的俘虜的話就好了吧。」

要是有擄獲到會進行俘虜交換的高階軍人的話，就能建立起人際管道了。譚雅所擁有的人際管道大都只限於帝國內部。

要說到最親近的外國軍人，硬要說的話，頂多就是義魯朵雅的卡蘭德羅上校吧。不過，是工作上的交際。

「儘管覺得他的個性善良。」

但也就只有這樣。

坦白講，就譚雅所知，會被派往最前線的戰鬥群，而且還關係到敏感案件的派遣將校，會待人和善是極為當然的事。

儘管有著偏向烏卡中校，該說是有良知之人的氣息……不對——譚雅就在這裡搖了搖頭。

跟在軍大學同窗就讀，還多少清楚對方家庭情況的烏卡中校不同，難以說是認識私底下的卡蘭德羅上校。

說好聽點，也是認識的交易對象。果然難以說是能私下商量「轉職」的人際管道。如果是失業後的依靠也就算了，對在職中偷偷嘗試的轉職活動來說，不確定性太高了。

在人生的轉機上，確定性很重要。正因為迷霧濃厚，所以才必須充分準備適當的保險。

「是要在泥船上抬轎？還是攀著泥繩轉職？」

最糟的二選一。

儘管有想過成為裁員的一方，但作夢也沒想過會淪為要煩惱被裁員與轉職的一方。對我來說，是想待在有選擇權的一方。

她能迫切地，發自內心，發自靈魂的斷言。就連無法自由轉移勞動力的「應屆畢業生招聘」看起來都算有良心的「軍隊終生僱用制度」去吃屎吧。

大致上，軍隊所謂的終身，可是從簽訂契約到戰死為止。

存在X那個惡魔，居然把我丟到這種地方來。儘管打從之前就非常不滿了……但這已經超出忍耐的極限了。

要是神真的存在，才不會丟著那種惡鬼惡漢卑鄙悖德的魑魅魍魎不管。

哲學家高呼上帝已死的吶喊，我們毫無疑問地該再稍微真摯一點的認同。尼采，你是對的。

[chapter] III

第參章

需求是發明之母

Necessity is the mother of invention

朋友之間的爭執，對誰來說都是痛苦。

——義魯朵雅王國／外交官

統一曆一九二七年七月三日　帝都

給予大腦適當的刺激與休息，藉此減輕持續性精神負擔的放鬆對策。是負責極其艱難的交涉的談判負責人的義務，在軍中也積極推薦的措施。在諸如潛艦的封閉環境裡，為了降低二氧化碳的負荷，也會作為非常措施採用的極其高度的技巧。

其名為「睡覺」。

或者，在這種時候的別名叫做睡悶覺。昨天窺見到的帝國現狀讓人太不愉快了。作為那趟視察的結論，譚雅．馮．提古雷查夫中校為了自身的精神安寧，選擇了確保睡眠時間的方法。

睡眠在心理衛生上真的非常偉大。畢竟能讓自己停止對怎麼想也無可奈何的事感到頭痛。所幸，在帝都只要是休假的話，要過規律的生活並不是什麼難事。還能充分享受著規定的八小時睡眠……本來應該會是這樣。精疲力盡地躺在棉被裡睡著懶覺，在這種無比幸福的時間被人吵醒，感覺總是惡劣到了極點。

而且還是在被深夜值班的謝列布里亞科夫中尉吵醒，用睡昏頭的腦袋拿起聽筒後，就聽到參謀本部下達盡快出面的召喚命令。在這種時間、這種時機被參謀本部找過去。

就算是沒有手機的世界，經由有線電話傳來的並非上班命令的出面命令，也依舊是毫不留情。譚雅因上頭的考量從床上跳起，穿好軍服，衝上車子，在謝列布里亞科夫中尉飆車的途中，才好不容易讓腦袋急忙運轉起來。

是低血壓吧，剛睡醒的思考怎樣都很鬆散。不過，會在這種時候把「休假中」的自己叫到軍中，應該不是小事吧。譚雅直到這時，才注意到喉嚨渴得受不了。

要是有帶水壺就好了……如果是在東部的話，就一定會帶著水。待在後方似乎也讓自己變沒用了。

太大意了嗎？

就繃緊精神吧。

伴隨著這種想法，稍微佩服起謝列布里亞科夫中尉若無其事地在燈火管制的市內持續踩著油門的駕駛後，一轉眼就抵達了。

是已經和夜間值班組聯絡好了吧。

過程很流暢，譚雅才剛抵達，就像被催促似的被帶領到參謀本部中樞。

途中用斜眼偷偷看了幾眼，參謀本部就一如傳聞的是座不夜城。只不過，就算是這樣也太「活絡」了。就算是能二十四小時戰鬥的社畜，也一樣會疲勞吧。

參謀將校忘記疲勞，氣急敗壞。或是說，儘管固定著一張撲克臉，卻散發出一種焦躁感。

毫無疑問是不怎麼愉快的發展。會是什麼事？

疑問得不到解答，譚雅一面提高警覺，一面前往在深夜把自己找來的元凶——盧提魯德夫中將的勤務室報告。

「提古雷查夫中校報到。」

「……辛苦了，中校。」

只要看到中將閣下那張不高興似的表情，就能輕易地想像狀況。最起碼會是個惡耗吧。問題就在於是什麼的惡耗。

所幸，疑問很快就獲得解答了。

毫無任何開場白，中將閣下開口的第一句話。

「義魯朵雅只接受以『解除武裝』為前提的收容。」

雖是突如其來的一句話，不過就連剛睡醒還有點遲鈍的腦袋，都能立刻聽出盧提魯德夫中將這句苦澀話語中的問題。

「同盟國（義魯朵雅）」要將「同盟國（帝國）」……「解除武裝」？

「下官覺得在深夜聽到了個笑不出來的笑話。」

一臉認同地點頭的中將，臉上毫無開玩笑的意思。還有他煩躁地拿起雪茄的動作，看來這下是相當惱怒的樣子。

「是從南方大陸的撤兵案。這是從很久以前就有在考慮的交涉材料。也有和義魯朵雅進行經由義魯朵雅殖民地的撤退交涉，事情也談到一半了……」

「恕下官插話，情況生變了嗎？」

「沒錯。他們的態度驟變。」

真是糟糕無比的消息。

就盧提魯德夫中將的語氣與臉色來看，南方大陸遠征軍本來是預定經由義魯朵雅「歸國」的吧。一方面向他國誇耀帝國與義魯朵雅之間的同盟關係，一方面也是以帝國從「南方大陸」撤兵這件事作為交涉材料。

這件事要是談失敗，確實是會讓參謀將校瞬間忘了晝夜與疲勞。本來就有許多讓人頭痛的事了，要是再與義魯朵雅爆發戰爭，局面很可能會危及到需要召集已死的參謀，沒空讓死人享受永眠的程度。

「那麼，這會是拒絕帝國軍進入義魯朵雅國境的外交訊息嗎？」

「沒錯。換句話說，就是在叫囂他們只打算接受俘虜的意思。儘管是形式上，但我們應該是同盟國吧。我有說錯嗎？當然沒錯。」

充滿諷刺的自問自答。

「居然要俘虜同盟國的朋友呢。不覺得這還真是荒謬嗎，中校？」

譚雅無言點頭，對盧提魯德夫中將的氣憤感同身受。考慮到義魯朵雅對於帝國的距離感，這件事是做得太過分了。

無法避免反彈情緒。

這是在露骨地表明立場，不得不說是義魯朵雅敵對行動的行為。盧提魯德夫中將舉起拳頭，一敲在桌上就順著怒氣大吼。

「這也……太不像話了！」

如果想知道他有多憤怒，只要看中將閣下拳頭滲出的鮮紅液體就夠了。

「是的。這是很不像話。」

不得不考慮武裝衝突，甚至是包含對義魯朵雅戰爭在內的所有選項。是不至於犯下反彈過度，進而掀起戰端的愚蠢行為……但事態已太過深入危險領域了。

在這種夜晚，把身為實戰部隊指揮官的自己找來。

應該不會吧，不對，但也無法否定有這種可能性。是跟過去的對聯邦偵察命令一樣，在取消休假後前往義魯朵雅領土的越境偵察命令吧？

她流下不舒服的汗水，忍不住思考起今後的命運。是什麼。

上頭究竟要命令我做什麼。全身受到緊張支配，為了不聽漏一字一句，一面吞了口口水，一面全神貫注在長官身上。

就連呼吸都很難受。之後會怎麼樣？

「因此，義魯朵雅的問題之後再說。」

因此，義魯朵雅的問題……在腦中反芻長官話語的譚雅，就在這裡因為難以理解的文字脈絡而僵住。

「咦？」

儘管就連自己也覺得丟臉，但還是不經意發出了純粹的驚疑聲。

剛剛，盧提魯德夫中將說了什麼？

「怎麼啦，中校。」

「下官是，那個……」

譚雅搖了搖頭，從喉嚨中擠出話語。

「以為找下官來是因為對義魯朵雅作戰的相關事項。認為大概會是攻擊性的特別任務。所以還以為，說不定會下達緊急突襲空降的嚴命。」

就連覺悟都做好了。

甚至還設想了最壞就是突然被塞進V-1裡的未來；就連狂信者修格魯突然從門後跳出來的情況都有想到。

畢竟帝國有著會為了必要這兩個字，就連不可能的任務都會若無其事地斷然執行的壞毛病。

「不會對重新編制中的雷魯根戰鬥群下達無理的命令。雖不到傑圖亞中將的程度，但即使是我，也是知道凡事都要有個限度的。」

「下官太失禮了。」

「沒什麼，這種程度的惡評我無所謂。有部分是事實。」

「咦？」

雖然差點鬆懈下來，但不好的預感在腦中再度敲響警鐘。儘管看不出話題走向，但只覺得上頭是要我去做麻煩事……

「不會讓雷魯根戰鬥群去亂來的。這點儘管很遺憾，但考慮到現狀就是無可動搖的事。只不過，如果是作為骨幹戰力的一個魔導大隊，就和貴官一塊健在了。」

心死總是在一瞬之間。

戰鬥群的運用就在於高度的靈活性。能有機性地管理各兵科，同時還能因應需求抽出、投入戰力，具備著不依靠編制的便利性。

這是譚雅自己在「極力主張」戰鬥群概念時，所強調的好處。

隸屬戰鬥群的各兵科，都維持著一定的自律戰鬥能力。運用之際，被要求派出分遣隊的話就無從拒絕，反抗參謀本部也完全是自殺行為。

要唯唯諾諾地遵從，專心執行。

「……下官明白找我來的理由了。」

「妳明白就好。中校，我要讓貴官……去做一件強人所難的任務。」

也是呢，畢竟總是要我去做不可能的任務呢。就不能稍微替現場想一下嗎？——她將這種勸告兼牢騷收進心底。

對譚雅來說，無法改善事態的玩笑話，對能量與社會立場是有害無益。哎，憋在心裡不說在心理衛生上也非常不好就是了。

該死。真想轉職啊。

想要與合州國聯繫的門路。必須想辦法取得聯絡方式。

「我要貴官去救援南方大陸遠征軍。事情非常簡單，就是讓聯合王國艦隊從內海撤退。作戰名為野蠻人。期待妳的成功。」

「是的！下官會全力以赴！」

回答要乾脆且明確，這是工作的基本。以受過軍紀教練，經由反覆執行達到洗練的動作，譚雅回應著盧提魯德夫中將的話語。

哎，也就是工作。

是能無關於心情，面帶笑容回答樂意之至的事。雖然薪水與待遇都不怎麼好。這肯定就是所謂的黑心工作吧。

當天——聯合王國——倫迪尼姆／白廳會議室

「下一件報告。在南方大陸，帝國軍開始出現撤兵的跡象。」

情報官的報告很新鮮。正確來講，是「聽不習慣」的那類報告；是對聽習慣壞消息的列席者來說的新鮮報告。也就是久違的好消息。

所有人都一副「總算啊」的樣子，滿意地點頭。

「真漫長。那群害蟲還真是難纏到讓人受不了。」

「跟自由共和國那些壞掉的唱片盤有得比呢。」

列席的諸位紳士全是國家的樞要，聯合王國的知性。同時，也是人類。要是聽到令人高興的消息，就連緊繃的他們也會鬆懈下來。

「帝國人與共和國人，不論哪一邊都讓人傷透腦筋。」

紳士不經意發出的牢騷，充滿著「還真是讓人辛苦」的怨恨情緒。諸位紳士各憑所好地享用著雪茄與紅茶杯，儘管裝模作樣，卻也發自內心地表明自己鬆了口氣。

「帝國可是敵人，但那些叫自由共和國的傢伙，不僅把戰鬥推給我們，還打算獨攬勝者的權利呢。」

「就是說啊，不論聯邦人也好，共和國人也好，我們還真是沒有朋友緣啊。」

「不是還有殖民地人嗎？他們可是出色的朋友喔。」

語帶諷刺，充滿嘲笑的隨口閒聊。這正是約翰牛反話的極致表現。就像在否定般，眾人反倒是盛大地嘆了口氣。

「殖民地人這群不想流血的舊叛徒，對身為國王陛下僕人的我等文明人來說，居然會是最好的友人。祖國也沒落了呢。」

雖是辛辣的話語，不過這也是聯合王國的心聲。合州國是出色的殖民地人集團。只能認為他們愛好著聯合王國傳統的勢力均衡政策——不讓自己流血。

有提供援助是很好。

不過，宣稱中立，只想把「好處」拿走這點，和聯邦、自由共和國也沒多大的差別。

即使表面上有掩飾，也還看得出他們心裡頭是在打什麼鬼主意。

大家你一言我一句的說著怨言，就在這時，坐在首位上的首相睥睨了眾人一眼，開口說道：

「也不能光是嘆息。諸位紳士，該工作了。」

收到首相表示要繼續會議的發言，率先回過神來的軍方負責人就開始詳細進行深入說明。

「帝國軍似乎出現以撤兵為前提的動向。敵方的南方大陸遠征軍，已實質性地停止了作戰行動。」

很好——首相點了點頭。不過，這不是能無條件認同的事。首相微微搖頭，確實詢問起自身的擔憂。

「若是事實就好……但會說『似乎』出現以撤兵為前提的動向，不就是因為沒辦法斷言嗎？」

「由於我方的武裝偵察遭到擊退，所以難以確定。不過，並沒有展現出積極攻勢的模樣。」

等等——首相揮起手，發出疑問。

「畢竟是那些愛耍小聰明的傢伙。難道不會就只是在集結兵力準備下一次的攻勢嗎？」

「不是的，首相閣下。據港口地區的情報提供者表示，儘管確實是在集結重裝備……不過是要後送的樣子。已確認到有部分裝甲戰力運回本土了。」

在進攻作戰前，是絕對不會把戰車運回本國的。這是個明確的訊息。恐怕能說是決定性的證據吧。很好——首相也認同軍方的見解。

於是，他們形成了一個共識。被狠狠玩弄，讓南方大陸情勢成為頭痛來源的時期，如今也已經過去。

狀況開始對聯合王國而言顯著好轉了。

「隆美爾將軍是名優秀的『戰術家』呢。」

「是名了不起的男人。不過，無法在『戰略』上取勝呢。他終究只是一名中將。」

正因為確信優勢，才會竊笑地帶著諷刺讚賞。就彷彿在以獵物的健壯自豪般的言論，配合他們喜好獵狐的興趣，帶來有如在沙龍召開品評會般的笑聲。

不論是再優秀的敵將，對他們來說都是批評的對象，同時也無法避免被嘲笑的命運。只不過，就連自己人也無法避免成為譏笑的對象。

「不過，軍方的各位，似乎拿這名優秀的戰術家相當沒轍的樣子呢。」

從穿著西裝的紳士群中輕輕拋出來的，是朝穿著軍服的軍人說出的一句話。

「真漫長呢。敵將很優秀……是讓人不得不這樣認為的事態。」

在文官暗中指責軍方失態的注視之下，一名佩戴上將階級章的軍人起身辯解。

「教科書上將會記載著敵方有多麼優秀吧。隆美爾將軍的機動戰真的非常出色。同時，我們也有許多能提供給歷史的教訓。是在政治理由的限制下，軍隊不論受到怎樣的束縛，都要勇敢面對獅子的好例子吧。」

軍人以厭煩的語氣說下去。

「在該以戰略對應的局面下，被迫要跟卓越的戰術家較量戰術。優秀的軍人是不會想在敵人希望的舞臺上起舞的。這在軍政關係上會是個不錯的歷史教訓吧。」

政治家儘管不悅地蹙起眉頭，但對軍方來說這是理所當然的諷刺。

本國不與自由共和國好好配合，也不提供適當的兵力，這樣要是還責怪他們「戰敗」的話，也不得不板起臉來了吧。

就算文官與武官互瞪起來，到頭來，他們在本質上還是以「諷刺與挖苦」作為共同語言的約翰牛。

死盯著對方那張看了也不覺得愉快的臉不放，並不是他們的興趣。至少，作為多數派的見解，還是把時間用在其他地方上會比較有意義。

比方說，去扯討厭的帝國人後腿。

「那麼，就對優秀的帝國人獻上一樣我們擅長的事吧。」

「被拿走很多分呢。落後的比賽必須贏回來才行。」

任誰都「沒錯沒錯」地點頭附和。老是被壓著打，可是關係到紳士的顏面。

「畢竟我們的回合還沒有結束呢。才比到一半就想中途離席，贏了就跑是荒謬至極。也沒道理讓他們這麼做。」

這句風趣的發言，讓幾個人抿嘴竊笑起來。

愛情和戰爭是不擇手段的。愛到想殺死他的敵人，就要夾著尾巴逃走了。完全沒有讓他們凱旋歸國的理由。

倒不如說，應該要準備一場由聯合王國主辦的愉快「惜別會」吧。

「所以呢？撤兵是經由義魯朵雅嗎？」

「不，我方的大使有把事情辦好。義魯朵雅保證會『嚴守中立』喔。」

喔——他們臉上忍不住泛起不再含蓄的笑容。

失去了義魯朵雅這名仲介人，這面屏障，帝國在內海上無法指望自由的海上交通。那裡是聯合王國的海域。

這顯然是外交部的功勞。

只要掌握制海權的皇家海軍還在，在身為海洋支配者的聯合王國面前，是不可能讓帝國人從容優雅地撤兵的。

也就是說——列席的一名將軍，愉快地做出總結。

「帝國人們能自由選擇是要向義魯朵雅投降，還是向我們投降。哎，恐怕會選擇『逃進』義魯朵雅殖民地吧。」

述說者自身的語氣，一點也不覺得他們在逃進去後會有未來。只要有點想像力就會明白了。即使是義魯朵雅方，「派遣到南方大陸的帝國軍」在現狀下也完全是個累贅。

對於完美扮演著蝙蝠的義魯朵雅來說，不想讓自國的殖民地或本國背負起「帝國軍」這個負擔，會是他們的真心話吧。就算歡迎聯合王國與帝國互咬，也不想成為當事人。中立國的意圖是乾脆到漂亮的國家理性。

跟難以理解到底在想什麼的聯邦與帝國相比，聯合王國甚至是對義魯朵雅這頭蝙蝠感到親近。總而言之，就像是對殖民地人的那種親近。

意圖簡單易懂，真是太棒了。

「太棒了！帝國人的命運也就到此為止了。可以的話，希望他們不要去義魯朵雅，而是務必要來成為我們的座上賓呢。」

得意洋洋地期待著已經註定的發展。

不過，悲觀與諷刺是他們的特性。在設想最壞的情況這點上，他們不論好壞都做得很徹底。

「不過，要是他們選擇第三條路的話要怎麼辦？」

「那是？」

「就是當敵方強行撤兵的時候。帝國人往往都很強硬。他們這些人啊，就只顧著自己的方便。」

只要提到帝國人的禮節，就連諸位紳士都只能一手拿著雪茄露出苦笑。

在強硬踢破緊閉大門的野蠻性上，有關這類的工作，帝國人不斷證明了自己的能耐。

「他們會這麼做吧。」

不是向任何人說的，深深的認同。

他們是一群沒辦法有禮貌地請人開門的傢伙吧。因為自建國以來，他們就只懂得揮舞緊握的拳頭。就連握手都想不到嗎？是想不到吧。

所以才會為了開門而特意把門踢破。搞不好甚至還會拿出斧頭或是放火。

不過，這終究是陸地上的事。一旦來到海上，就得請身為陸地人的帝國人從游泳的方式開始學起吧。必須讓他們鬆開拳頭，學會要怎麼游特拉真式（註：頭面向下兩手交互前伸，兩腿剪水的游泳法，是自由式的前身）。

「就讓我們去享受一趟大海之旅吧。希望至少能領到將他們全員擊沉的砲彈費用。這方面就還請我等敬愛的財政部多多海涵了。」

就算海軍做出保證，但文官仍是有些懷疑。特別是財政官員，不論如何都會反駁。

「如果是令人高興的請款單，即使是吝嗇的我們也很樂意簽名吧。只不過，能確實阻止嗎？」

「這麼問的意思是？」

「就算是陸軍國家，也會想辦法籌出護衛吧。我方的艦隊戰力如何？」

被質問是否有做好萬全準備的海軍，不甘願地開口：

「其實受到了些許限制……不過包含戰鬥巡洋艦在內的戰隊已在待命。終究不會在海戰上輸給馬鈴薯。」

「限制？」

這我可沒聽說過啊——平常時以預算措施設下限制的財政官員，臉上浮現疑問。

朝首相瞥了一眼的海軍，就在這時不甘願似的開口：

「其實，兼作為聯邦支援……再度提出了對帝國控制區域的海上奇襲作戰。」

列席者一同回想起曾實施過一次的海軍作戰，各個面露難色。

上次是怎樣了？還真是非常悽慘。基於政治因素投入的，是包含重建中的航空戰力在內的寶貴兵力。這些年輕的聯合王國軍人，全都為了救濟共產主義者，宛如雞蛋一樣的砸在帝國那面厚實的牆壁上。

當然，成果是有。不讓帝國軍將戰力集中在東部的戰略目的是達成了。可是，付出的犧牲也太過龐大。

那個還要再來一次？受到這種無言壓力的軍方，連忙接著說明。

「跟以航空母艦打擊群全面性突襲帝國本土的作戰案不同。這次是採用更加有限且有效率的方式。」

「所以，是怎樣的方案呢？」

「是小規模的特種作戰、佯攻，以及針對性的戰術目標。儘管很費工夫，但動員的戰力本身並沒有太大規模。」

就在「說明就只有這樣嗎？」的詢問眼神集中在軍方身上時，有在事前得知計畫內容的首相，就一面抽著雪茄，一面對軍方伸出援手。

「稍微說明一下也無妨。」

「是的，首相閣下。」

在行了個感謝的注目禮後，海軍軍人小心翼翼地補充說道。

「軍方這次的企圖，是在內海方面的牽制作戰。是要經由涵蓋我國與義魯朵雅邊界的敏感地區進行『有限突襲』，增加帝國軍的負擔。」

粗略提出、述說的作戰概要，是將重點徹底放在戰略佯攻上。

藉由逼迫帝國對應，讓有限資源的限制擴大的騷擾攻擊。

根本的精神，就是率先實踐別人討厭的事。是和帝國軍航空魔導軍官譚雅·馮·提古雷查夫中校的精神極為類似的概念。

「讓我國的年輕人為了共產主義者送命，不是什麼愉快的事。」

「坦白說，我也有同感。只不過，這次的突襲作戰也能同時達成我方的戰略目的。」

不僅如此——海軍方進行更進一步的說明。

「主要攻擊目標，是帝國占領的舊共和國領地的內海港灣設施。是要打擊可供作為潛艦據點的維修據點，同時讓與自由共和國的混合突擊部隊登陸的特種作戰。」

「自由共和國人答應了嗎？」

「一旦是要奪還本國，懶得動的傢伙也會拿出幹勁來的樣子。已同意派遣四個突擊中隊了。」

我方只要派出同等數量的部隊，就是能同時攻擊兩～三個地方的規模。」

海軍方一方面保證不會只有我們在消耗兵力，一方面再度強調這是比較輕量級的作戰。

「目標的詳細內容就還請見諒。不過，能期待這會是一場有意義的情報收集活動吧。縱使出現重大的犧牲……最起碼，也盡到對聯邦的義務了。」

「很好。無須多言，就但願各位能馬到成功了。」

在一聲聲我也同意的贊同之中，唯獨某個集團面露擔憂的插話。

「外交部在最後要提一件事。一旦在這種局面下進行內海方面作戰，就會是在義魯朵雅周邊展開作戰行動吧。這樣『不會迫使義魯朵雅的態度硬化嗎？』」

對於某位外交領域的人士提出的疑問，首相說出了很有約翰牛風格的答覆。

「這不是很好嗎？」

「首相閣下？」

「諸位紳士。就讓風向雞決定方向吧。這可是個順水推舟的好機會。」

十分巧合的是，兩國的首腦群幾乎是在同一時間達到了相同的結論。

也就是「面子的問題」。

別笑這很蠢。國家的面子，總之就是威信的問題；威信的問題，會回歸到強迫他國遵照自己意思的能力的問題上。

就算是無聊的裝面子，只要關係到國家，就會是國家理性的要求。

充滿知性與教養的國家選拔菁英，會在這一瞬間將正常的感性丟進廢紙簍裡，丕變成盛氣凌人地發出嚴命的暴君。

絕對要贏。無論如何，不管發生什麼事都絕對要贏！

那是政治的請求，是向軍方發出的無數要求，以及讓現場人員呻吟起來，化為「命令」的政治因素。

譚雅．馮．提古雷查夫這名在現場做事的一介中校的情況，就連斟酌的餘地也沒有。即使是東部的戰功，甚至是佩戴的銀翼突擊章，在國家理性面前又怎麼會有意義？

於是，身為帝國方的可悲棋子，譚雅．馮．提古雷查夫中校就帶著沉重的心情，向部下進行簡報。

集合，注意，開始說明。

面對部下，譚雅從明確的事實開始說起。

「戰鬥群主力要在雷魯根上校的陪同下進行重新編制。」

這是眾所皆知的事實。

一如參謀本部的保證，雷魯根戰鬥群確實獲得了休假。如有例外的話，就是參謀本部直屬的游擊專家——我們第二〇三航空魔導大隊了。

因為是負責游擊的，所以就要不停地東奔西跑嗎？

「怎麼啦，我的各位戰友，請儘管放心吧。所幸，我們不用擔心失業喔。來了一份恰好的工作。」

譚雅擺出詐欺的笑容，特意笑了起來。

「哎，也沒什麼。是參謀本部為了不讓我們淪為薪水小偷的貼心之舉。」

「是體貼的任務嗎？」

謝列布里亞科夫中尉愣然的回應，還真是有趣得不可思議。體貼的任務，聽起來真不錯。自己也想成為領取體貼預算的一方。

不對——譚雅立刻反省。與其成為在前線作戰的軍人，毫無疑問是作為「被守護的人」會比較愉快。

「好啦，各位，就簡單地說明工作吧。作戰名為野蠻人。不過，任務概要其實和作戰名完全相反喔。」

砰的一聲，譚雅用指示棒敲著貼在板上的地圖。

「是要去模仿旅行社。」

歸國支援任務，排除旅行的妨礙者。總之，就是這一類工作——譚雅伴隨著這種語意說道。

「讓隆美爾閣下平安歸國。非常單純對吧？」

「「「咦？」」」

在疑似無法理解的部下面前，譚雅淺顯易懂地補充說道。

「是南方大陸遠征軍的歸國支援任務。可別忘了歡迎的花束喲？」

譚雅擺了擺手，稍微提高音量。

「能說是非常具有文化性的任務吧。迎接在南方奮戰的戰友返回故鄉。也別忘了準備晚宴用的啤酒與帝國香腸喔。」

哈哈哈地大笑起來的將校還是一如往常。只不過，他們沒有大聲傻笑太久。砰的一聲，譚雅讓指示棒停在板上，凝視著部下。

「問題來了。不過就只有一個呢。不怎麼要緊，就放輕鬆聽吧。」

維持著輕佻語調的發言。

只不過，讓久經戰場的老手聽到「問題」這兩個字，就跟讓巴夫洛夫的狗聽到鈴聲一樣。一如條件反射的典型例子，剛剛還在笑的傢伙，就宛如狗流口水一般的變了臉色。

真受不了這群戰爭販子。

「跟我們不同，閣下似乎太受歡迎了。」

是所謂的跟蹤狂案件。

不過，就算在這個世界待了很長一段時間，身為文化人的譚雅與戰爭販子的各位部下之間，似乎還是有著一道難以克服的文化障礙。

部下的反應，粗略來講就是「困惑」。看樣子那些愣住的部下是聽不懂吧。

拜斯少校代表部下開口：

「也就是說，會變成怎樣呢？」

很簡單——譚雅朝副隊長愉快似的笑著。

「『還請不要回去，繼續留下來吧』。會有這種熱情的粉絲存在。不用搞不好，肯定會追過來吧。」

要說的話，就是全副武裝的跟蹤狂。超可怕的。

儘管想立刻撥打１１０報警交給司法當局處理，但就對方的武裝程度來看，這與其說是警察的場子，倒不如說是軍隊的場子。

也就是說，要輪到全副武裝的我們登場了。

「還真是最糟糕的發展吧！狗屎般的粉絲用鉛彈開的送別會！」

「什麼嘛，也就是跟東部一樣呢。」

副官這句話，讓譚雅點頭同意。沒錯。在跟別人說明事情時，毫無疑問還是用熟悉的例子容易理解。

話說回來，她居然是拿東方戰線舉例！

「謝列布里亞科夫中尉，妳說得一點也沒錯吧。是跟東部一樣。」

還真是非常討厭的現實吧。

還想說終於能離開東部了，就被送往狗屎般的南方戰線。肯定是被上頭誤認為是方便的女人了。

或許該乾脆認真地向某處投訴，要求勞動待遇的改善吧。

老實說，都苦戰、奮戰到現在，還在東部累積不少戰功了。就算被質疑奮戰精神，也能拿至今為止的實績作為後盾大喊「不然你來啊」吧。

不論是哪個時代，都是無能在吵鬧。我的實績與貢獻都比無能還多。這件事是該考慮一下。

「是時候想過平靜的生活了不是嗎？就算再怎麼受歡迎，也會想要有自己的時間吧？我有說錯嗎？謝列布里亞科夫中尉。」

「是的，中校。我們太受歡迎了呢。」

「用鉛彈代替照片與簽名作為禮物。哎呀，我們的作風也在世界上盛行起來了呢。」

好啦——譚雅端正姿勢。

「各位，受到世人吹捧得意起來也沒什麼不好，不過身為專家，現在就先來工作吧。接下來要說明這次的預估敵情。」

譚雅明確地說出主要敵人。

「想留住閣下的傢伙大半是聯合王國人，啊，還有，說不定會出現的自由共和國人也打算參一腳。然後義魯朵雅人他們，也有點……『心有不滿的樣子』。」

在內海的列強，幾乎不是反帝國就是「嚴守中立」。真是太棒了。

假如不是這樣的話，就會往義魯朵雅殖民地逃了。義魯朵雅方的斷然拒絕，讓退路只剩下海路的強行突破。

海上交通是自古以來的偉大道路……但可悲的是，榮耀的帝國海上交通史是商業性質的，而不是軍事運輸性質的。

更何況由於不得不基於歷史因素顧慮到義魯朵雅，所以內海方面的艦隊戰力是「微乎其微」的帝國，要對付聯合王國＋共和國殘存艦隊的負擔太過沉重了。

這樣一來，就讓人想依照條約期待同盟國的活躍，但很不可思議的是，他們可是「中立」的呢。

咦，這是為了什麼的同盟啊？

「……因此，必須由我們獨力應付熱情的粉絲。我們就在義魯朵雅人的面前，將那群狗屎混帳打落地獄吧。」

必須在風向雞的面前，物理性地證明他們裹足不前的成本有多高。

根據時間與場合，適當的行使暴力，將能擔保「紅線」這兩個字的信賴性。

「麻煩的是，主要目標終究是南方大陸遠征軍的敵前撤退支援。直截了當地說。敵人是艦隊。會是我們從未經歷過的新戰場吧。」

說明到這裡時，有人舉手提問。儘管應該不是按照階級順序發言，不過提問的人是一臉不可思議的拜斯少校。

「如果是救援友軍的話，就跟主要任務沒有差別吧？」

「著眼點不錯呢，副隊長。不過，性質不同。」

「性質？」

這正是事情的要點，同時也是最大的問題。

「我再說一次，所假定的敵方戰力，是以『艦隊』為主。」

譚雅一面特意強調艦隊這兩個字，一面特意擺出苦澀的表情。好的狀況說明，指揮官要將「該警戒的是什麼」明確地傳達出去。

「或許該這麼說吧。麻煩的是，有個應該要承認的事實。我們第二〇三航空魔導大隊，不擅長海上戰鬥。」

「那個，說的可是我們喲。算是比較擅長的吧？」

「拜斯少校，給我正視現實。貴官的評分標準太寬鬆了。必須要承認吧。我們在海上沒有在陸上這麼擅長。」

回想起來，就連跟海軍的聯合作戰，有及格的都只有「對地攻擊任務」。一旦關係到對艦戰鬥，就盡是些低空飛過的危險成績。

糟糕的是，經驗也很少。因為在東部一直都在實戰。實戰經驗儘管能打造出精實的部隊，但也有著會過度適應實戰環境的弊害在。

坦白說，老是在打類似的實戰，很容易導致加拉巴哥化。

以戰艦作為主要敵人，對第二〇三航空魔導大隊來說是相當久違了。逐漸對東部泥濘達到最佳化的部隊來到海上，光是這樣就十分讓人不安了。

「我們面臨到了苦澀的現實呢，各位。只要回想起在諾登以北的海上戰鬥，就不得不說我們大隊的弱點是海了。」

因此，弱點就得要克服吧。

「補充組的各位，儘管不用參與作戰……不過就趁這個機會補習海上導航。」

就算是臨陣磨槍，有沒有磨也差很多。教育是很重要的。

「如果是對海陸魔導部隊戰鬥的話，全員都有過一些經驗了。但是，別小看他們。你們會有一部分的人，因為在東方戰線見識過那些聯合王國軍，就對他們掉以輕心吧。」

有經驗者會犯錯，是因為受到經驗誤導。

一知半解是最危險的。容易將未知誤解成已知，結果遺忘了無知的謙虛。

「他們是根本上的海洋民族。既然踏上了對方的舞臺，我們就是在客場作戰。要做好相應的覺悟。」

環境不同，結果也會不同。這個太過於理所當然的事實，往往會遭到「經驗的偏見」所騙。

經驗這名教師所教導的「事實」，必須要依照狀況改變理解的方式。不過，愈是認真的學生，就愈是會拘泥在學校所教導的內容上。

這追根究柢，就是在講終身學習的重要性。

「好啦，基於以上的環境，能更加理解我們的任務了吧。就算是撤退支援，既然是在海上，就跟在陸上是兩回事喔。」

這是為了小心起見。被認為是嘮叨長官的人，會戰勝失去名為部下的肉盾所帶來的損害。必要的是適當的管理。

「我們必須達成海路的航道掃蕩任務以及運輸艦護衛任務的支援。要將環境的差異銘記在心上。」

「乾脆請閣下在當地堅守下去，說不定還比較安全吧。」

「這是個好意見，格蘭茲中尉。假如是貴官與托斯潘中尉在當地的話，就會不計後果的下令死守現有陣地吧，但那可是隆美爾閣下。那位閣下會採取行動吧。」

啊，沒錯——軍官懷念似的笑起。那位將軍閣下是死也不會停下來的。是不論發生什麼事，都會搶在敵人之前以堅定的決心揍過去的那種人。

「沒錯。那位閣下是與其要啃著石頭苦撐著進行陣地防衛，那怕是要丟石頭，也會下令攻擊的人。」

「喂喂喂，副隊長，你完全忘了嗎？那片令人懷念的沙漠，哪裡來的石頭可以啃啊。」

「哈哈哈。」

在老手當中，一同度過萊茵戰線的航空魔導師組，也大都跟隨過南方大陸遠征軍，然後再被送往東方戰線。

弄得渾身是沙，滿身泥濘的，老是在玩土，是還沒從小孩子長大嗎？還是戰爭就是會如此的侵蝕人性呢？回答我啊，把鐵與血帶進玩泥巴遊戲裡的無能喲。

「好啦，各位。狀況就是這樣。要去南方了喔。記得偷帶的點心也要是能耐熱的。巧克力化掉引來蟲子我可不管喔。」

譚雅啪地拍了下手，向眾人表示說明到此結束。

「有問題嗎？」

有一人舉手。意外的是，又是格蘭茲中尉率先提問的樣子。

「想請問所假定的雙方艦隊戰力。」

只要是能說的範圍就好——對於補上這句顧慮的格蘭茲中尉，譚雅輕輕聳了聳肩。

「哪有什麼機密啊。」

「中校？」

「格蘭茲中尉，我就單刀直入地說吧。敵我的海軍戰力差距是絕望性的大。」

海洋國家VS大陸國家。

對不得不將重點放在陸地上的大陸國家來說，挑戰海洋國家的艦隊戰力，就性價比來說是不可能的。

這在理論上是顯而易見的事。

「儘管以我的立場，沒辦法得知海軍的配備狀況，但敵軍最近開過來的是護衛船團嗎？就連那個也組不出來嗎？」

一臉不可思議的格蘭茲中尉，為什麼會想不到啊。這種事只要想一下就知道了吧——她不由得不高興起來。

「完全不行。就連這也看不出來嗎？」

「對不起，中校。我不清楚海上的事……」

誰來適當地說明一下……正要這麼說的譚雅，注意到一件事。

格蘭茲中尉是航空魔導大隊中難得的軍官學校畢業者。就算加上速成的謝列布里亞科夫中尉，也是少數。他竟會不懂海上的事！

「拜斯少校，等下幫他補習一下。」

「……那個，非常抱歉，想請中校說明。」

「什麼，貴官也是嗎！」

考慮到就連像拜斯少校這種大多數時候都能期待的常識人，對海上戰鬥的認知都很籠統的話……該死。

格蘭茲中尉的認知，不就是平均水準了嗎！唉——譚雅嘆了口氣，開始挖掘記憶。

專業笨蛋還真是可怕。

「我國海軍幾乎沒有能投入南方方面的艦艇。」

不是沒有。

但幾乎沒有。

「聽說除了潛艦外，有的就是繳獲到的舊共和國艦艇——而且還是將半成品硬是組裝起來的艦艇，以及些許舊型裝甲巡洋艦，靠這些勉強組成類似艦隊的東西出海。」

主力艦就事實上是完全沒有。

硬要說的話，就是設有二〇三ｍｍ主砲的假重巡洋艦吧？光是考慮到砲門戰力，就能立刻理解艦隊戰有多麼絕望的實情。就算因為火力輸人，想靠該說是慣例手段的夜間水雷戰挽回，帝國海軍的水雷戰隊長久以來也在魚雷裝備上存有缺陷。

畢竟，目前在帝國海軍底下最為奮戰的潛艦部隊傳來的最好消息，可是「配備下來的魚雷能正常使用了！」喲。

由此可知我方水雷戰隊的品質了吧。

最讓人頭痛的是，就連這種驅逐艦在內海方面的數量都不足。

結論很單純吧。海軍是稅金小偷。

至少，在南方的水面艦艇部隊軍官完全是在吃閒飯。就削減港灣設施與艦艇維修的各項經費，拿一點到東部來吧。

「如果義魯朵雅海軍作為我方參戰的話也就算了，現狀下，我方海軍就算出擊也近乎是白費力氣。」

當中也存在著外交與歷史上的敏感內情。

南方由自己負責；北方由帝國負責。當初義魯朵雅的提議大致上就是這樣。簡單來講，就是美好的友人義魯朵雅，希望帝國海軍能專心對付聯合王國的本國艦隊。

入侵南方沒好處的帝國也同意了這件事。

這讓帝國的海軍整備集中在大洋艦隊上。當然，在各方面上，不會說選擇並集中資源是錯誤的。這是一種智慧。

只不過，考慮到與聯合王國海軍的戰力差的話，也不得不說這份努力適得其反了。

「舉個就連各位也能明白的例子，在現狀下，南方的水面艦艇只會是聯合王國海軍的靶子。就跟以前的聯邦軍魔導部隊一樣。」

那些派不上用場的混帳水面艦艇。

吃著國家預算的閒飯，該死，還真是讓人羨慕不已。要是可以的話，我也想被罵是坐領乾薪吃閒飯的混帳魔導將校啊。

譚雅壓抑著心中的激憤，嘆了口氣。

「終究還能期待反潛能力……所以最起碼還能護衛船隻吧。不過，就直接排除敵主力艦這點來講……」

倒不如說——譚雅重新加深眼前這名打算適當評估海軍能力的魔導少校，意外是個公平的人的評價。

本來就很感動他的工作態度，認為他是個非常優秀的人才了。只不過……在這種戰時狀況下，對資源競爭對手的海軍做出正當合理的評價，簡直是理想市場的參與者。

「……恕我失禮，在這種狀況下，我們魔導大隊有辦法支援部隊從南方大陸撤退嗎？」

「這是個非常好的提問，拜斯少校。其實，我也有著相同的疑問。」

頂多就是反潛警戒吧？一旦要進行對艦攻擊，就是用爆裂術式或光學系術式燒燬艦上結構。就算下令擊沉敵艦，最多就是攻擊可燃物看看能不能引爆了。

要靠舷突擊，也除非敵海陸魔導師全都睡過頭了，要不然很難吧。

話雖如此，但這姑且不是譚雅要煩惱的事。

「參謀本部要另外說明的樣子。」

應該就快到了……才剛這麼說，看起手錶時，長官就分秒不差的出現了。

「讓大家久等了。」

站在會議室門前的，是一臉疲憊的雷魯根上校。

「向雷魯根上校敬禮！」

「辛苦了。好，就直接進入主題吧。現在要開始說明南方大陸的野蠻人作戰。」

一面敬禮，答禮，同時也不浪費時間地站到軍官面前的雷魯根上校開口說道。

「提古雷查夫中校。」

「是的。」

儘管不知道會下達怎樣不可能的任務，但會相當地強人所難吧。

「要勉強妳了。」

更正。

太過分了。

這未免也太過分了。

還要更勉強？比至今為止的還要更勉強？

「請儘管吩咐。」

可悲的是，譚雅・馮・提古雷查夫的社會立場讓她沒辦法反對。就只能壓下情緒，默默地接受命令。社會人與軍人之間的些許差異，就在於命令的重量。

公司命令要是毫無理由就拒絕，也是會遭到解僱，但軍隊就會是行刑隊帶你前往出口了。

「妳能這麼說就好。」

還能怎麼說啊？

「命令是？」

「抱歉了。」

雷魯根上校突如其來的謝罪，讓譚雅腦內的警報響個不停。作為善良的個人，同時也是邪惡組織人的道歉，是最壞的前兆。

既然抱歉，那你就別說了吧——要將幾乎脫口而出的話語吞回去，也意外地痛苦。

「……技術廠準備了解決一切問題的鑰匙。妳就拿去插進鑰匙孔裡吧。」

「咦？」

鑰匙？

撬開？

……以前，好像有在哪裡聽過。

「咦！」

解鎖作戰時，也被說了同樣的話。

芝麻……開門。

代替鑰匙，跟著聯胺燃料一起射向敵地的V-1，譚雅是絕對不會忘，也絕對不會原諒的吧。

經驗、本能在腦內響起警報。得趕快逃跑。

不過，譚雅的決定並沒有趕上。

「說明就麻煩這一位了。」

伴隨著雷魯根上校的這句話，突然從門後出現的，是一名服裝整潔的男人。

非常普通的走過來。沒有爆炸，沒有轟響，也沒有奇怪的音效。帶著笑臉，態度自然。

「各位好。我來打擾了。」

瞬間懷疑起這是誰啊的親切語氣。

「啊，提古雷查夫中校。久違了呢。」

「博……博……博士！」

「神的恩寵也有眷顧貴官的道路吧。很高興妳平安無事。」

對方不客氣地走上前來，將手用力地牢牢握住。被緊握的手甚至會痛。這是打算握手吧，但就宛如一場被逼著與惡魔簽訂契約般的惡夢。

修格魯主任工程師的手上帶著莫名鮮明的熱度，讓人毛骨悚然。假如不用顧及體面的話，真想立刻把手甩開，在用酒精消毒之後，直接伸進冷水裡頭。

「是……是的。」

「不用全部說出來，儘管放心吧。我十分明白貴官的不安。擔心是否能守護住同胞，想要祈禱對吧？」

就放心交給我吧——這傢伙用手敲了下自己的胸口。

「鑰匙我準備好了。保證萬無一失。不論任何事呢。」

在跟我過來的催促下，譚雅與其他魔導軍官被帶到「蓋著一層布的某種東西」所坐鎮的位置前面。

……這就是所謂的既視感吧。

以前在萊茵戰線，有過類似的……啊，該死。能猜到事情的發展了。就在這瞬間，自己有了預知未來的能力。不會錯的。

「跟我來吧。各位。就在旁邊了。」

嘰地把布扯下的男人，自豪地挺起胸膛。不對，他是敞開雙手，高聲斷言。陰森的表情、噁心的執著，以及……足以讓譚雅呻吟害怕的某種事物。

「看吧！就是這個！」

坐鎮在那裡的，是巨大的……圓筒形長條物。是魚雷，怎麼看都是魚雷。如果不是錯覺的話，很明顯還加裝了疑似讓人搭乘的部位。

「這就是V-2。簡直是革新性的兵器！」

不斷賣關子的博士，讓譚雅的幹勁猛烈地不停減少。

「太棒了！居然能向各位介紹這麼棒的東西。讓我確信這也是上帝的保佑。」

「……恕我失禮，這是？」

「沒錯，中校！是依貴官的希望製造的喔！這樣就能一如妳的要求，不會迷失方向地，自由地前往目的地了。」

「咦？」

「V-1是直線前進。就如同我的信仰，不會彎曲的正直，就只是正直地飛著！然而，V-2是為了面對艱辛現實的道具。」

這個博士是在講什麼啊。儘管他一個人說得很開心，但很抱歉，譚雅自己可是非常正常的人。不論是誰都好，快帶精神科的專家過來吧。胡言亂語與精神錯亂的對應，可不是列在軍人薪給等級上的職責啊。

「不論走上哪一條道路，都能抵達聖地。這是邁向山丘上的理想，為了仰望山丘之上的旅途。為了重現這一點，V-2加裝了最棒的導引性能。就有如受到信仰引導的各位一樣，決不會迷失方向！」

我一點信仰也沒有，可以回去了嗎？

「也就是說，這是完美且虔誠的導引魚雷。不可能會有比它更好的魚雷對吧，中校！」

「真是太棒了！當然，這是全自動導引的對吧？」

要是這樣的話，那會有多開心啊。

面對譚雅充滿挖苦的話語，狂信者卻是毫無動搖地回以微笑。啊啊，要是能一拳揍在這張可疑的臉上，不曉得會有多舒壓啊！

「別擔心，提古雷查夫中校。我怎麼會搶走一同祈禱的貴官的表現機會。我們不是一同讚美神的榮光的同伴嗎？妳可以相信我喔？」

一微米都無法安心的話語。不准用那種「我很清楚妳喲」的噁心微笑盯著我看！

「下官終究是帝國軍的將校。」

迂迴的否定。但很可悲的，對於這種人是不論怎麼說都沒有用的。能聽懂話中暗指我是軍人，不是宗教分子的修格魯工程師，已經不在了吧。

被洗腦得虔誠無比的博士，是不聽人講話的。

不對——譚雅搖了搖頭。說到不聽人講話，也有種打從以前就是這樣的感覺。

「跟V-1一樣，各位只要操縱這個撞向敵人就好，然後就脫離吧。想留下來參觀滿載的火藥將眼前的問題炸毀的景象也行吧。」

簡單來說，就是人肉魚雷。

有仿效義大利人裝設逃生裝置這點，哎，勉強還可以接受吧。

不過，這算什麼啊。

「我認為這並不是我們的工作。」

「經由魔導師的集中火力投射。這是解決事情的最佳解答之一。不是嗎？」

儘管被搞得精神疲憊，但譚雅還是抱著一線希望問道。

「能保證不會把我們一起炸死嗎？」

「這就要看主的旨意了。也就是說，妳大可放心吧。」

也就是說，要把命運交付到稱作存在X的惡意化身手上嗎？開什麼玩笑啊——譚雅忍不住在心中罵出她所想得到的一切髒話。

這實在是太過分了吧。

「這沒什麼，提古雷查夫中校。就相信自己有主的庇佑吧。儘管力有未逮，但我也相信妳是同信者。」

「咦？」

「這是在聽到貴官的提案與提議後，以此為契機開發出來的。要說的話，就是信仰者同伴經由信仰所進行的合作呢。倘若沒有神的恩寵，毫無疑問是開發不出這種東西來的。」

帶著美好的笑容，這傢伙如此說道。

「自豪吧，中校。」

就彷彿在給予祝福般的，博士猛然地敞開雙臂。是覺得感動不已吧。在雙手高舉向天，仰望起天花板後，就以開朗的表情開始呢喃起對神的感謝。

他是滿足了吧。嗯了兩聲，自以為搞懂了什麼的傢伙，在將視線移回譚雅身上後，隨即一臉開心的說道：

「這就像是貴官和我的孩子一樣呢！哈哈哈，很出色的魚雷吧？很棒對吧！」

「你說這是，孩……孩子？」

「儘管放心吧。它是個優秀的孩子。產下它的人是我，但播種的可是貴官。倘若沒有枯燥乏味的命名規則的話，還想請傑圖亞中將擔任取名人呢。」

是想說我是爸爸，你是媽媽嗎！

把手輕輕放在魚雷上的博士，眼中充滿著驕傲。乾脆瞎掉吧。混帳傢伙。

「這跟海軍的蠢蛋擔任開發的鰻魚不同。可以自負就連引信都是由我負責做到萬無一失的。」

「博士負責的？」

不懂譚雅的心情，不對，是根本就沒打算懂吧……真希望博士能反省一下自己過去做出來的實績。

「這是我的魚雷。也就是說，是能確實發揮效果的魚雷呢。」

「……博……博士的魚雷？」

就譚雅個人的感想，「博士開發的魚雷」是個讓人顫慄的事實。瘋子產的魚雷只會讓人恐懼。這是理所當然的事吧。

有誰會不覺得恐怖啊？

然而，似乎就唯獨博士本人，對譚雅的話語有著不同的見解。

他瞬間盤起雙臂沉默下來，並在突然抬頭後，換上真摯的表情。這次到底是怎麼了啊。儘管知道他情緒不穩定，但要爆發的話，由於想保持距離，所以想請他稍等一下。

他是怎麼了啊——就在要拉開距離時，譚雅注意到博士的高大身軀，就像是要覆蓋住自己似的靠了過來。

「……我雖然自認為頭腦有理解到。」

「理解什麼？」

「沒錯，就是這個問題。儘管我嘴巴上說是共同作業……」

譚雅還搞不清楚狀況，就被博士用手緊緊抓住了肩膀。

「對不起。請讓我由衷向妳謝罪。」

蹲下身，配合自己的視線死盯過來的噁心科學家，眼中還泛起悔悟的神色。

博士是怎麼了。

「貴官和我的魚雷。我居然說出這種話來……」

博士維持著宛如罪人般的蒼白臉色，在譚雅面前跪下。就像是在懺悔似的，他幾乎要跪倒下來。

「真的很對不起。」

更正。所以說，你為什麼會這麼覺得啊，博士！

「請原諒我吧，中校。我居然受到傲慢的荼毒。明明靠著謙虛且親密的團結、我們的協力，才有辦法產生奇蹟的。我卻偏偏忘了這種事，傲慢起來了。」

最後，博士甚至哭喪著臉，哽咽起來。要說到譚雅直率的心聲，就是我也想哭了。

這是要我怎麼辦啊。誰快來想想辦法啊！

「能原諒我的傲慢嗎，提古雷查夫中校？」

「……博士，你這是怎麼了？」

「技術人員必須要謙虛。正是謙虛讓我們克服問題。我犯了和海軍的技術家相同的錯誤。假如沒聽貴官的一席話，就會重蹈黑暗的日子吧。有著共同信仰的姊妹，感謝妳。」

無法溝通。

怎樣也不覺得是在相同的時代，相同的國家，用相同的語言對話的混亂狀況。是巴別塔倒了嗎？

啊啊，如果是自稱為神的傢伙的話，也非常喜歡妨礙人類的交流溝通吧。是存在X那類的傢伙會樂意去做的不文明行動也說不定。

想要求救。迫切地。

對譚雅來說，這只能說是莫名其妙。甚至不得不自問自答，到底是怎樣的前因後果，讓博士與自己進行這種莫名其妙的對話啊？

「……上校？」

就像依賴似的，譚雅連忙向身旁規矩地保持沉默的雷魯根上校，投以求救的眼神。

能讓這傢伙，這個博士閉嘴嗎？儘管不知道他是怎樣接收這個訊息的，但雷魯根上校默默地微微點頭。

「提古雷查夫中校。」

「是的，上校。請問有什麼事嗎？」

「我也能體會貴官的擔憂。新型兵器，而且還攸關問題百出的魚雷的話，貴官會擔心也不無道理吧。」

「只不過，這已在技術廠經過陸軍專家徹底的操作測試了。應該具有最低限度的信用。就像博士所說的，可以說是團結的成果。」

喔喔──才高興起來，譚雅就又摔下去了。

該說，陸軍果然是對海軍有意見吧。也許是心理作用，雷魯根上校的語氣很開朗。

不對──譚雅基於公平的觀點，拋開自己輕率的判斷。

就組織來看，雷魯根上校也是名善良的組織中人。一旦是預算的競爭對手，就算不是陸軍與海軍的關係，也肯定沒辦法友好握手的。

順道一提，這同時也是他偷偷從博士的詭異行徑上別開視線後的發言。

「總之，在主力艦上的劣勢，要靠戰術的巧思與技術彌補吧。」

「……居然要用陸軍保證的魚雷與敵方艦隊交戰。該怎麼說好，還真是愉快至極呢。」

不久之後，萊希的陸軍也會開始建造護航航母與運輸潛艦了吧。這就是陸軍與海軍的互不信任達到極限的國家會幹的事。

大戰中——某日／於帝都近郊

為了述說達卡外海，就將時間稍微回溯一下吧。

這是譚雅．馮．提古雷查夫中校這名不幸的軍人，在經由稀世罕見的過程，率領起沙羅曼達之前所發生的事。

剛陷入對聯合王國戰鬥的帝國，極為認真地正視著艦艇攻擊能力的必要性。

正式開發名稱為「海中通用加速裝置」，祕密代號是V-2。

將聯合王國海軍打進恐怖深淵的那樣兵器，是在提古雷查夫中校於參謀本部戰略研究室短暫的任職期間中著手開發的。

只不過，提出開發基本概念的當事人，絲毫沒考慮過「自己」使用的可能性……人類，不論是誰，只要不是自己使用的話，要變得有多沒責任感都行。

雖是基於這種胡亂內情決定開發的兵器，但同時也是基於非常認真的打算所開發的兵器。一切的開端，就從尋求建言的時候開始。

當時，在進行技術研究計畫的聽審時，作為擁有豐富前線經驗的現場人員受到聘用的提古雷查夫中校，是驚訝得合不攏嘴。

當時議論的內容，是優勢的聯合王國海軍以及共和國殘存艦艇的對策。

這看在譚雅這名知道第二次世界大戰的戰鬥教訓的軍人眼中，軍艦這種東西，只要用空中攻擊或潛艦作戰擊沉不就好了。

沒完沒了聽著戰艦主砲的大艦巨砲論，讓提古雷查夫中校實在忍不下去，不由得開口插話。表示「對艦戰鬥？只要用反艦攻擊機或潛艦發射魚雷不就好了嗎？」對譚雅來說，她自認提出了非常妥當的意見。

又怎麼能想像得到，帝國海軍的 Aal 真的一如字面意思的是條鰻魚呢。

更何況，知道珍珠港與馬來亞空戰的人會這麼想。

只要讓魚雷命中的話，不論是戰艦還是其他艦種，不可能會有無法擊沉的海上主力艦吧。就算無法反制進入，艦艇這種東西，基本上只要讓火藥擊中就會沉。

極端來講，現狀下也只要配備大量的攻擊機部隊，就十分可能做到類似的事情，這是譚雅的結論。配置潛艦也很不錯。

第一次世界大戰時，也有過一艘潛艦在一次遭遇戰中擊沉三艘重巡洋艦的案例。

總而言之，她想說的意思很簡單。

就是「別浪費時間討論蠢事了，趕快來談魚雷的事吧」。當然，也沒有忘了以委婉的官僚修辭恭敬地說道：

「考慮到近來優勢的敵海上戰力，帝國軍要擊潰優勢的敵海上戰力，最好的方法就是魚雷攻擊了。」

然而，對此所得到的解答，卻是譚雅從未想過的那種解答。

「……中校，靠我軍的潛艦戰力，並沒有辦法反制。」

說穿了，為什麼只有潛艦？

譚雅難以理解對方的解答，甚至不由得因為跟不上思考而當機。

對譚雅來說，她絲毫沒有要只靠帝國海軍潛艦戰隊，與對方的主力艦進行艦隊決戰的意思。諸如航空母艦航空隊、水雷戰隊、陸上攻擊隊等等，不論是什麼部隊，只要能擊沉就好了不是嗎？她想說的是這個意思。

是在談魚雷攻擊的事。沒人說就只限於船隻。

「不，下官的意思是以航空機的魚雷攻擊為主軸，並提議以潛艦作戰作為輔助。」

「辦不到喔，中校。」

「什麼？這是，那個……」

「我軍並沒有能進行對艦攻擊的魚雷攻擊部隊。」

一時疏忽，因為魔導師不熟航空機情況所導致的誤解。

直到這時，在這個場合被告知為止。譚雅・馮・提古雷查夫這名魔導中校，都沒發現空軍沒有魚雷轟炸機的事實。

畢竟，存在於知識中的太平洋戰線上，空投魚雷攻擊進行得非常激烈。也知道給予俾斯麥號戰艦致命一擊的，是舊式的劍魚式雙翼機這件事。

對這種人來說，攜帶魚雷飛行的航空機會是理所當然的存在。

因此，譚雅陷入了混亂。

「……咦？」

在這瞬間，譚雅全神貫注地思考。

咦，沒有？

為什麼？

為什麼會沒有？

由於疑問太過深刻，甚至不由得毫無掩飾地在臉上露出疑問神情。然後，她被一部分人謠傳是鐵臉皮的表情，就在這瞬間垮掉。看到她宛如軍人般的表情垮掉，露出就彷彿是個符合年紀的小女孩般的模樣，讓在座列席者忍不住目瞪口呆。

「妳不知道嗎？」

「不，那個……因為有取得戰果。」

譚雅冒著冷汗，慌張地翻起記憶。報紙報導、內部傳聞，還有軍公報上看到的戰果，應該都確實有著擊沉紀錄啊。

「航空艦隊有擊沉過好幾艘敵艦吧？」

就算沒時間翻閱空軍的最終任務報告，也知道軍方整體的一般狀況。

由於有著在炫耀擊沉敵艦的戰果，所以還以為魚雷轟炸機是很普遍的存在。

在對艦攻擊時，記得也經常與空軍進行聯合作戰……不對，一般是要有的吧。

對譚雅來說，這是她一直以為存在的東西。對於沒有說這不存在的情報帶有偏見。畢竟，她是在速成教育之下投入實戰，而且和海軍的共同作戰，基本上就只有艦隊決戰的支援。

只會認為攻擊機應該會在某個地方作戰吧。

「下官是將這些誤以為是攻擊機部隊的戰果了。」

「全是俯衝轟炸的戰果。戰果也大半都是驅逐艦或運輸船這些小船喲。對於戰艦，航空機至今還行不通。」

無情的答覆。根據這個答覆揭開真相一看……還真是低水準，帝國軍就像是大陸軍所代表的一樣，是典型的陸軍國家。

海軍儘管因為近年來急劇的擴張政策與接連的加強，有達到一線級的水準。

但是，空軍卻是以空中優勢與對地支援為主的陸軍國家水準。

「恕……恕下官失禮，攻擊機與對艦攻擊戰法的開發是？」

「有在做，但這不是一朝一夕就能完成的事。要花一～兩年吧。可以認為要實戰化還得等更久。」

幾乎接近是懇求的詢問，輕易地截斷了希望。

唯一的希望，就是帝國具備的高技術力。

不過，還是欠缺了名為訣竅的巨大無形資產。開發要達到實用化，會需要龐大的時間吧。

就算不會感情用事導致不合理的結果。

也難以阻止重視經濟合理性的人，被憎恨不合理的感情所困的諷刺情況。

「那麼，用潛艦或魚雷艇毅然進行逼近攻擊如何？」

不過作為賢明的社會人，被現實徹底鍛鍊過的軍人，譚雅到底還是提出了替代方案。

畢竟空軍在對艦攻擊上的無能，是個必須要求改善的非常深刻的問題。

就這點來講，會期待潛艦，全是因為對艦攻擊並不是空軍的專業。而且，現在也已經有配備潛艦了。活用現有的東西……是最為確實的方法。

帝國軍的潛艦配備狀況極為良好，也正在對聯合王國的海上交通線造成威脅。要讓魚雷命中在海上航行的船艦，所需要的技術可是比想像中的困難。因此，我軍應該具備著能做到這件事的技術。譚雅高聲說道：

「以潛艦進行海中攻勢，是勝算最大的方法。應該考慮包含水雷戰隊、魚雷艇在內，以魚雷進行的大規模攻擊案吧。」

「現狀下很困難。主要是受到很大的技術限制，無法期待戰果。」

咦——譚雅的表情微微扭曲。這種回答是太過明顯的全面性否定吧。

當然，她自認為有理解到這麼做的難處。要接敵並發動魚雷攻擊，這說起來是很容易吧；但實際上要發動魚雷攻擊，必須經過難以置信的複雜程序。

能否確保艦首前方的理想位置，並從極近距離進行魚雷攻擊，幾乎純屬僥倖。

那怕是目標的航行方向與識別這種初步的要素，就算是熟練的軍官也會難以判別。計算魚雷航行路徑所必要的速度、測量瞄準距離、方位角的算出，此外還必須選擇魚雷的引信與深度。

因此，要海軍方說的話，提古雷查夫中校要求進行的逼近攻擊就只是個理想……但也明白她的理由。

當然，自己對海軍相關的事情是門外漢這點，譚雅也有自覺。不過，能合理思考的人，也會伴隨著轉換想法與逆向思考的應用力。

具體來說，就是命中率低的話，那就靠數量彌補就好的單純想法。

就算是百發一中，也只要準備一百發，就絕對能命中目標。

「就反過來想吧。我們有魚雷吧？那以量取勝不就好了嗎？」

「有是有，但能運用的專業人員有限。沒有能將海上航行中的船團殲滅掉的規模。」

然而，這種程度的構想其實早就統統提過了。

雖然技術人員容易傾向於靠新機能打開局面，但運用方可是會盡到最大的努力。

為了靠訓練與運用彌補低命中率，早就徹底下了一番工夫。

因此，對以聽取現場人員意見的名目，被逼問有沒有什麼好點子的參加者來說，這是一如往常的議論。

如果是重複早就提過的意見的話，那今天也沒有特別的收穫嗎？

就在參加者開始這麼想時，那句話就從譚雅口中喃喃說出了。

「那麼，就讓魔導師搭乘在魚雷上吧。就這樣用魚雷發射管，或是與潛艦分離的方式發射人操魚雷。讓魔導師去導引魚雷擊中敵艦如何？」

人在受到逼迫時的創意，意外地不能小覷。

那是稀鬆平常的對話開端。實際實用化的東西，是從這意外的地方開始的。不論再怎麼瘋狂，這也是從隨口說出的偶然想法中衍生出來的東西。

只要翻開世界史，瘋狂兵器的篇幅能寫成好幾本書吧。

能毀滅人類好幾遍都還有剩的核子時代；核保護傘與共同毀滅原則，以黑色幽默來說太過愉快的時代。

對生活在這種時代的譚雅來說，人肉魚雷這個名稱是一種結論。

義大利的小型人肉魚雷，以及日本的回天。

「咦？」

「就讓魚雷載人化，給予航行能力，跟V-1一樣去撞擊敵艦吧。沒什麼，乘員只要在擊中前脫離的話就沒問題。」

不管怎麼說，現在有著連人肉魚雷這種瘋狂構想的兵器都能接受的土壤。

而且，最珍惜自己性命的譚雅與為了保衛國家而犧牲的前輩不同，是以「重視生命」作為信條……雖說是與博愛主義相距甚遠的「重視自己的生命」就是了。

外加上非常理解人力資本的重要性，所以認為義大利的人肉魚雷是比較聰明的做法。

於是毫不遲疑地採用了回天的破壞力與義大利重視人命的優點。

「……改裝成載人規格，妳是這句話是認真的嗎？」

「改裝本身是比較簡便的做法。只需讓艦隊採用的魚雷能操舵就好。大型化也是一種方式。」

義大利的 MAIALE 是非常合理的設計。

哎，嚴格來講，那與其說是魚雷，更該說是小型潛艇吧？

而且在接近後，甚至還能設置水雷。

在亞歷山大港突襲時，才分成三組的六人小隊就破壞了兩艘戰艦。

令人驚訝的是，就連油槽船與驅逐艦也遭到水雷破壞。

就性價比來講，MAIALE 會比回天有優勢吧。

或是說，要搭的話就只限於 MAIALE 了。（畢竟很安全。）

不過，回天的破壞力也確實很有魅力。

「規格呢？」

「簡易版的話，只要在艦隊魚雷上加裝跨坐式駕駛席就好。儘管從魚雷發射管發射的形式會比較理想，但要是有困難，採用分離方式也可以吧。分離式的情況下，為了追求威力就會希望大型化吧……但下官也是專業領域的門外漢。」

「所以說？」

「這是不負責任的構想提議。關鍵的實現性與成本，還請參考專家的意見。」

換句話說，這就只是靈光一閃；就像是腦力激盪想出來的點子一樣。

提出來討論的，是讓魚雷載人，待魚雷擊中目標後，再對陷入混亂的敵艦隊設置吸附式水雷就好的提案。

在戰術上，要是有這種東西就方便了呢——譚雅作為現場指揮官說道。

「有關貴官的提議。」

「是的。」

「概略就好，想請妳再說明得具體一點。人力導引魚雷究竟是？」

「這種說法說不定是太嚇人了。不過，做的事情跟V-1差不了多少。在魚雷進入最終路徑後，讓乘員脫離。」

對了——譚雅就在這時，注意到她少說的部分。把回天與MAIALE混為一談可不太好。

「也能考慮對艦攻擊以外的用途吧。比方說，用小型魚雷代替潛艇運用的方向性，也是個有希望的方案。」

「用小型魚雷代替潛艇？」

用愣然語氣發出的是單純的疑問。就算臉上貼著問號，一副從未想過能這麼做的樣子，我也是那個啦。

並沒有要說什麼奇怪事情的意思。

「這個方案，主要是考慮到港灣設施的入侵破壞工作。是利用吸附式水雷襲擊敵停泊船艦的方案。乘員看是要就這樣淪為俘虜，還是考慮由潛艦回收都行吧。」

「在敵人面前，這可是自殺行為。就跟半自爆兵器一樣，以兵器來說太過致命了。」

當然，不會要求在全軍的正面配備。她承認這對正攻法來說，太過於劍走偏鋒了。

「代替潛艇的構想，完全是假定特種作戰的用途。這樣必然會是特殊的運用方式吧……但請考慮一下性價比。」

「妳有具體的評估數字嗎？」

「……既然未經過實戰運用，下官就難以斷言。不過，假設從成為母艦的潛艦中獨立出來的話，小型魚雷的運用乘員就會是極少數的特種部隊員。」

劣勢的義大利海軍，靠六人破壞了兩艘戰艦。

要用比這還低的成本擊沉戰艦是相當困難。最重要的是，從事作戰的六人雖然遭捕，卻也無人死亡。

「停泊地攻擊只要成功的話，就能期待碩大的成果吧。犧牲極少。」

沒錯，能以零人命損失取得壓倒性的戰果。此外，如果是海陸魔導師的話，就意外地還能期待他們自行脫離，不會淪為俘虜。

不是什麼強人所難的事。

「妳是認真的嗎？」

話雖如此，這種特別攻擊兵器，以自殺為前提的兵器是瘋狂的產物。是被名為戰爭的瘋狂逼得走投無路的國家，在苦惱之餘提出來的東西。

就連某個遠東國家，都有對這種特別攻擊爆發反對意見。簡單來說，必死與拚死雖然只差了一個字，意思卻差了非常多。在帝國，感覺上所能容許的程度又與一般水準背離得更加嚴重。

「如果能用的話，當然是認真的。雖是個人的意見，但下官自信這會是個有益的提案。」

不過……

戰爭就是一種「被逼到這種極限狀態」的事態。假如不是這樣的話，就不會特地用總體戰來形容了。

依照這種前提條件行動的譚雅，無法理解他人對徹底輕視人命這件事的避忌。就像是第一次世界大戰前，根據日俄戰爭的戰鬥教訓推論出未來的不列顛將軍做出「難以置信」的評論一樣。戰爭是在向名為經驗的教師，付出過高的學費學習固定概念之後，才會改變做法的。

反過來說，愈是正常的人，就愈容易以常識或固定概念來思考未來。

換句話說，譚雅這個人對他們來說，就只會是個依照無法理解的行動原理與理論在運作的怪物。

……雖然對譚雅來說，她就只是具備著非常正常的歷史知識罷了。

「不對，說到底，這兩個魚雷改造方案具有可行性嗎？」

完全不知發言者的意圖是要以實現困難性為由，阻止這個帶有瘋狂氣息的方案。

「下官是魚雷技術的門外漢。不過，如果是以航空魔導師的觀點，就有辦法回答疑問。」

「請說明。」

「作為對艦攻擊魚雷，只要乘載魔導師的話……主動偵察術式與氧氣供給術式，或許都能沿用在高空使用的術式。實用性與性價比也都只要配合魔導技術的話，就能克服大半的問題了吧。」

「小型魚雷的話呢？」

「會更加單純。只要減少炸藥量，改在彈頭部位搭載電池，移動的問題也能獲得解決吧。應該能成為一定以上的便利潛艇。」

總而言之——說到這裡，譚雅也沒忘了加上保險。

「當然，是否能只靠既有技術開發是很難講。也會發生無法預期的問題吧。不過，下官認為這是很有希望的方案。」

「也就是以既有技術的結合為主的新機能嗎？」

「是的。開發時最好是要低風險。」

譚雅淡淡地回答疑問。

腦海中閃過的是拘泥在技術上而失敗的其他世界的惡例。

德國體系的惡習，就是拘泥在想以奇妙的新兵器打開戰局上，而對既有的生產線造成不良影響。

不過有關於這點，在人事管理上對期待值與現實的背離感到苦惱的社會人經驗就很合理。

畢竟這不是根據理論上的可能性，而是所知道的完成品說出的提案。

在可行性上，譚雅總是以事情不會輕易進展為前提，做好萬全的顧慮。

「請問技術廠有什麼看法？」

此外，也沒忘了作為非常平凡的社交辭令與規避責任的一環，把話題丟到專家身上。

不過對其他參加者來說，這怎麼看都像是不容許敷衍了事的態度。唯獨本人不知道這件事。

就譚雅的自我意識來看，這是沿襲著非常正常的程序在走。

甚至覺得有關技術領域的議論，當然要尊重專家的意見。

無視工程師意見寫出來的公司內部管理程式，沒辦法正常運作是當然的吧。

總之，就跟這個一樣。

「作為技術廠，只要有命令……就能相對容易地提供試製品。魚雷的大型化與魔導師的搭乘空間是個問題，但也沒有複雜到哪裡去。」

所謂的專家，對於問題大都會老實回答。他們也不希望被認為自己就連簡單的技術障礙都無法克服。

做得到的事，就說做得到。

這是專業人員的強項，同時也是痛處。專家會做好他們做得到的事。

「……就保留在技術廠的研究上。我難以贊同讓士兵輕易磨耗的做法。姑且不論拚死的任務，必死的任務就……」

「當然，是要以人命優先。關於這點，下官的意見也毫無動搖。」

對想不出打開局面對策的相關人員來說，他們渴望著能派上用場的事物。

結論是儘管自主席以下，所有人都不願意這麼做，卻也沒有理由否決。
於是基於總之先試看看的意圖，下達了只准開發的許可。
「很好。就算只有概念，我也想請海軍方面研究一下。」

啊啊，是什麼時候的事呢，自己也曾說出這種話來呢……譚雅以遙望遠方的眼神回憶過去。
腦海中浮現的是「自作自受」這四個字。
這是譚雅所不願承認的現實。但殘酷的是，現狀的起因正是她自己種下的果。
插嘴海軍的裝備，想說只要完成「MAIALE」的話……然後就讓自己被搭載在人肉魚雷上了。
有點難以說是愉快。

統一曆一九二七年七月十二日　內海方面

帝國海軍的內海潛艦部隊在裝備上，算是艦隊的一般水準。
也就是說，過去配備的魚雷全都派不上用場。會用過去式來講，不論是對他們來說，還是對魚雷開發者來說，都是件幸運的事吧。

引信顯著改善所帶來的結果，讓命中卻未爆，在發射的同時早爆，或是磁性引信睡死，讓魚雷從艦底通過的混帳情況大為銳減。

鰻魚已進化成潛艦部門所盼望的魚雷。不過，就算受惠於這種好消息，作為主要武器的魚雷也沒有因此成為銀子彈。

以武器來說是平均水準，不是什麼奇特的武器。

就算速度不怎麼快，也是重視機械信賴性，生產力優秀的電動魚雷。在受期待的內海，運用方式是投入通商破壞。

當然，配備這種魚雷的潛艦部隊，任務也自然而然會傾向於狩獵商船。只不過，狀況……稍微起了變化。軍官與資深船員有著這種預感。

對他們來說最初的徵兆，是上頭發出的奇妙的改裝命令。

內海潛艦部門就在不久之前收到命令，要他們讓潛艦有辦法加裝奇妙的「大型固定裝置」。令人驚訝的是，上頭還不在乎這會犧牲潛艦水下速度的抗議，毅然地嚴命他們施行「特殊改裝」。

等實際看到裝置後，當然也有更多的艦長劇烈地強硬反對。儘管如此，潛艦部隊還是很罕見地省略一切說明，被上頭用「命令」兩字強渡關山。

「這東西是啥？」成為共同的招呼語只是時間上的問題。

不知是幸還是不幸，唯獨搭乘者與作為母艦的潛艦船員知道真相。直截了當地說，就是新兵器的設備。也就是用來裝載V-2的措施。被告知內情的該艦船員所抱持的共同想法是「他們瘋了」。

嚴格來講，不只是他們，要搭乘在上頭的航空魔導部隊員也打從心底同意。如果要坦白說的話，就連技術廠的工程師都半信半疑。

自信滿滿的，就只有開發的當事人。

於是，就在以潛艦船員為首，心想著真的要做嗎？的大多數懷疑他們是不是瘋了的人眼前，修格魯主任工程師率領的技術廠人員，公然地將那個龐然大物搭載到潛艦上。他們得意洋洋地高呼三聲萬歲，還就像是在期待戰果似的恭敬送行。

非常驚人地削減工作幹勁的送行。

在這瞬間，要是聯合王國的 Jabo（註：德文戰鬥轟炸機 Jagdbomber 的縮寫）用機槍掃射碼頭，把工程師統統炸死的話，我會高呼三聲聯合王國萬歲吧。

儘管在艦上做著以胡思亂想來說非常利敵的想像，不過這也可以說是身為出擊方的譚雅，精神已被逼迫到會認真考慮這種妄想的程度了。

注意力散漫，無力地注視著岸壁，就連自己都覺得自己很恍神吧。等回過神來時，人已經在海上了。

畢竟，潛艦的速度很慢。

要說到平均的巡航速度，就只有十幾節。在以多了一位數的速度飛行的航空魔導師看來，是難以置信的移動速度。從出海到景色出現變化所需要的時間也很漫長。

不過，讓人不知所措的還不只這點。

讓人困惑的是，儘管作戰開始了，卻在過著依照作息表的生活。混在值班的監視員裡，按照時間支援監視。

「……因為至今為止，幾乎完全沒依照過作息表生活呢。」

她微微苦笑地眺望大海，是一片美麗的蔚藍海色。甚至還能悠哉地覺得，潛艦濺起的微微浪花很涼快。

依照預定的作息表生活，還真是讓人困惑。對於在東部的遼闊平原上，與共匪在不規則的時間帶一路玩過來的人來說，還真是感到渾身不對勁，冷靜不下來。

「大海上，我們是弧點。不對，考慮到是潛艦群，所以該說是弧群嗎？哎呀哎呀，大海太遼闊了。」

雖然東部也很遼闊，但內海更勝一籌。以潛艦執行搜索殲滅，是說來容易做來難的典型例子吧。就連多次從事潛艦作戰，非常習慣搭乘潛艦的譚雅，都忍不住對「用潛艦偵察」的這種事態感到些許奇怪。

不是瞧不起潛艦。偵察與攻擊都是它擅長的領域。譚雅十分清楚這是作為兵器的有效運用。

只要Aal獲得改善，能確實爆炸的話，就能作為十足的戰力，對聯合王國海軍造成威脅。

要說到唯一的問題，就是請只靠潛艦殲滅敵艦隊的命令性質。就算是艦隊型潛艦偏重主義的大日本帝國海軍，假使沒有被逼到走投無路，也不會下達這種命令。

儘管不得不採用不同於航空機與裝甲師團的運用方式……但陸軍腦的參謀本部，不會是把潛艦群誤解成機動部隊了吧？

就連帝國海軍常被批評為是教條主義的漸減迎擊作戰，都是「漸減」。不會說出要藉由「殲滅」確保萬全的海上無害通航權這種話。

在這種時候，若無其事地發出搜索殲滅「敵戰隊」的命令，參謀本部到底是怎麼了。不對，或許並沒有怎麼了。

參謀將校就本質上，太過偏向陸上的戰爭了。也就是說，是頭腦很好的「陸軍」。要是以陸權思考海權的話，也不免會下達一兩道奇妙的命令。

雖然譚雅就只想說一句：你們是笨蛋嗎？老實說，這樣儘管很傲慢，但也難以避免心生不滿。

陸地與海洋儘管相連，卻是不同的世界。

能站在陸地上，眺望著海洋發出命令的，就只有熟知海洋的提督吧。就連參謀本部的俊傑，也大半都根本性的不知海為何物。這點儘管可怕……但猛然發現，根本是連教都沒教過。

從軍官學校到軍大學，譚雅在軍中累積了相當的資歷。就算僅限於帝國內部，應該也能自負

有受過標準以上的教育吧。

就算那是緊密的短期速成課程，也「應該」有徹底學到軍組織認為職業軍人必要的最低限度的知識。

儘管如此，對於海上戰鬥的知識，就只有跟和平國家日本時代的殘渣差不多的知識，以及經由與帝國海軍的聯合作戰，臨陣磨槍學到的經驗知識。

完全沒受過有系統的海軍教育。

「……話說回來，就連參謀旅行也一直都是去山上、丘陵、平原呢。」

這是只能一面搖頭，一面抱怨的事態。或是說，在海上的戰鬥方式……不用搞不好，在參謀將校與魔導將校之中，自己算是相當清楚的人吧？

「該怎麼說好……嗯，這也太過分了。高興不起來的專業領域呢……」

職能的強項是個很好的賣點。只不過，專業有時反倒會帶來麻煩也是事實。比方說，就像現在吧。

「雖然就只能這麼做了，但只能這麼做的現實還真是難受。」

譚雅不讓身旁水兵聽見地壓低聲音，以精疲力盡的表情脫口說道。眺望著海面，但心情卻依舊煩躁。

事情為什麼會變成這樣啊。

為什麼，會變成這樣啊。

唉——就在不知是第幾次的嘆息，消失在群青色天空之中的瞬間。

「收到電報！第一六航空艦隊的偵察機，成功接敵的樣子！」

接敵的第一報。該說是期盼已久，還是該說希望永遠不要來呢，讓人有點迷惑的通知。

不管怎麼說，這都是獵物的情報。潛艦船員突然振奮起來。

「發現敵艦隊！發現敵艦隊！」

當然，一旦是工作，就十分足以讓譚雅將意識切換過來了。

「中校，巴謝特艦長有找。」

「說我立刻就去！」

一回完水兵的傳話，譚雅就立刻跑了起來。該說是幸運吧，就算是會讓成年男性卡住的狹窄潛艦通道，也不會對譚雅造成任何妨礙。

她輕快地朝著艦長的位置筆直跑去。

「艦長，聽說收到電報了。」

「中校，勞駕妳跑這一趟，真是不好意思。」

對方雖是少校，但可是船艦之主的艦長。而且還是海軍。把階級的上下關係帶過來，在各方面上都很難做事。

「請別在意，巴謝特艦長。畢竟我就只是個搭便船的乘客，貴官可是艦長。以主人的方便優先是當然的吧。今後也無需客氣。」

「感謝。那麼，提古雷查夫中校，請看這個。」

伴隨著這句話遞來一封信文。

大略看過文章後，譚雅微微點頭。戰艦規模的艦艇群。恐怕幾乎毫無疑問是目標了。假如沒有誤認的話，就確定是這個了吧。

「……包括至少會是戰艦或戰鬥巡洋艦在內的複數軍艦。重巡洋艦或巡洋艦兩艘，驅逐艦或輕巡洋艦四艘，沒有航母。」

不過，譚雅也在這時感到不太對勁。以得知的敵情來講，不覺得這很奇怪嗎？

「沒有航母？奇怪了。根據聯合王國基本的運用實績來看，航母也會在附近吧。有可能是偵察出錯嗎？」

「就算有可能會與艦隊油船搞混，但再怎樣也不會把戰艦與航母搞混吧。我認為要是沒有的話就太好了。」

譚雅邊點頭回應巴謝特艦長的話，邊像是無法釋懷的歪著頭。不該輕視航母的重要性。那是大海的支配者。

「的確。不過，也能認為就只是目前還尚未發現到。」

「偵察上有困難吧。只不過，說難聽點……既然偵察機沒有被敵直接掩護戰鬥機追逐的話，在某種程度上也成作為沒有的證明吧？」

的確，金絲雀安然無恙的叫了。只要偵察機有好好偵察，姑且也不是不能接受沒有航母這件事。

航母艦載機是棘手的對手。考慮到就一般來講，航母也會搭乘大量的海陸魔導部隊的話，敵方沒有航母就是件讓人喜出望外的事。

「……可以說敵方沒有航母嗎？」

「儘管不該放鬆警戒，但多少也可以期待吧。」

你說得沒錯吧——譚雅微微笑起。

「……也要能先接敵呢。」

畢竟，事前情報就只是未確定情報。要是有辦法看穿戰場上的一切，就會是自克勞塞維茲以來的新軍事學了。

必須得跟那該死的迷霧好好相處。

「就算在假設上多做假設也無濟於事。就請多指教了。」

「妳說得對，中校。」

「那麼，就麻煩送我們一程吧。」

「交給我吧。雖然只是個送貨的，但我會盡我所能。假如有必要的話，要我在將中校等人射出後，再額外發射舊式的熱動力魚雷或電動魚雷作為偽裝嗎？」

聽到巴謝特艦長這麼說，譚雅不由得沉思起來。

這是基於善意的提案吧，但譚雅不知道該如何判斷。就算是電動式的魚雷，也有點懷疑是否能完全避開敵方的耳目。

在進行這種作戰時，海軍是怎樣看待潛艦的隱密性啊。

「得看海面狀況與天候決定吧。天候的預測是？」

「晴天，或是少雲。大概不會起大浪吧。」

既然如此——譚雅搖頭婉拒潛艦方的善意。

「這樣好嗎？」

「嗯，要是能幫我們確認戰果的潛艦沒了，可就傷腦筋了。戰果不明的歸還實在是不太好看呢。」

在軍中，戰果是最頂級的免罪符。

雖然也有下達危機時「就算入境義魯朵雅也無妨」的許可……但有沒有戰果，在本國受到的待遇也會不同吧。能輕易想像得到，要是沒有立下戰果就闖進義魯朵雅的話，將會嚴重損害自己在本國的立場。

只不過，如果要避開麻煩的話，就想避免在襲擊後直接逃進義魯朵雅。這跟帝國的內部情況無關。

畢竟，義魯朵雅這個同盟國，很不可思議地是同盟國兼嚴守中立國。

要是有交戰國的人跑來，很可能會不由分說地進行逮捕。實際上，就譚雅個人來說，如果他們能以嚴守中立為藉口把她拘禁到戰後，讓她能藉此確保安全的話，就有「考慮」的價值。

不過，一想到義魯朵雅與帝國之間的奇妙關係性，就非常懷疑他們會這麼做。倒不如說，或許最多就是用來作為「交涉材料」。

這樣一來，就不是能否確保安全的問題了。

難以判斷長期性的影響，但很有可能會對自己在帝國內部的地位造成中、短期性的不良影響。

基於目前的情勢考慮的話……應該要等到真的走投無路後，再逃進義魯朵雅吧。

對了——譚雅就在這時補上一個想法。也有故意做給「義魯朵雅」看的選擇呢。

暴力會產生問題這句話，有部分是要看時間與地點也是事實。交戰國與其讓人瞧不起，還是讓人恐懼會比較好。這就是馬基維利主義的精髓吧。

「……連鎖反應，還真是了不起呢。」

[chapter]

IV

第肆章

來自海底的愛

Love from Underwater

如果是這傢伙，不論是怎樣的戰艦都能一擊解決吧。
……只要能直擊的話。

——譚雅・馮・提古雷查夫中校／於海王星作戰之際

統一曆一九二七年七月十五日　內海方面

現在，帝國軍潛艦的基本戰術是狼群戰術。

兩艘勝於一艘；三艘勝於兩艘。完全是數量的力量。儘管是為了狩獵商船所想出來的戰術，不過在對艦隊戰的層級上也十分有益。

在追逐電報中發現的敵人一段時間後。

戰隊也成功接觸到目標了。

「僚艦通知。是敵艦！」

「聲納有反應！」

「聲納室，音源？」

「不會錯的。是船艦的螺旋槳聲。」

「……好大。這是，不對，請等一下。複數的……戰艦級？居然聽得這麼清楚。不過，是船團。」

「準備魚雷戰！可別落後僚艦了！」

船艦司令部展開拚命的努力。

自巴謝特艦長以下，船艦的船員表現得都十分出色。就連看在只是禮貌性同席的譚雅眼中，也看得出他們是一批機敏的優秀潛艦船員。

過沒多久，是到一段落了吧。

巴謝特艦長走向譚雅，迅速說明狀況。然後，他就像是有點迷惘的補上一句話。

「提古雷查夫中校，那個……就快日落了。」

「日落前是最好的襲擊時機吧？」

「通常的話，是這樣沒錯吧。」

可是——艦長以有點煩惱的語氣說出疑問。

「V-2就性質上，目視距離狹窄，這個時間帶難以說是理想。還是迴避戰鬥會比較好吧？」

有道理。

不過，對譚雅來說也就只是有道理。

「艦長所說的雖然是個問題，但大海遼闊。一旦離開，就無法保證能再度接觸。倒不如說，能夠預期會非常困難。」

「這是我們的工作。」

儘管對做出保證的艦長不好意思，但她也不是完全不懂潛艦作戰的陸地人。

「正是因為多少知道這有多麼困難，我才會這麼說的。」

「有過經驗嗎？」

是呀——譚雅點頭。

「有過幾次。最近還一同前往了諾登外海。」

正因為如此，所以才不得不說。儘管很高興艦長的厚意——譚雅儘管先這麼說，不過還是以嚴厲的語氣指出一件事。

「潛艦的水下航速有限。我很清楚這會是個強人所難的請求。」

「請別說得我們就像慢烏龜一樣。」

「我不是在貶低貴艦與船員的努力。只是想指出事實。速度的問題，即使船員再努力……也無可奈何吧。」

我有說錯嗎？——在如此反問後，對方就露出苦笑的表情。大致上，毫無疑問是因為他沒想到會從視為陸龜的魔導軍官口中，聽到潛艦戰術的講解。

實際上，他們才是專家。

譚雅也十分清楚，最好要避免說得好像自己很懂一樣。只是，需要為發明之母，發明的強迫者，總而言之，軍令是個非常棘手的東西。

「不管怎麼說，我們都只能做了。而現在，機會就在眼前。」

正因為如此，譚雅才特意用輕挑的語氣嗤笑。

「絲毫無法保證我們能抓到幸運女神的後髮。那麼，這就是該由我們主動痛扁女神一頓，將她的頭髮盡情扯下來的時機。我有說錯嗎？」

「就如妳所說的。無論如何……都必須讓南方大陸遠征軍的陸軍平安歸國呢。」

告別幹勁十足的巴謝特艦長，譚雅就像受不了似的走到隨行的謝列布里亞科夫中尉身旁。

「中校，我們該怎麼做？」

「準備出擊，副官。這可是潛艦作戰的重點呢。」

恐怕在其他艦上的部下也一樣緊張吧。正因為如此──譚雅輕輕笑起。

「別慌張。這比V-1簡單喔。因為多少還能轉彎呢。」

譚雅一面讓哈哈的誇張大笑迴盪開來，一面重新看向走近的人影。

「中校，收到一則後續消息。」

帶來有關敵情的最新情報的潛艦通訊人員，表情有些緊繃，讓譚雅的腦中響起警報。

怎麼了？

「僚艦傳來通知。說是發現航母了。」

「航母？有在這裡嗎？」

譚雅忍住嘆息，稍微搖了搖頭。如果是潛艦船員的話，會高興有個不錯的獵物吧。很可悲的，譚雅比較希望對方沒有航母。

「……如果是航空偵察的精度有問題的話，就傷腦筋了。」

她知道戰爭迷霧。儘管如此，也還是認為漏看了航母這種龐然大物，是空軍的嚴重失誤。困擾的是，既然存在就不得不處理。畢竟要是沒解決掉，之後可就危險了。絕對不能讓運輸船在歸國時遭到航母追擊。

「如果是V-2的話，就辦得到吧。只能這樣相信了。」

博士精心打造的兵器，也就是說，應該毫無疑問具備著荒唐的破壞力。至於安全性，還是別浪費時間去想吧。

「要準確進行同時攻擊。狀況已跟只要解決戰艦就好的時候不同了。既然如此，就同時攻擊航母與戰艦。」

必須徹底通知下去——為了擬定對策，譚雅向巴謝特艦長提出建議，一手拿著隊內電話的艦長，就像在說交給我似的拍著胸口。

「加上友軍的兩艘，總共有十二發V-2。要瞄準哪裡？」

「基本目標是主力艦。戰艦六發，航母四發。巡洋艦兩發就好。最壞的情況，驅逐艦就引爆艦上的深水炸彈或魚雷擊沉吧。」

朝著點頭表示了解的艦長，譚雅拜託他幫忙傳話。

「乘員在脫離後，先潛伏在海中，在爆炸聲響起的同時浮上襲擊。不需要潛艦方回收。請迅速幫我轉達。」

「可以嗎？」

對於這句擔心的詢問，譚雅揮了揮手回道。

「在萬一時，有安排回收人員的話是很感激……但我不想在這塊海域上勉強各位。」

在聽到這句話後，身旁就插來一句話。

「中校，這是他們的工作。」

平淡說出冰冷話語的人，是自己的副官。這與其說是不高興，不如說就只是義務性的插話吧……譚雅想著這麼說也有道理地點了點頭。

「沒錯，謝列布里亞科夫中尉。只是，不覺得工作的最低條件，是『雙方都得是專業人士』嗎？」

當然，最大的前提會要是我們完成了襲擊的工作。

苦笑點頭的副官也變得很大膽了呢。就算目的是要說給周遭人聽，能將該做的事情徹底做好的軍官，可是難能可貴的人才。對譚雅來說，是想在一旁微笑守候，期待她今後也能出色的成長。

然後，像是被我方的互動所感動的巴謝特艦長，朝著我們敬禮。

「祈禱各位武運昌隆。」

「艦長，不用幫我們祈禱。我們會做到該做的事。就相信我們吧。要是我們失敗了，再隨便你去向上帝、佛陀，還是惡魔祈禱吧。」

「……是我失禮了。中校。」

沒什麼——譚雅就在這時輕輕笑起。

「我很感謝艦長的厚意。那麼，機會難得。就請充分享受第二〇三航空魔導大隊的工作表現吧。」

達卡外海　聯合王國本國艦隊所屬第二戰隊（同意行動前鋒集團）

Operation Agreement 發動後 13:25（當地時間十九點左右）

圍剿敵人的計畫。

將企圖連夜潛逃的帝國軍一舉殲滅，藉此達成南方大陸作戰。這在處於抗衡狀態的各戰線中，例外地是一場勝券在握的戰爭。

要說的話，甚至預期不會有太大的抵抗。

說是理所當然，也確實是理所當然。

面對聯合王國艦隊，帝國的「海軍」有什麼辦法對抗？這是就連三歲小孩都懂的事情吧。主力艦數量、輔助艦船數量，全是壓倒性的。

在列強第一的海軍國家面前，大陸國家有什麼辦法競爭？

正因為如此，聯合王國艦隊的所有人都深信不疑——這會是一場勝仗。

然而在揭開真相後，任誰都發出驚叫。

「這是怎麼回事！」

這就像是打開了地獄大門一樣啊！——等到後悔時也已經來不及了。他們得用將兵的性命償還這個錯誤的估算。

「胡德號！全能的胡德號！」

水兵悲鳴般的慘叫迴盪開來。只要朝著那裡看過去，事態是一目了然。在響徹戰場的爆炸聲響後，煙霧彌漫開來。

讓人忍不住想摀臉呻吟的景象。

威風凜凜的鋼鐵戰船臨死前的模樣。徹底傾斜的船體上瀰漫的煙霧與爆炸聲響，顯示出胡德號早已回天乏術。

胡德號，全能的胡德號。

開戰前，以列強海軍最強的戰艦自豪的巨艦。是聯合王國海軍引以為傲的最大軍艦，同時也是最棒的戰鬥巡洋艦。海軍的榮耀，全能的胡德號。

僅僅一擊。

僅僅一擊就葬身海底？就算說是親眼所見，也任誰都想大叫這太過分了的景象。

大叫著這不可能，胸懷著榮耀與尊嚴的艦長與船艦命運與共，水兵還來不及感受到痛苦就一一死去。

同時，儘管如此，被譽為最精銳的他們就算悲傷不已，也還是猛烈地做著應盡的職責。一得知胡德號被魚雷擊中，就立刻解開艦隊陣型，採取迴避行動。

動作時的熟練度、反應，全是可期待的最佳水準。

迅速不已的判斷，可期待的最快反應，以及就連解散隊型的瞬間都一絲不亂的動作。

只不過，乘員拚命的操舵也是徒勞無功。

「皇……皇家方舟號！」

顫抖的聲音、悲鳴，述說著襲向我等榮耀的殘酷命運。

「怎麼了，快報告！」

「皇……皇家方舟號，被魚雷擊中了！」

航空母艦響起的爆炸聲響與濺起的水沫。就連從距離艦隊中央最遙遠的驅逐艦上，也不會看錯這個景象。

在啞然看著這一切的他們眼前，航空母艦開始急速傾斜。是衝擊的影響嗎？正要離艦的艦載機互撞起火。艦隊的船員就連錯愕的時間也沒有。

「該死！」

緊急逃離成功的海陸魔導師與船員嘗試滅火，但火勢卻愈來愈強。

「注意海面！找出魚雷的航跡！」

混在此起彼落的命令之中，護衛艦的艦長懷著悲壯的覺悟大吼。

「最壞的情況，就算得擋在射線上也要阻止！不能再讓他們擊中了！」

對護衛部隊來說，絕不能容許更多的魚雷攻擊。

就算要救助胡德號的船員。

就算要救助皇家方舟號。

在敵潛艦徘徊的情況下，怎樣也沒辦法停船進行作業。內心受到憤怒與焦躁煎熬，所有人都在無意識間咬緊牙根。

然而，聯合王國海軍驅逐艦百慕達號的船員，就在下一瞬間忍不住盛大地詛咒上帝。

就在眼前全力加速的巡洋艦伊利亞德拉爾號……

瞬間，才覺得聽到了討厭的聲響，就濺起了該死的巨大水柱。

「伊利亞德拉爾號，伊利亞德拉爾號！」

從斷成兩截，急速沉沒的船體來看，救援船艦的可能性令人絕望。為了避免被海流捲進去，百慕達號不得已地改變前進方向。

同時，基於冷酷的序列數字，艦長繼承了伊利亞德拉爾號的指揮權，為了保護受傷的友軍，竭盡了他所能做到的一切努力。

至少，聲納員嘔心瀝血的努力得到了回報。

「有反應！這是……螺旋槳聲！疑似敵潛的反應有一，不對，二！還……還在增加！是敵方的潛艦群！」

「立刻轉舵！快！不能再讓他們為所欲為了！」

「Aye aye sir！」

「不能讓他們就這樣回去！反潛準備！要他們付出代價！」

對此，聯合王國的輕巡與驅逐艦的反應迅速。當機立斷就算會阻礙收音，也要阻止更進一步的魚雷攻擊。

為了迅速壓制敵潛艦，他們所拿出來的是多彈頭散布型的刺蝟砲。這是剛配備下來的新兵器。是為了宰殺狂妄的帝國潛艦所開發的新兵器。

能用深水炸彈進行面壓制的刺蝟砲，正是聯合王國護衛艦隊的自信來源，同時也是擔保戰術優勢的武裝。

「別讓音源逃了！路易斯號與勝利號也一齊攻擊敵潛艦！」

進行復仇戰的衝動；必須守護夥伴的義務感。伴隨著化為動力的感情，將兵竭盡了人類所能做到的最大努力。水兵分秒必爭的東奔西跑，士官扯著喉嚨的催促作業。

他們恐怕是以可期待的最快速度，發揮了訓練的成果。在那裡的，是以人力所能的極限向祖國奉獻的將兵身影。

然而，真是可悲。

他們的動作，以反潛行動來說是最佳解答，所以完全適得其反。

就在由驅逐艦、輕巡洋艦組成的反潛獵人部隊在甲板上陳列爆炸物，要開始向海中發射的瞬間——

盼望著這一刻的，來自海中的惡魔。

纏繞在魚雷上運來的災厄。

對聯合王國來說最糟的敵人自海中現身。

「左……左舷有敵魔導師！朝本艦急速接近中！」

監視員顫抖的叫喊，來得太遲了。在裝填中的深水炸彈與刺蝟砲露天擺放在地面上時，要是遭到爆裂術式攻擊的話，會發生什麼事？

「該死！全員，抗衝擊！」

警告的叫喊聲。但就連警告也來不及，突然現身的魔導師從容地展開術式。顯現出來的術式，將負責指揮的艦長意識連同肉體一起炸得灰飛煙滅。

「百慕達號，炸沉！」

在發出驚人聲響與光芒的同時，能看到她傾斜的龍骨。作為讓僚艦毫無遺漏地理解到發生什麼事的聖畫像，這一幕太過充足了。在眼前被炸沉的百慕達號，是由於反潛戰鬥用的投射式深水炸彈，以及驅逐艦上裝載的，連戰艦也能擊沉的魚雷遭到引爆。

不過，為什麼？

知道原因；知道是炸彈遭到引爆；眼睛能理解到，是應該會保證優勢的炸彈，炸沉了百慕達號。

不過，為什麼？

瞬間，殘存艦上的乘員受到無法理解的感情支配。讓他們回過神來的，是監視員宛如悲鳴般的警告。

「魔導師！是魔導師！是帝國軍的魔導師！」

啊，混帳東西。

這樣就夠了。

聯合王國殘存艦艇的指揮官理解了一切，然後詛咒上天。是在魚雷攻擊當中，參雜著敵海陸魔導部隊的襲擊。

不會錯的。

正因為是他們，所以能充分理解敵人攻擊所具有的可用性。他們理解到了。這是帝國軍在諾登以北地區頻繁使用的戰術。

就算不願意，也還是理解到了。甚至為了奪回立場，友軍海陸魔導部隊還在舊協約聯合地區實踐了從潛艦出擊的進攻作戰。

然而，然而，他們還是在無意間認為「如果是海上航行中的艦隊就不會有事」而掉以輕心。然後，迎來今日的這種局面。

正因為是離無能相當遙遠的軍官，所以他們有辦法理解狀況。換句話說，這就只會是最該死的狀況。本來應該要由戰鬥機與海陸魔導師在事前阻止接近的傢伙出現了。

「緊急戰鬥！自由射擊！」

驅逐艦路易斯號緊急開啟所有能用的砲口。

「拋棄可燃物！將刺蝟砲射光！」

驅逐艦勝利號將裝填完畢的刺蝟砲，朝著敵潛估計位置全力投射。同時也一塊拋棄可燃物，然後，在下一瞬間，她們就因為自己的武器彈藥遭到引爆，瞬間失去了戰鬥能力。

「路易斯號、勝利號被幹掉了！」

不過，至少被攻擊的驅逐艦有徹底完成她們的義務。

雖然時間短暫，但由於帝國軍的銳利攻勢集中在兩艦上，替僚艦帶來類似緩刑的片刻時間。

「轉舵！全速！」

能一面拋棄可燃物，一面改進行迴避行動的艦船很幸運。而非常不幸的是，災厄的暴風襲向他們，讓他們甚至沒辦法對自己等人的這份運氣高興一下。

要說悽慘，確實是很淒慘的事態。

包含戰艦、航母在內的前衛在瞬間幾乎全滅的損害。如果是遭到強力的敵艦隊襲擊而力竭戰敗的話也就算了，但被區區幾發的魚雷與魔導師擊潰？

「……我的天啊！」

也難怪軍官會忍不住仰天，將字典上所有的禁播用語奉獻給主。看在聯合王國相關人員的眼中，這不論對誰來講都只會是一場惡夢。

如果是夢，希望趕快醒來。

只不過，他們是體現約翰牛精神的海軍軍官。內心在悲嘆。但從口中發出的就只可能是善盡人事的命令。

「備用的深水炸彈與魚雷也一塊拋棄！會被引爆的！動作快！」

為了活下來，就只能用盡一切手段。殘存艦艇就連在這種時候也沒有停下動作。儘管這對護衛艦來說是很羞愧的事，也還是急速拋棄了包含深水炸彈在內的可燃物。

「持續射擊！敵人的數量不多！」

「把海陸魔導師叫出來！要掩護航母！去支援損害管制！」

想辦法動著手腳，拚命掙扎。

光看數量，襲擊過來的魔導師是未滿一個中隊的少數戰力。理論上，就只是能輕易阻止攻勢的敵人。

就十幾個人；就只有這些人。

就只有這些帝國人，在與皇家海軍的一個戰隊為敵？別開玩笑了。

假如沒有被逼近到這種距離，實際上，光靠艦隊的聯合防衛就能擊退了……不過得加上一句但書，前提是要有海陸魔導部隊，他們的航母沒有被火災吞沒的話。

就算有經過加強，各艦防護火力的密度還是不足。

這是早就知道的事。但有總比沒有好吧。懷著這種祈禱般的想法，在發射彈幕之後，甚至還為了隱藏艦體，基於創意精神散布煙霧。

只不過，戰鬥的天秤非常無情。

就像在嘲笑眾人的努力似的，傾斜的天秤沒有回來。

「文……文森號！」

雖說未滿中隊規模，但遭受到魔導師集中砲火的文森號，落得殘酷的命運。儘管勉強還維持著浮力，但遭到大火吞噬的她，戰鬥力已被徹底擊潰了。

之所以沒有爆炸，也是歸功於極力拋棄爆炸物的判斷吧。帝國軍魔導部隊肯定是打著要引爆艦上的魚雷或深水炸彈的主意。在文森號遭到大火吞噬的瞬間中斷射擊……等注意到她沒有爆炸後，再重新開始射擊。

很可悲的，努力所帶來的成果就只有這種程度。

是無法反擊的船隻太無力了吧，文森號的命運急速縮短。

似乎看出情況的敵魔導部隊改變方針，朝著吃水線集中射擊。船體破洞，讓文森號的狀況因為浸水而急劇惡化。

惡鬼瞬間就完成工作了。

然後，無情地襲向殘存的聯合王國艦艇。

「……敵魔導師，朝本艦急速接近中！」

啊，也是呢——聯合王國海軍的艦長微微咬牙。判斷文森號已不成威脅，並放棄引爆炸彈的帝國軍魔導師的行動是自然不在話下。

就算海陸魔導師從急速傾斜的皇家方舟號上，以姍姍來遲的牽制攻擊進行干擾，也無法構成妨礙。豈止如此，我的天啊！

回擊的術式還讓就快撲滅的火勢更加惡化了。

就算是精實的海陸魔導師，要一面受到火災與爆炸烈焰包圍，一面還要與海陸魔導師交戰，也太強人所難了。

這是對敵人的天佑。作為進行薄弱支援的代價，他們被輕易擊倒了。

然後，全力進行防空砲擊的最後一艘驅逐艦，命運甚至是早已決定了。

「要來了！」

「該死，該死，快到讓人厭惡的混帳！」

要是洗練的事物是美麗的話，那就是殘酷的美吧。帝國軍魔導師飛行的軌跡，是琢磨到無比鋒利的技術。在屏住呼吸的眾人面前，他們一絲不亂地形成了漂亮的襲擊隊形，假如不是在這種時候，這甚至會讓人看得入迷。

甚至讓人確信死神將會揮下鐮刀的動作，極為理所當然的進行著。

啊，這樣一來。

這樣一來，就要被殺了。

任誰都不容拒絕地理解到這件事的瞬間。

結局就在這時突然造訪。

「該死的惡魔……！」

就在某人幾乎要詛咒上天時。

眼看著就要開始衝鋒的傢伙；帝國軍的惡鬼，突然狼狽地驚慌失措，亂了陣形。

緊接著，世界充滿了光。

揮去以為是完美的既定事項的死神幻影，將以為無法避免的死亡輕易吹散。

是主的作為嗎？還是奇蹟嗎？

不，不，不。

「是救援！是本隊的救援！」

就在通信士完成大聲喊出好消息的愉快工作的同時，充滿著光。是朝著帝國軍航空魔導部隊的隊列，如雨點般落下的光學狙擊術式。

「救援來了！」

「得救了！」

「神啊！」

福音，就當如此。

與其說是歡聲雷動，更像是歡喜的爆炸。不論是誰，不論是活下來的誰，全都由衷感激著友軍的迅速救援。

不是敵人。是友軍，是友軍的航空魔導部隊來增援我們了！

直到剛剛都還在朝著上帝罵出地面上一切髒話的傢伙，就像悔改似的開始讚揚主的榮光，見風轉舵速度驚人。

不是很好嗎？那可是聯合王國的美德呢。

相對地說到帝國軍魔導部隊……明顯散發著苦澀的氛圍，拚命地回轉。一想到他們的樂趣受到妨礙，心情想必是非常不愉快吧，身為聯合王國人，也不是沒有在苦澀的敗北之中感到一絲的慰藉。

犧牲非常大。

太過於苦澀。

不過也正因為如此，這種時候的聯合王國人才會伴隨著哀悼，發自內心地嘲笑敵人「還真是遺憾呢」。

當天——第二〇三航空魔導大隊

完全就是畫龍獨缺點睛。

只差一步，就能一如字面意思的殲滅了！這是非常重大的疏失。

明明是用超高風險的V-2襲擊敵艦隊啊！要求相應的紅利有什麼不對！

儘管成功的把握非常低也還是做到了，血祭了戰艦、航母，最後是護衛的巡洋艦與驅逐艦，即將獲得完全無缺的完全勝利。

將名為成果的獎盃握在手中可是我的權利！

儘管如此，卻在最後一刻被狠狠地介入了。就像是吃完主餐的肉食後，要送上點心的服務生突然消失一般的衝擊。

不對——譚雅將意識切換成正面思考。

該吃的主餐已經吃了。

參謀本部安排送上的退路上的主力艦隊，有好好地享用完畢。自己的份內工作做得很完美。只要隆美爾閣下不遲到……就能毫無妨礙地撤退完成吧。

特別是在戰術進退上，他不是會出錯的人。想必能順利撤退吧。縱使出了什麼意外，那又怎樣。

遲到是遲到的人不對。

這是社會人的基本，軍人的絕對原則。遲到的傢伙就要被丟下。是在團體行為時，無從置疑的大原則。

正因為如此，譚雅才覺得「儘管遲到卻跑來干預」的聯合王國航空魔導部隊的增援太不講理了。

由於有緊急散開，所以完全沒對部隊造成直接性的損害。然而，心理上卻受到嚴重的精神損害，甚至想要求賠償。

竟在最後一刻跑來妨礙！既然都遲到了，那就遲到到最後一刻不就好了！

「旅團規模的魔導師反應！正朝我們急速接近！」

「嘖！時間到了！」

立刻散開的高訓練水準；受到幾乎是奇襲的射擊，也仍然能維持秩序的組織力。這些全都述說著卓越的技術吧。就算是具備這種技術的第二〇三航空魔導大隊的選拔人員，也想避免數量上的劣勢。

況且還是海上戰鬥。要是能避免的話，就想盡可能地避免。

「中校！只要再兩艘就好！」

「時間比較珍貴！別貪心！要撤退了！」

「現在的話，不用多少時間！請讓我做吧！」

儘管譚雅高呼撤退，但拜斯少校的戰意似乎抑止不住想先將眼前獵物吃掉的衝動。

「只要擊中幾發術式就能解決掉了」，拜斯少校如此吼道。

他是非常認真的。實際上，他也確實辦得到吧。問題是，事到如今，這對譚雅來說已經毫無意義。

敵方的增援接近，改變了遊戲的規則。如果是在增援趕來之前，殲滅會是最佳解答……該死。

譚雅伴隨著咂嘴搖頭。自己身為專家，有辦法讓感情與需求分離……因為知道必須要分離。

「少校，夠了。要回去了！」

「……遵命！」

畢竟是身經百戰的士兵，拜斯少校沒有再度抗辯。明白事理是很重要的。

「各員，一面自由射擊敵航空魔導師，一面後退！」

指揮部隊的譚雅在決定後退的同時，也為了盡可能減少追擊部隊，立刻決定進行騷擾攻擊。

在決定要貫徹騷擾之後，目的就成為讓「減緩追兵的速度」最大化了。

就順便說吧——譚雅下達命令。

「射擊前通知！接下來禁止攻擊敵艦艇！」

「咦！」

「副隊長，要是把敵艦全部擊沉的話，氣急敗壞的蠢蛋可是會跑來幹我們的屁眼喔！」

聽不懂人話啊——譚雅嘆了口氣。副隊長這傢伙，是打算有機會的話就偷打吧。

就痛罵他一頓吧——當下，就在譚雅煩躁地想開口罵人時，無線電傳來另一道聲音。

「副隊長，只要把船艦留下，聯合王國軍就會去回收漂流者，就連魔導部隊也是。只要被派去救援的話，就不會跑來追擊我們了！」

維夏說得好啊——譚雅愉快地放鬆表情。

能理解意圖的顧問，適得其所的助理依舊健在吧。

「就跟你聽到的一樣，拜斯！要善用傷兵。為了他們，會需要救助者與避難所吧！」

在副官與譚雅的話語配合下，拜斯少校也立刻聽懂她們話中的意思。他指著敵方的驅逐艦，順便還看向漂流在海面上的聯合王國將兵，偽惡地嗤笑著。

「……想不到中校也是人道主義者呢。」

「我可是打從骨子裡的人道主義者喔。」

副隊長與副官愣住，是被戰爭荼毒得太嚴重了吧。譚雅可是打從心底深信著人道主義。至少，只要與自身的安全沒有直接關係，就一直都覺得人道萬歲。

「人類愛不是很棒嗎？不論敵我，都應該要重視生命呢。」

急速接近的聯合王國海陸魔導部隊，最少也有旅團規模。不可能一面遭受追擊，一面用小型潛艇與出擊母艦會合。不對，首先一旦對上旅團的話，根本就連要擺脫追擊逃離都很困難吧。

如果是平常時的話——能加上這句但書是個意外的幸運。

畢竟，敵航空魔導部隊有著大量的「待救援對象」。這種時候，「勉強健在的驅逐艦」會具有很大的意義。那就是能作為獲救船員的收容場地。

聯合王國軍魔導部隊，是不可能做出對「待救援者」見死不救的選擇吧。

「太陽要西沉了！撤退！各位，幹得好！」

「「「遵命！」」」

儘管不覺得傾斜成那樣的船艦有辦法支撐下去，但航母就算只有形式上還浮著，也足以作為牽制的要素。為了救助船員，比起追擊，敵人不得不將人手分派給救援。

「確認導航。不要有人脫隊喔！」

太陽即將西沉是最棒的時機。只要太陽西沉，漂流者的搜索、回收作業就會非常困難吧。不過……如果是現在的話，只要聯合王國軍海陸魔導部隊她們停止追擊的話，就還來得及。這正是最大的重點。

不適合追擊戰的夜晚將至，沒有太多時間能救援友軍。這是究極的二選一。這樣一來，並非聯邦軍的聯合王國軍，有辦法無視人道嗎？

這是擺明的事。尊重人命！這還真是有人性的選擇，太美好了！

以能合理地迴避戰鬥的觀點來看，「任誰都會這麼做」吧。就連譚雅也會選擇「救援友軍」，作為迴避戰鬥的藉口。

是誰也沒損失的雙贏賽局。

奈許先生也會非常高興的美好均衡，正是在戰時實現的些許和平。

帶著疲憊的感情，譚雅在心中深深嘆了口氣。

最近尤其懷念著和平。要是無法活下來，黃金的非勞動所得、憧憬的版稅生活也會離我遠去。就算是為了將來，也有必要擠出勤勞精神。

在差不多脫離後，似乎也湧現了在心中抱怨的餘力。是譚雅自己的緊張鬆懈下來了吧。搭乘V-2的突擊，逃離旅團規模的魔導部隊追擊。要是成功做到這些事的話，會鬆懈下來也是沒辦法的事。反過來說，也就是會掉以輕心，最為危險的時候吧。

想到注意警戒的必要性，譚雅稍微呼叫起部隊。

「全員！幹得好！不過，可別懈怠了後方警戒！在平安返回之前都算是任務。可別在回家路上鬆懈了！」

「「「遵命。」」」

各員回覆的答應聲。

要說有哪裡不好的話，就是所有人都帶了點疲憊感吧。

……這也沒辦法。雖說是以巡航速度輕鬆進行的編隊飛行，也還是在戰鬥之後，得費心勞神的海上飛行。要是沒能與潛艦會合，就很可能會迷失在遼闊的大海上。相較於能適時地降落地面的東方戰線，讓他們不得不充滿著不同類型的緊張感。

再考慮到戰鬥後的疲勞，他們做得很好了。也就是有著持續投資人力資本的價值吧。聰明的投資，會帶來難以置信的巨額報酬。

最初就只是單純地想當成肉盾……她感到眼角一熱。我的大隊，已經是我不可或缺的工作道具了。要說的話，就是調音好的鋼琴。熟悉的樂器是開創可能性的最佳武器。

無益地讓這種樂器受損，是愚者中的愚者。而譚雅絲毫沒有想當愚者的意思。因此，譚雅就乾脆將這當作是能中途作廢的保險，堅決地維持隊形。

結果，完全是多此一舉。

這要視為白費工夫，還是必要經費呢。當然是經費了。不該無條件地刪減安全餘裕的成本。與其刪減這個，還不如刪減窗邊族的人事費用。哎，雖說如今的帝國，是連窗邊族都不得不推進絞肉機裡的全國民總活躍狀態。

想到這裡，譚雅就用鼻子哼了一聲，切換思考。

沒有長驅追擊我方的部隊跡象；平安移動到預定的會合地點。

對譚雅來說，這正是偉大的成果。

短視近利地認為解決問題才是「能力」的愚者，往往會嘲笑預防問題的賢者。

兩者都很聰明是顯而易見的真實吧。沒有勝利能贏得過平穩。

依照時間抵達會合地點，在海上亮起三次燈號。這是讓心臟縮了一下的瞬間。附近如果有友軍的話就好，但要是有敵軍的話……屏住呼吸，維持著全方位警戒。

所幸，一艘潛艦從海中探出頭來。

衝上甲板的監視員，打出規定的燈號。譚雅想說似乎沒錯的等待回答，輕輕地呼了口氣。儘管從輪廓上難以分辨，不過是友軍潛艦。

這樣就能認為在海上迷失方向遇難的恐怖可能性已經消失了。

「……嗯？那是……」

「怎麼了，副隊長。」

「這好像不是出發前的艦艇。」

聽到副隊長這麼說，譚雅一時之間不知是該佩服，還是該傻眼。

老實說，沒想到他居然能在這種薄暮之中辨識出艦種。是眼睛很好吧。值得稱讚他的監視能力很強。不過，似乎沒能用感覺理解到潛艦的速度這點，要大大扣分。

「……你以為靠潛艦的速度能跟我們會合嗎？不會吧，少校。」

在譚雅的注視之下，儘管是在視野愈來愈差的晚上，也依舊能明顯看出拜斯少校瞬間羞紅了臉。哎，也就是他也能立刻看出問題所在了。

「該稱讚的我還是會稱讚。觀察力不錯呢，副隊長。」

「……我會努力學習，以符合稱讚的。」

他也太老實了。這與其說是過失，就單純只是經驗不足啊。

「經驗與知識的問題也很多吧。並不只是貴官的責任。想法的限制果然很可怕，這次就學到這點吧。」

……考慮到航空魔導部隊的速度，在相同位置進行作戰行動的潛艦，是不可能先行抵達會合地點進行收容的吧。

「拜斯少校，下次就到海軍那邊學習一下。考慮到最近的情勢，稍微學點海上的知識也不壞吧。」

「遵命。」

很好——譚雅結束這個話題，命令部下要是有帶著的話，就把帽子拿掉。

「全員揮帽。」

「看得到嗎？」

副官從旁插話的提醒，確實是說得沒錯。考慮到現在是光線有限的時間帶，或許是看不到吧。

「假如沒人看到，就守不了禮節嗎？要我重新教育妳一遍嗎？」

「懇……懇請中校原諒。」

「我開玩笑的，謝列布里亞科夫中尉。不過，要好好向友軍表達敬意。」

「遵命。」

真不知道副官究竟是認真還是不認真。讓人捉摸不定的女人。困擾的是，明明就跟她相處了相當長一段時間了。人類還真是難懂。

將無聊的雜念從腦中屏除，譚雅說道：

「屁股還好吧？要是把變態帶到潛艦來的話，可不是寫悔過書就能了事的喔？」

譚雅一面說笑，一面朝著副官笑著。

「我可不想因為把變態塞給友軍而被罵呢。」

「要是把大野狼帶到潛艦來的話，可就對不起本國了呢。」

聽懂意思的副官也笑了起來，不知為何地帶著和氣融融的氣氛開始下降。於是在降落後，就看到舉著提燈的海軍軍官的臉孔。是值班軍官嗎？真虧他有膽在會被發現的恐懼中幫忙點燈。

譚雅輕輕點頭，向他的勇氣與豪氣表達敬意。

「值班軍官在此代表本艦向各位致意。歡迎來到U-091。」

「就有勞關照了。我是雷魯根戰鬥群旗下，第二〇三航空魔導大隊，譚雅・馮・提古雷查夫中校。這位是副指揮官拜斯少校。」

互相簡單地打著招呼。就算是形式上的禮節，在要與初次見面的對象圓滑地進行工作時，也意外是個便利的工具。

「儘管有在小心大野狼，但無法保證沒被跟蹤。還請見諒。」

一面稍微說笑，一面傳達問題與擔憂。報告、聯絡、商談不論何時都是正義的。對於譚雅這句兼作為狀況交接的玩笑話，值班軍官就像明白似的點頭。

「下官了解。警戒就交給我吧。各位請入艦內。如果想稍微在艦外抽口菸，享受新鮮空氣的話也沒問題。」

「……咦？我還以為收容後就要立刻潛航了。」

潛艦要是浮在海面上，就只是個不錯的靶子。就算再怎麼接近夜晚，也不能在恐怕有敵戰力徘徊的海域上悠哉漂浮吧。

面對譚雅的疑問，值班軍官似乎也有著相同的疑慮。

「有關這件事，下官也不太清楚。不過，艦長下令要水面航行。此外，中校……那個，非常不好意思，艦長想請妳立刻過去一趟……」

「什麼？啊，沒事，我知道了。」

就算斥責現場人員，也只是在浪費時間。他是在做傳令的工作。不論對傳來的訊息滿不滿意，都必須認同把工作做好的人。

「辛苦了。我就立刻去打聲招呼吧。」

就在要像上門拜訪似的進入艦內時，譚雅突然停下了動作。就這樣帶著部下投奔床鋪是不錯……但安全的睡眠，得建立在有可靠的守衛之上。

即使是夜警國家，也會保護夜晚的安全。安全是必要的最低限度要求吧。

「……假如不礙事的話，要我部隊的人作為反魔導警戒人員提供協助嗎？」

「那個，海上監視是用海軍方式。」

「當然，這我很清楚。為了不造成麻煩，想請各位隨意使喚。」

夜間的偵察警戒，就算是老練的監視員也會做得很辛苦。外加上是潛艦的監視員的話，應該沒有部隊會比假定夜戰進行訓練的水雷戰隊還要習慣這類的警戒任務吧。

就這點來講，在東部的夜間戰鬥中聲名大噪的航空魔導部隊，就算要充當偵察人員也不會太差。

「緊急下潛時，動作太慢的就算要踢他們屁股也沒問題。由於有在戰壕受過緊急掩蔽的訓練，我想應該不會慢到哪裡去。」

「可以嗎？這可幫了我們一個大忙了。」

「受到各位關照，我們這麼做也是當然的事。請不用客氣。」

合作。是基於共同的利害，人類的偉大行動。譚雅想安全地睡覺，潛艦也想安全地航行。為了達成目的，第二〇三也要派出人手。這是理所當然的事。

「拜斯少校，海上監視的支援就交給你了。儘管分三班輪替就好，不過還是先跟海軍好好商量過再決定吧。當然，凡事都要好好考慮過，不要給海軍造成麻煩。」

對了——譚雅就在這裡補上一句話。

「他們的指示，請當成我的指示。要徹底協助海軍。」

「是的！遵命，中校。我會適當處理的。」

氣勢十足的答覆。在大規模戰鬥之後，仍有著這種體力與精神。

自開戰初期就一路跟來的軍官果然很方便。如今就算找遍帝國，也很難找到這種人才吧……

正因為如此，親愛的參謀本部才會說沒有補充的頭緒。

「緊急下潛時要是慢了，很可能會被丟下來喔。」

「不需要擔心遲到的問題。那麼，我這就去幫忙海軍了。」

點頭回了一句很好後，譚雅就鑽進艙口。

同時，聞到一股不習慣但有印象的刺鼻臭味；機油、汗水，還有淤積不散的某種味道。潛艦的空氣還是一樣獨特。

就連在東部戰場上習慣臭味的譚雅，也聞得出某種揮之不去的味道。就不知所措這點來講，大隊的猛將也是同類吧。只不過，也有很多成年軍人，是對在艦內會成天在某處撞到頭這點感到困惑吧。

比任何水兵都還嬌小的譚雅，能毫無拘束地在艦內靈活移動。急忙抵達司令室後，就看到一臉困惑的艦長。

儘管早就司空見慣對自己的嬌小身材感到不知所措的職業軍人，只不過，如果是在看到譚雅之前就一臉困惑的話，原因就另有其他了。看樣子，他的煩惱就是把自己找來的理由吧。難以斷言是壞消息就是了。

好啦，到底會是什麼事呢？

儘管抱著疑問，但首先該做的是社交。

看了一眼對方的階級章，譚雅特意先行開口。對方是「船艦」的「艦長」。既然階級在上，就必須先表達敬意。

「我是雷魯根戰鬥群旗下，率領第二〇三航空魔導大隊的譚雅・馮・提古雷查夫中校。目前正與雷魯根戰鬥群分頭行動，所以本官是負責人。」

「我是擔任U-091艦長的奧托・馮・埃爾姆少校。」

「你好，請多指教，艦長。我是來貴艦叨擾的。還請放輕鬆。」

就以要確實握手來講，身高有著些許差距……不過也由於是潛艦乘員，埃爾姆艦長意外地嬌小。當然，還是比譚雅高大就是了。

「我就直說了……做得漂亮，中校。」

「是在說戰果嗎？聽你的口氣，就像是友軍有看到一樣。」

是呀——艦長興奮地點頭。

「巴謝特那傢伙可是樂翻天了。啊，失禮了。我跟他是同期。經由他興奮到不尋常的戰果報告，我也有接收到中校豐碩的戰功。」

對於表示敬意的艦長，譚雅也圓滑地回以笑容。這種時候，個子矮在潛艦裡也不算太壞。就算要敞開雙手，笑著回道這沒什麼大不了的，空間也不會不夠用。

「這全歸功於潛艦部隊的支援。我們的功用，就只不過是搭乘巴謝特少校駕駛的巴士，出門買東西罷了。」

要有幫忙載運的母艦才會有戰果。就跟航空母艦打擊群的道理一樣。要湊齊航空母艦與航母艦載機，才能發揮百分百的機能。

「哎……儘管被迫要在現場臨機應變的事，也確實是相當多……」

「我有聽說過新型兵器是怎樣的東西。」

「真想跟你抱怨一下那是怎樣的東西。」

畢竟——譚雅向他露出苦笑。

「可別說出去喔，連在東部習慣的戰車騎乘兵，坐起來都還比較舒服。」

拿戰車代替巴士的戰車騎乘兵。對心理衛生來講，毫無疑問是比拿魚雷代替巴士來得好。

「還真讓人不想搭呢。哎呀，需要為發明之母，這話說得還真好。」

「就是說啊。這讓我下定決心，要是還有下次，我就算要來硬的，也要把巴謝特少校發射出去，自己來當潛艦的繼任艦長呢。」

「……幸好本艦是基本艦，沒有搭載V-2。這下子大家都能幸福了。」

埃爾姆艦長的這句話，完全是至理名言。最大多數人的最大幸福；相關人員全都能滿足的結果。就莫過於沒有裝載V系列這種東西了。

兩人意氣相投的點了點頭。埃爾姆艦長對此好像很意外的樣子。

「哎呀，還以為過來的會是死板的航空魔導軍官，害我緊張了一下。看到妳這麼親切，可讓我鬆了口氣了。」

「咦？」

「怎麼了嗎？中校。」

儘管沒有怎麼了……猶豫了一會兒後，譚雅開口說道：

「說到魔導軍官，臨機應變可是標準呢。不過也因此盡是一些與頑皮的潛艦船員不分軒輊的搗蛋鬼。」

所以才會驚訝。在帝國軍當中，航空魔導軍官是最會「靈活且柔軟地解釋規則」的吧。雖然不至於違反命令，但他們可是一群會在限制之中發揮最大限度自由的傢伙。

「儘管也想說說我們大隊軍官的英勇事蹟，但要宣揚家醜也讓我有點猶豫。艦長，哎，希望你就別問了。」

「看樣子，我所知道的大都是後方的魔導師。我了解前線組和他們不同了。本艦的空間不大，還希望彼此能多多了解。」

譚雅一面答謝，一面將熱絡得差不多的對話導向工作。

「那麼，要聊天也行，但還是先來了解狀況吧。」

埃爾姆少校一副這是當然的樣子點頭，微微聳了聳肩。

「坦白講，這非常難以用口頭說明。有點，該說是難題，還是奇問呢……」

「不好意思，艦長，我現在沒心情玩曖昧的文字遊戲。能麻煩你直說嗎？」

「說得也是。直接請妳過目會比較快吧。」

埃爾姆少校在這麼說的同時，遞來一封密封的電報信封。居然還很周到地附上了確認用的文件。搞得還真是誇張。

「是本國發來的，中校。」

「很用心呢。確認過的簽名，是簽在這嗎？」

「是的，感謝。」

特地簽上名，讓他收走確認文件後，譚雅就將密封的信封割開，大略地看起內容。

「……喔？」

在潛艦這種無法隱瞞事情的空間裡，明明就沒什麼機密可言，還在沒意義地吊胃口……這種想法就在閱讀內文的過程中煙消雲散。

「喔！這是！」

內文本身寫得非常簡單明瞭。

然而，命令的內容以參謀本部的要求來講，是相當兜圈子的命令。驚訝的是，儘管如此也依舊痛快。

居然偏偏對是我，對我們第二〇三航空魔導大隊下達這種命令嗎？是用難題、奇問都難以形容的驚人任務。

「不覺得很好笑嗎？中校。」

「參謀本部也很幽默的樣子。跟聯合王國有得比呢。難怪參謀本部餐廳打從以前就這麼難吃。」

「恕我失禮，但我很同情陸軍喲。」

無言以對，譚雅默默點頭。正因為知道海軍的美食，陸軍方難吃的程度，就連魔導軍官的譚雅也只能用苦笑敷衍過去。

……哎，由於在海上能享用得到，所以也只能這樣認了。

「不好意思，艦長。我能稍微到外頭與部下一塊思考嗎？」

「當然沒問題，中校。請便。」

嘿咻地爬著鐵梯登上艦橋的譚雅，戳了一下負責協助海上監視的部下將校，向他搭話。

「拜斯少校，能打擾一下嗎？」

「是的。請問有什麼事？」

朝著放下雙筒望遠鏡的拜斯，譚雅一副你看就知道的態度，輕輕揮舞著開封過的信文。

「是本國的特別命令。」

是特別命令嗎？——被用V-2朝著聯合王國艦隊發射出去的將校，會僵住表情是自然的反應吧。

我懂你的心情——譚雅露出微笑。

「安心吧。是要我們去義魯朵雅『觀光旅行』的命令……潛艦會盡可能『迅速』入港的樣子。」

瞧瞧副隊長那張愣住的蠢臉。他在感到錯愕時，也會露出這種表情來啊。譚雅微微笑起，同時將信文遞給他。

用雙手接過，連忙看過一遍後，身經百戰的航空魔導師露出前所未有的困惑表情。

「中……中校？那個……是……觀光嗎？」

「就是觀光。」

平常時就只能說是嚴謹耿直的副隊長……就他以全身表現出難以置信的感情這點來看，拜斯少校似乎也意外地感情豐富。

「那……那個，不是軍事上的意思嗎？」

當然──譚雅向他點頭。

「電報說了，要搭潛艦入港。還附上了埃爾姆少校等U-091船員至少要著半正裝，打扮得光鮮亮麗的命令吧？」

「老實說，這個命令讓我無法理解。」

「……就是光明正大地『在同盟國享受休假，同時拜會駐義魯朵雅大使館武官』。很明顯是軍務的一環吧。」

「在戰時？」

不論怎麼看，都是和平的觀光任務。是平時的軍人會做的禮儀行為。還真是太美好了！

她也能理解語氣很錯愕的副隊長想說的意思。如今正處於戰時，和平時的狀況相距甚遠。典雅的禮儀規則，在戰地也形同虛設。

這對實戰部隊的第二〇三航空魔導大隊來說，是最沒有緣分的領域。

「……然而，這是命令。還附上了『待執行完畢後，搭乘義魯朵雅國營鐵路歸國』這種瑣碎的條件呢。照這樣來看，一切都已經安排好了吧。」

換句話說，就是大使館安排的豪華旅行。別說是伙食交通費，甚至連飯店都準備好了！是除非是國會議員，否則就無法奢望的無微不至。

居然能花公費出國旅遊，我也還真是幸運。考慮到目前的局勢，就連皇帝本人都無法享受這種豪華旅遊吧。以員工福利來講，相當不錯。

「……那個，下官一時之間難以理解。」

「也是呢。」

譚雅就像同意似的點頭。

「畢竟才被用V-2朝著敵方的戰艦發射，接著就是要用稅金到無法信賴的同盟國去觀光旅行呢。」

是非常不可思議的發展。一邊是究極的黑心，另一邊則完全是良心。不對，以公務員來講，也有種灰色地帶的感覺。

只要具備常識，會陷入混亂也是理所當然的吧。看在譚雅這個充滿同理心的優秀上司眼中，自然能理解拜斯少校的心情。

「說到底，義魯朵雅會讓我們入境嗎？就下官聽到的風聲……」

「拜斯少校，貴官在東部被戰爭荼毒得太深了呢。」

雖是名好部下，但果然是把腦袋留在戰場上了吧。就唯獨這點似乎很難糾正。對譚雅來說，儘管明白指導優秀人才是一項有益的投資……不過一旦意識到性價比，就會對將來感到不安。

「想想常識吧，常識。」

輕輕踢著愣住的副隊長的腳，譚雅嘆了口氣。

擔心義魯朵雅有沒有可能會把「同盟國軍人」趕走，是非常沒有意義的事。這非常簡單。帝國雖然別無選擇，但義魯朵雅也同樣沒辦法選擇。

遊戲就是如此。有著規則在。

「所謂的報復，凡事都會希望能適可而止。這是非常單純的原理原則喔。要好好記住這點，少校。」

「咦？」

這是非常簡單的賽局理論。

面對猶豫不決或太過寬大的對手，國家會變得徹底的自私。對於不論做什麼都會原諒自己的對手，為什麼有需要「顧慮」？

因此，帝國稍微的找麻煩，義魯朵雅就只能「吞下去」。

當然，要是義魯朵雅打算即日開戰的話，就另當別論了吧……但除非雷魯根上校的評估錯得離譜，否則義魯朵雅就會為了保持中立，帶著花束與笑容歡迎「帝國軍親善觀光團」吧。

簡單來說。

「這是要對義魯朵雅的背義行為稍微給點警告。他們會很高興能就此和解的。這樣一來，世界就能保持和平……只要雙方還保持著合理性。」

「合理性」這句話與「感情」，是逐漸走進行為經濟學領域的要素。唉——譚雅忍住想發牢騷的心情，重新望向大海。

心靈沒怎麼特別被療癒，但一想到自然是受到物理法則支配，所以說不定意外地合理，要說不羨慕的話是騙人的吧。

只要想到腦葉切除術的悽慘結果，就知道人類只能好好地和感情相處了。

「也想讓無法信賴的義魯朵雅，領教一下鐵鎚的滋味呢。」

「算了吧，少校。」

「中校？」

我懂你的心情……但考慮到帝國軍目前所處的狀況，就唯獨不能這麼做。

擺擺手，讓部下稍微閉嘴後，譚雅盛大地嘆了口氣。

這真是讓人想哭。

真的是……真的是束手無策了。不論是哪個傢伙，全都捨棄理論，偏重了感情。就連自己親手訓練出來，並肩作戰過無數次的野戰將校，也都是這樣。

儘管不知道參謀本部有掌控到何種程度，但本國能繼續保持對義魯朵雅政策的慎重性嗎？

「……拜斯少校。對於像我們這種現場的人員來說，不誠實的友人確實是比明確的敵人麻煩。只不過，在國家戰略層級上是相反的喔。」

「中校的意思是？」

「就算不誠實，友人也還是友人。有辦法交涉。而敵人就只能用子彈對話了。」

減少敵人，是戰略的基本。

明確的敵人就只能殺害，但不誠實的友人能裝作是朋友。

當然，這在前線會是個非常棘手的問題。如果是作為現場指揮官的譚雅·馮·提古雷查夫中校的話，就會在戰術層面上毫不遲疑地除掉他們。

然而，如果是在戰略層面上的話，就算不甘願也要和他們握手，交代現場「適當處理」吧。

不同的立場，會帶來不同的觀點。

「友情是互惠性的，而且需要互相的信用。對於玩火行為，就要給予警告。」

當然——譚雅也沒忘了限制。

「要適可而止喔？做過頭可不好。」

「不是該給予教訓，讓他們再也不敢背叛嗎？」

「這樣就太超過了，少校。」

過剩的報復是完全不可取的。只要一度被視為無法合理交涉的對象，就會打從一開始無視我方的合作與交涉。

「將協約聯合滅掉時的參謀本部高層，也是同樣的想法吧。」

只要攻擊就好的單純思考。這麼做的結果，就是走上今日這條路。讓人完全笑不出來的現狀不是嗎？——譚雅向他發著牢騷。

「只要想到連鎖反應到現在的情況，學習壓抑也絕不是什麼壞事吧。」

「……是下官失禮了。」

「不，貴官的感覺也能作為參考。」

畢竟——譚雅微微聳了聳肩，把話說下去。

「光靠我自己的經驗，總覺得很偏頗呢。盡是在軍方與參謀本部，還有戰場上的經驗。對於後方的感覺有點不太熟悉。」

「後方的氣氛，老實講，對軍人來說太難理解了。」

對於拜斯少校的抱怨，譚雅也一副我懂的樣子點頭。

「不過，如果是『軍方』或『國家理性』的思考與理論的話，也會比較容易預測。」

考慮到對於帝國來說的義魯朵雅關係，「適可而止」的報復，甚至反而有益於維持脆弱的同盟關係吧。

不是倫理，而是力量的問題。

「那麼，就依照本國的命令，去一趟愉快的觀光旅行吧。機會難得。就讓我們享受與同盟國之間的友情吧。說不定還會招待我們參加晚宴呢！」

說到這裡，譚雅突然注意到一件事。

晚宴。對了，也會有晚宴嗎？

「……糟糕。」

沒有能穿去的衣服啊。

「中校？」

「少校，辛苦你了，能幫我去找謝列布里亞科夫中尉過來……啊，沒事，當我沒說。請繼續監視。」

「是，遵命。」

記得依照規定，參加正式的晚宴須穿著相應的禮服。部下的男人，反正大使館的武官會以讓身體配合衣服的形式提供禮服吧……但我可是這種身高呢。

出擊時有幫我準備禮服嗎？

就算只有一艘潛艦，但會要求我們光明正大的入港，換言之就是高層不想給人「逃難過來」的印象，而是要以「威風凜凜地到來」的形式入境。只要看出上頭想對義魯朵雅的「嚴守中立」找麻煩的意圖，穿著破爛軍裝的憔悴將兵，看起來就不怎麼氣派了。

反正，就算要注意照片拍起來的感覺，也是在白費工夫。會以充滿機密為由，不會刊登在大眾媒體上吧。

但是，帝國也有著要向義魯朵雅的接待人員展現的面子在。

而且，外表也占了一個人的數成印象。可不能輕視視覺效果。

儘管大概無法要求量身訂做的三件式西裝，但也會想要一定水準以上的禮服吧。不想在正式的國際活動中，當一個連自國的服裝規定都無法遵守的蠻族。

譚雅迅速地經由鐵梯爬下艦橋，內心受到必須得找副官商量禮服的焦躁感所煎熬。有辦法準備就好，但有辦法嗎？

「……留心與禮節嗎？哎呀，想不到得在後方穿禮服呢。看來這也會是一趟相當費心的觀光了。」

如果是不習慣的事，就需要有相應的對策吧。

跟東部戰場的情況不同……一想到這，譚雅就突然露出苦澀表情，在潛艦的通道上僵住。就連一臉納悶的水兵從身旁經過都沒注意到，當事人回想起自己的思考而顫抖著。

認為「得在後方穿禮服」是「不習慣的事」，並覺得「情況不同」？

作為前線將校的碎碎唸，還算是可以接受的範圍吧。

只要迷上最前線，將全部身心貢獻給戰爭的話，也是會有人說出這種偏差的意見吧。

然而，是自己說的？

這個應該愛著市場，重視著文明與和平的自己？

明明就只是要在和平的義魯朵雅，這種理想的後方環境裡穿著禮服，我……我居然偏偏在擔心「會很費心」？

這是非常嚴重的異常事態。

假如這裡不是狹窄的潛艦，自己的社會地位不是得顧慮形象的將校的話，這可是必須不顧一切衝進最近的精神科裡求診的事態。

這種事，怎麼可能。

「……我居然到這種地步了？」

對上班族來說，穿著基本裝備的西裝與領帶，在滿員電車上搖晃可是家常便飯。姑且不論滿員電車搭起來並不舒服這點，要是不打領帶，就連上班都沒辦法吧……

換句話說，會覺得禮服穿起來難受，就是這麼一回事了。

「……我的天啊。」

儘管沒有自覺症狀，但自己也終究受到戰場毒害了。就是因為這樣，我才最討厭戰爭了。

再不快點結束掉，理智就真的危險了。

要在瘋狂的世界裡一直保持理智，談何容易。搞不好，就算肉體能平安迎來戰後，也無法保證連心靈都能安然無恙。身心都應該要保持健全。

就算活下來了，但變成會讚揚存在X的心神喪失狀態的話，未免也太過本末倒置了。

所謂的自由，必須讓精神與肉體雙方面都獲得滿足。

必須要活下來。

不能向這個瘋狂、崩壞、變得奇怪的世界屈服。

要活下來，活下來，絕對要慶祝理性的勝利。

一定要守住明天、未來，還有自己的自由與尊嚴。

因此，譚雅・馮・提古雷查夫中校，打從心底的帶著決心低聲喃語。

「必須要贏。絕對要。就算不擇手段。」

[chapter]

V

第伍章

觀光旅行

Sightseeing

正在向起司、火腿、咖啡、紅茶、葡萄酒、麵包，
還有其他甜點展開大規模攻勢當中。

——摘自第二〇三航空魔導大隊／謝列布里亞科夫中尉的日記——

統一曆一九二七年七月十七日　義魯朵雅方面

奧托．馮．埃爾姆少校指揮的U-091儘管是標準型艦隊潛艦，卻光明正大地在海上航行。潛艦現出身影。

這也能算是一種訊息吧。為了實現古典性的無害通航，從容地眺望著水平線，激起浪花的航進義魯朵雅領海。

姑且不論夜間，要是在光天化日之下，有潛艦公然掛著帝國國旗，沒有潛航就開進領海裡的話，就算是義魯朵雅也不得不做出反應。

義魯朵雅海軍司令部就這點上，展現出極為迅速的反應。

將所謂他們會為了「親善訪問」派遣「領路人」的訊息，以全頻率發送出去。很貼心地，是用未加密的明碼電報。

還為了避免「友好國」漏聽，連續發送了好幾次以方便監聽。

在耗費了充足的時間之後，義魯朵雅派了「水雷戰隊」前往迎接譚雅等人搭乘的船艦。

於是，受到「友好中立國」艦隊的「慎重歡迎」，還周到地相互發射禮砲的U-091，就高掛著帝國國旗與軍艦旗，為了在內海誇耀帝國的存在，毫無阻礙地航行在海面上。

隨行的義魯朵雅海軍艦艇將U-091團團圍住，擺出將潛艦置於中心的輪形陣。會將並非主力艦的船艦置於中心，以善意的解釋來看，是在擔任警戒「聯合王國」介入的「護衛船」吧。

只不過，砲門有點偏向內側。那麼，這就是在威脅我們不要輕舉妄動吧？

不管怎麼說，水雷戰隊威風凜凜的模樣，看得心情真好。從甲板上望過去，還真是壯觀。這一切全歸功於義魯朵雅與帝國之間「美好的友情關係」吧。

美好的友人；還真是美好的友人。

所以為了以防萬一，譚雅就讓部下穿著軍禮服在甲板上列隊站好。保持著能在「必要」時從潛艦緊急出發，向一旁的驅逐艦靠舷突擊，或是以引爆可燃物為目的的進行爆裂術式三連發的準備；也就是盡可能彬彬有禮的戰備狀態。

最讓人緊張的，是擔任直接掩護的義魯朵雅軍機打算從上空橫越的瞬間。

就從輪廓上來看，是記憶中的國徽；是不可能會看錯的「聯合王國製的戰鬥機」。直到確認到上頭印有義魯朵雅的識別標誌為止，她由衷地感到害怕。

潛艦上空有「敵國製戰鬥機」在飛行！這只須看表情僵硬的埃爾姆少校有多緊張，就算再不願意也會明白意思吧。

對潛艦來說，頭頂上的敵機是最糟糕的情況。

要是能將搖擺機翼的狗屎混帳打下來，真不曉得會有多爽快。

「義魯朵雅的友人打招呼的方式還真是刺激對吧。嚇死人了呢，艦長。」

「就是說啊，中校。讓我太過害羞，都想發出緊急下潛的鈴聲了。」

「完全同意。只不過，參謀本部嚴命我們要『帶著笑容入港』。」

哎呀——譚雅向他微微苦笑。

「友好的表現要怎麼做才好啊。我這個人老是在東部與共匪加深友情呢。完全不懂要怎麼用鏟子以外的東西表示友好。」

「鏟子？」

「喔，海軍不是嗎？東部的地面部隊，是用鏟子互毆來確定友情的喲。」

「是所謂的萊茵風格嗎？」

沒錯——譚雅向他微微點頭。野蠻與暴力、非日常與脫軌，太過於貼近身邊了。

儘管有意識到部下的扭曲，但仔細想想，就連譚雅自己也無法保證沒有受到影響。

因此，譚雅苦笑起來。

「……必須努力回想起平時的做法呢。」

雖說在帝國軍底下工作的工齡中，真正能說是平時的期間還不滿兩年就是了。所謂的工作是無從選擇的嗎？

戰時國家所無法奢望的和平入港。

義魯朵雅軍樂隊盛大演奏著雙方的國歌，高掛著帝國與義魯朵雅的國旗，令人傻眼的是，就連捧著花束的小孩子都已待命完畢。

沒看到拿著照相機的記者身影，整體上能隱約看出義魯朵雅軍當局的管制意圖與影子……儘管如此，氣氛還是太親切了。

譚雅得承認，自己難以將這種感覺化為語言。同時，也不得不說這「太鬆懈了」。是在軍艦的出入港已然成為嚴密的軍事機密的帝國所難以置信的開朗。

跟戰時狀況下的帝國相比，義魯朵雅還真是「和平」啊。

正因為如此吧。譚雅也注意到，這裡少了一樣應該映入視野的東西。

看不到那個；U型潛艇專用的水泥製潛艦塢。

儘管是U型潛艇入港，卻不是航進潛艦塢，而是普通的靠岸！這就算說是有生以來第一次搭潛艦靠岸也不為過。

踏著舷梯登陸時，居然看得到天空。蔚藍的天空。仰望著義魯朵雅清澈的群青色天空，莫名地讓人愈來愈煩躁。

肯定是聯合王國製戰鬥機作為義魯朵雅軍機在搖擺機翼的關係吧。但願如此。

儘管不是中不中意的問題，不過看似義魯朵雅方接待委員的軍人，軍服筆挺到讓人看得有點不太順眼。

雖說有勉強整理服裝儀容，但這邊充其量是野戰規格。而且等到登陸後，還是自軍官學校以來早就忘得一乾二淨的禮儀全餐。

在過來拜會的高級軍人面前，雖說是由艦長埃爾姆少校作為代表應對，但既然在場，譚雅等人也必須向他們敬禮。

毫無皺褶的軍服，除了照片外還真是許久不見了。最後，像是被自己的嬌小身材嚇到的義魯朵雅軍人，還沒禮貌地死盯著我瞧。

要我平靜下來？怎麼可能平靜得下來啊。

會被高漲的精神壓力壓垮，往往是因為環境的變化。不知要說是援手，還是逃離的引導。在我方大使館職員與義魯朵雅的卡蘭德羅上校的協助下脫身時，可是打從心底的感謝他們。

於是，譚雅等第二〇三航空魔導大隊的眾人與埃爾姆少校等一行人告別，成為事前安排的特別列車的乘客。

之後就是參謀本部安排的「搭乘鐵路列車的愉快的義魯朵雅縱貫之旅。與愉快的義魯朵雅的夥伴同行」了吧。

當天——午後／義魯朵雅縱貫鐵路——餐車

喀噠叩咚。

喀噠叩咚。

列車的搖晃聲，對坐慣火車的人來說並不稀奇。然而，譚雅打從列車出站以來，就一直飽受難以言喻的奇妙不對勁感所煎熬。

就連被帶領到香氣瀰漫的餐車時，也一樣冷靜不下來。

帶著親切笑容的大使館人員，以及應是接待人員的卡蘭德羅上校等人完全看不出有覺得哪裡不對勁的樣子，另一方面，自己的部下卻表現得像是很困惑似的。

那麼，這種奇妙的感覺究竟是什麼？

是後方與前線的落差或某種差異嗎？

不過，怎麼想也想不明白。既然如此，就只好等下再去研究了吧。決定暫時不予理會，伸手拿起放在餐車桌上的水瓶時，譚雅忽然想到一件事。

「這水瓶為什麼是玻璃製的？」

沒有固定的玻璃製品。這種東西為什麼會這麼隨便地放在桌上？放在會搖晃的地方，要是摔破了會很危險吧。

然而在喀噠叩咚地搖晃的列車上，水瓶卻只有微微晃動。

「啊，是這樣啊。」

只要想通了，答案就很簡單。

「……這還真是……」

太安靜了；搖晃得太輕微了。

假如身為鐵路專家的烏卡中校人在這裡，說不定會細心說明詳細的差異，但身為門外漢的譚雅，就只知道表面的部分。

儘管如此，還是能清楚明白一件事。整備得很完善。至少，是帝國軍東方方面的鐵路路線所無法相提並論的程度。

義魯朵雅的鐵路情況會這麼讓人羨慕的理由，一下子就明白了。畢竟，這裡很和平。早在鐵軌平順沒有彎曲時，就能知道和平有多可貴了。

更進一步來講，玻璃對義魯朵雅人來說是要多少有多少吧。

「……真讓人羨慕。」

和平的紅利還真是不錯。可能的話，希望萊希也能盡快獲得。

碎碎唸到這裡，譚雅看向直到現在都特意別開視線不看的東西。

隨便放在桌面中央的，是一個編得很漂亮的竹籃。裡頭放的居然是堆積如山的麵包。而且還是麵包中的麵包，用白麵粉製作的麵包。

服務生就像理所當然似的，放在那裡歡迎自由取用。

沒有確認配給券，也沒有計算數量。

「請自由取用嗎？」

在帝國本國，就連戰時麵包這種典型的代食品麵包都有「數量限制」了。

種類豐富，品質出眾。就算不是剛出爐的麵包，也有幫忙加熱吧。飄散開來的香氣，是對嗅覺無比殘酷的暴力。

這香氣。

還真是誘人啊。讓人現在就想伸手去拿。

……令人焦躁的是，聚餐對象的卡蘭德羅上校「遲到」了。居然沒有準時抵達這輛餐車，好啦，究竟是有怎樣的理由呢。

如果是故意讓我看著食物流口水的話，就不惜發射不幸的流彈……不對，這不免是做過頭了吧。只不過，真叫人不爽。

欠缺嚴守時間的精神，讓人完全無法原諒。

焦躁起來的譚雅，就在這時因為背後傳來的聲音挺直腰桿。

「提古雷查夫中校，不好意思，似乎讓妳久等了。」

「這是……！上校。」

一面用右手表示坐著就好，一面像是在說抱歉似的把左手放在身前的卡蘭德羅上校，在譚雅的對面坐下。

「首都打算在各位停留首都的期間，用『歡迎會』填滿預定行程呢。」

「沒想到我們會這麼受歡迎。就這麼想跟我們加深友情，連放我們出門都覺得可惜？」

「很辛辣的諷刺呢，中校。」

安心吧——卡蘭德羅上校輕輕揮手。

「哎，儘管花了不少時間……但我警告過那些笨蛋軍部官僚了。保證會一如字面意思，讓你們有一趟自由的觀光旅行。」

當然——說到這裡，卡蘭德羅上校向她擺出慎重其事的誇張表情。

「儘管也不想浪費時間在官方歡迎會上，但還是安排了一次晚宴作為簡單的非官方歡迎會。之後就真的隨各位自由了。」

從與同行之間的形式上的晚宴中解脫了！

「無法避免至少要進行一次。就當作是社交禮儀參加吧。」

雖是隨口說出的內容，但考慮到現狀，就是破格的好待遇。正因為有做好旅行會連日受到監視的覺悟，所以才會是喜出望外的處置。

「下官在此代替部下感謝上校的關照。」

「我只是做了該做的事。」

大方地點頭後，卡蘭德羅上校就在這裡明顯地放鬆表情。

「好啦，工作的事談得差不多了。接待在東部關照我的熟人，遠比用形式論與軍部官僚互毆來得有意義百億倍了。」

「卡蘭德羅上校的話語，一字一句都富含玄機呢。」

對於譚雅的客套話，卡蘭德羅上校一副不算討厭的感覺，在臉上掛著微笑。哎，要是彼此都在陪著笑臉刺探對方想法的話，就會變成這樣吧。

「這沒什麼，中校。是這溫煦的陽光讓人化身成為詩人，成為雄辯家，甚至是音樂家的。這條受到陽光照耀的路線，我也非常喜歡呢。」

是光明的世界喲——卡蘭德羅上校心情愉快地高談闊論起來。從上校對太陽的想法、歷史與檸檬，以至於血橙的美好，沒完沒了地唱著獨腳戲。

在餓肚子時滔滔不絕說著柑橘類的話題。被徹底擺了一道了。就在譚雅為了不讓臉頰抽搐而吃盡苦頭時，卡蘭德羅上校這才總算是閉上了嘴。

他一副猛然回神的模樣，苦笑起來。

「抱歉，我這個人老是一講就停不下來。」

作為具有社交性的人，譚雅以曖昧的微笑保持沉默。不論肯定、否定，對這類的自言自語都是有害無益。含笑喝茶要來得安全多了。

就像是要裝傻到底似的，譚雅假裝不知道的改變話題。

「只不過，真是驚訝。下官本來還做好覺悟，以為會是專門的軍用列車呢。」

「太小看我國可就傷腦筋了，中校。這好歹也是同盟國的觀光旅行。」

對於譚雅話中有話的發言，就跟預想的一樣，卡蘭德羅上校特意回著偏離重點的回答。

「是義魯朵雅風的豪華列車旅行。不會說是要跟貴官在東部的熱烈歡迎較量，但這也意外地不錯吧。」

「真是愧不敢當。還請上校務必原諒下官在東部的失禮，因為戰地所致的招待不周。」

互相刺探對方想法的一點互相挖苦。

不過，譚雅個人對卡蘭德羅上校並沒有什麼意見。恐怕對方也一樣吧。

想在帝國與其他交戰國之間，保持微妙距離感的義魯朵雅；想要他們表明立場站到帝國這邊來的帝國。作為兩國的派出機關人員，譚雅與卡蘭德羅上校就只是依照劇本敷衍地說著臺詞。薪

水就只夠讓他們擺出認真的表情。

但追根究柢，兩人並無私怨。只要該說的都說了，彼此都會為了互相讓步而放緩語氣。

「戰場上不奢求吃大餐。倒不如說，愈是和平，就愈要在這方面上下工夫。要是沒有招待不周之處就好了。」

「……是的，上校。下官目前非常滿意。」

「真性急呢。歡迎餐會明明就還沒開始。」

稍微別開視線的譚雅沉默下來。

已經用鼻子享受過麵包香味這種話，有點難以啟齒。該換個話題吧。

「能給下官菜單嗎？」

「當然。想吃什麼？有什麼喜好嗎？」

「下官剛從戰場歸來。只要是能吃下肚的，不論什麼我都吃。」

譚雅帶著苦笑，基於禮貌補上一句詢問。

「外加上，下官也養成了確認情報的壞毛病。這種時候，能請上校推薦一下嗎？」

「當然。我很樂意為貴官推薦。」

「多謝上校。」

「別客氣。好啦，要我推薦的話……我強烈推薦一切的海鮮料理。雖然肉料理也不錯啦……」

稍微吊了一下胃口後，卡蘭德羅上校說出自己的主張。

「這裡的魚料理是極品。作為我個人的見解，真正好吃的魚非常稀少。所以要趁能吃的時候吃得過癮吧。」

「雖然上校極力推薦，但這裡的魚真有這麼好吃嗎？」

問得好——卡蘭德羅上校眉開眼笑地說道：

「一旦是從軍港出發的列車，就沒有例外。不論是哪裡的部隊，都很注重鮮魚的供應呢。全都相當美味喔。」

「軍隊有協助供應？」

「不，完全沒有。」

卡蘭德羅上校稍微壓低音量，愉快地說出真話。

「要說是個人技巧吧……專家自有門路喔，提古雷查夫中校。」

「也就是偷拿嗎？」

卡蘭德羅上校啪地敲了下手。接著就向她露出曖昧的微笑。

「貪吃的廚房人員，朋友也很多喔。」

「如果要提供主餐用的魚，得要有相當的交情吧。」

「簡直是社交的天才對吧。這裡的廚房，總是能弄到跟在港口吃到的同等水準，或是搞不好還要更高水準的魚。」

隨時都有鮮魚吃。

永久性的採購對象，深厚管道的確立。只能認為是一條穩固的流通路線。

「這些人還真不像話呢。」

「帝國軍不同嗎？」

譚雅哈哈笑著敷衍過去，看起菜單。實際上，帝國也是只要認識負責人的話，一切就都好商量。

因為能與烏卡中校、雷魯根上校等參謀本部的實務人員交流，所以在補給面上一直都相對輕鬆的譚雅，沒那個資格對義魯朵雅的做法說三道四。

「也就是說，中校，我們雖然仰望的旗子不同，但也都是軍人對吧。」

「胃袋與軍隊，是個相當不文雅的主題。只不過，這也是根據不怎麼愉快的實情吧。」

畢竟——譚雅向卡蘭德羅上校微微笑起。

「充足的三餐比浪漫重要。理論上，是能滿足胃袋的部隊會贏。」

只需看溫熱的餐點就好。要準備富有營養價值的食材，安排加熱用的燃料，然後再準時供給給部隊，是件多麼困難的事啊！

一旦要供應前線新鮮的魚料理，就會是相當於月球探測的宏大事業吧。帝國本國的財政官員當然會要我們吃戰時麵包忍耐了。

「那麼，既然機會難得，下官就吃這道醃魚了。」

「喔，合胃口嗎？真難得，我聽說帝國人在口味上很保守耶。」

「享受新地方的風味，可是野戰軍人少數的樂趣。」

「一旦具備像貴官這樣的經歷，就確實是如此了。是在各地大飽口福了吧。舌頭想必也很挑剔呢。」

也要能在當地吃到好食物就是了——譚雅將這種反駁默默吞下。帝國軍的後勤狀況，也不是能到處宣揚究竟有多惡劣的事。

「享受外地的食物」這種事，除非是運氣相當好，要不然頂多就是吃繳獲的罐頭。或者是徵收到的當地糧食。

根據時間與場合，也會有美味的徵用食品……但大致上，只會是可想而知的東西。

「話說回來，上校。主餐是魚的話……下官對前哨戰也有很高的期待喔。」

「著眼點不錯呢，中校就連這種細節也不放過。」

滿意微笑的義魯朵雅人，得意地說起肉的魅力。

「前菜的話，是少份量的韃靼牛肉呢。該怎麼說，會和帝國風格有點不太一樣吧……不過有確實掌握到牛肉的美味。我雖然在稱讚魚，但肉也相當不錯。」

「是活用了素材的味道嗎？還是醬汁有著什麼祕訣呢？」

「中校，對貴官來說儘管是自不待言……但有句話叫做戰爭迷霧。我們沒有辦法總是獲得萬全的情報。」

配合似乎覺得這種說法很有趣的卡蘭德羅上校也不壞吧。以著這種感覺，譚雅微微點頭。

「那麼，就該輪到軍官偵察上場了呢。」

「說得沒錯。要選什麼？」

「入境隨俗。請給下官義魯朵雅的各位常吃的料理。畢竟機會難得，下官也來試試韃靼牛肉與醃魚吧。」

對了——譚雅就在這裡禮貌性地補上一句話。

「附加一提，下官當然能期待味道吧？」

「我向妳保證，提古雷查夫中校。對吃不慣的人來說……我想味道會稍微重了點呢。但新鮮的醃魚可是極品。」

接受點餐的服務生，迅速送上少份量的濃湯。這是將食材磨碎之後熬出來的吧？

就從這道講究的濃湯來看，廚師的手藝相當精湛。

是可以期待吧……譚雅如此悠哉想著，伴隨著美味將苦澀的現實送入口腔裡。前菜的韃靼牛肉，特意用鹽巴與胡椒做適量的調味。

這種要是肉質不好，就會非常難以下嚥的簡單調理……濃縮著令人感動的美味。

當中最關鍵的，就是那略帶刺激性，將肉的甜味襯托出來的香辛料！有別於難吃的韃靼牛肉往往會用胡椒掩蓋腥味的小手段，在不同水準上刺激著食欲。

對於習慣碎肉香腸的舌頭來說，這甚至足以顛覆文明的味道——美味的定義。是讓人幾乎要因為遺忘許久的美食滴下口水的極品。

好吃。

只靠實力的好吃。

與共和國長棍麵包的搭配也很完美。讓人連醬汁都想舔乾淨。保持著餐桌禮儀，卻也還是在桌面上掉著麵包屑的快感。更加貼心的是在用餐空檔時送上的微氣泡汽水。

儘管是習慣泥水的嘴巴，也還是能感受到礦物質的甘甜有多麼可恨。

義魯朵雅的肉料理，值得恐懼。

譚雅・馮・提古雷查夫中校老實向卡蘭德羅上校說出感想，毫不吝嗇地由衷讚賞著主廚。

「中校，既然貴官這麼懂吃的，那麼主餐的成品可就……啊，不對。現在說出來就沒意思了。先嚐看看味道吧。」

隨著卡蘭德羅上校的臺詞，服務生剛好送上一道醃白肉魚。

儘管不太確定，但應該是鱸魚吧。是大量使用了不太清楚的食材，就連裝盤也很講究的一道菜。

不過，就目前為止，還無法否定是虛有其表的可能性。

雖說已經習慣這裡的標準，但正因為原本是日本人，所以譚雅對於一切魚料理的要求都非常辛辣。看起來是有確實煮熟吧。魚肉的裝盤很精緻，表示廚師的手藝不錯。

不過，能與魚肉搭配的醬汁真的很稀少。

就算是義魯朵雅人保證的魚料理……像這樣心裡有點瞧不起人的譚雅，一如字面意思被震驚到了。

首先感覺到的是清爽的酸味。柑橘類，恐怕是檸檬。儘管有著深奧、多層次的口感，卻融合為一在口中上演著協奏曲。

譚雅雖然能分析得這麼仔細，但她真正驚訝的瞬間，是在大腦理解到味蕾傳來的醬汁特徵之後。

背叛醬汁會很濃郁的偏見，以些許的鹽味與甜味，再搭配一點橄欖油與醋，形成多層次的味道。滲入白肉裡，在口中與魚油融合化開。

是美妙的節奏吧。

絕不是太過清淡的醬汁。不過，也絕對說不上是濃郁的醬汁。是甚至超乎極限地帶出魚的魅力，保持著清爽口感的某種滋味。

我的天呀。是連要用言語形容，都會感到膚淺的味道。

就只是好吃。

以主餐來講，只有魚肉看起來確實是有點不足。直到吃進嘴裡為止！

只要一度放到舌尖上……就算不願意，也能理解味道濃縮滲入了魚肉之中吧。

甜味、酸味，還有最重要的美味，完美搭配起來。

難怪卡蘭德羅上校剛才會滔滔不絕地針對太陽與柑橘類高談闊論。這是足以讓人戀愛的味道。

拿起微氣泡汽水，洗掉嘴中的味道後再咬一口。沾著醬汁的魚肉，那怕是第二口，印象也沒有變弱。美味沒有飛散，漂亮地凝聚起來。

真正令人驚訝的，就是這均衡的口感。

唾液增加，舌頭在從最初的衝擊之下重新站起的瞬間，感覺到的味道是第二層的美味。多虧了清淡的醬汁，讓人能仔細品嚐到白肉魚本身具備的食材味道。

「怎樣。看起來似乎很合貴官的胃口。」

「有生以來，腦中第一次浮現投降兩個字。這下可輸得徹底了。」

「讓帝國的銀翼持有人投降嗎？」

卡蘭德羅上校忍不住愉快笑起。

「主廚的英勇事蹟會成為傳說吧。這可有趣了。」

隨口說出的一句話。對話中往往會帶有許多含意的義魯朵雅人的上校來說，就單純是在接話，別無他意吧。也能當作沒聽見。

然而，對於在前線悽慘到渾身是泥的譚雅來說，不免會對義魯朵雅人口中的「英勇事蹟」感到些許遲疑。

「英勇事蹟嗎？」

「貴官們用槍戰鬥，主廚用菜刀手藝戰鬥。技術是沒有優劣之分的。」

「……砲彈之前的平等是也不錯。如果是義魯朵雅的各位，隨時都歡迎來到我們的戰壕。」

對於譚雅單刀直入的挖苦，卡蘭德羅上校的表情沒怎麼動搖，將盛著紅酒的杯子一飲而盡。那將服務生隨即斟滿的酒杯，靈巧地遞到嘴邊的模樣，只能說他打從一開始就沒把譚雅的這句話聽進耳裡。義魯朵雅這個國家，果然是徹底的忠於國家理性嗎？

「中校，說到底，這份差異就是我們之間的差異吧。我們雖是同一個世界的居民，但很可悲的，卻呼吸著不同的空氣。」

「誠如上校所言呢。」

「話雖如此，我或許還是說得太過分了。請貴官見諒。」

「不，下官也有責任。大概是與在東部一塊生活，能推心置腹的上校說話，才會不小心說過頭了。」

陪著笑臉，基於社交禮儀的謝罪。

只要卡蘭德羅上校這個人不具有惡意，就想跟他維持良好的商業關係。這是譚雅毫不虛假的心聲。

畢竟與中立國的管道，不論是什麼都非常好。

在戰時狀況下，甚至價值千金。她將義魯朵雅觀光旅行的緣分視為一個好機會，無論如何都想與他打好關係。正因為如此，譚雅有禮貌地起身離席。

「多謝款待。」

「除了餐桌談話之外，都很完美吧？」

「該怎麼說呢？」譚雅一面附和著，一面向他行禮。

「魚非常美味。請幫下官跟主廚轉達，會期待他下次的料理的。那麼，下官就先告辭了。」

第二〇三航空魔導大隊的選拔中隊，奢侈地分配到了多達兩輛的客車。兩輛頭等車廂。而且就內部裝潢來看，還疑似是將官專用的車廂。

離開餐車後，譚雅坐在豪華包廂的椅子上，輕輕嘆了口氣。

坦白說，讓人坐立不安。

待起來太彆扭了。

不對，她對這裡的服務沒有任何不滿。椅子坐起來很舒服，能坐在將官專用的座位上，甚至是讓人心存感激。

實際上，沒有任何意見。

宣稱是飯後服務，由義魯朵雅的服務生送到房間裡來的咖啡，以及加了肉桂的餅乾都很優質。味道非常美味。

甚至不吝於承認他們服務得很好。和平、具文化性的，還有最重要的是「富裕」的後方。這正是譚雅心中所渴望不已的，平穩的具體呈現。

「所以才難受……我居然——」

忌妒了。被不合理的情緒所困。

「哎呀，飯很好吃也很傷腦筋嗎？」

咖啡的品質良好，讓人不容拒絕地體會到雙方的差距。味道是不會騙人的。也無從敷衍。必要的最低限度飲食，與必要的最低限度文化的飲食，看似些微的差異，卻是完全不同的世界。人無法只靠麵包活下去……這個世界的存在X，肯定就連這種理所當然的事情都不懂吧。

精神的自由，無法缺少最低限度的現實基礎。

「看來我是累了吧。」

「中校，怎麼了嗎？」

聽到擔心的詢問聲，譚雅這時才注意到從包廂門外探頭進來的副官。

「啊，是謝列布里亞科夫中尉啊。我沒事。」

「咦……不要緊嗎？」

看樣子，是有點……不對，是相當讓她擔心的樣子。哎，要是看到長官一個人喃喃自語，會感到不安也是當然的吧。

「中尉，別擔心。我真的沒事。」

「可是，感覺跟平常時相比，似乎有些沮喪的樣子……」

實際上，直到奉命觀光旅行之前，都有在注意周遭人的視線。可說是在某種程度上，披著自信滿滿、毫無迷惘的理想將校的形象。

很可悲的，義魯朵雅旅行所帶來的衝擊，打破了自己的面具。還以為是很厚實的偽裝，但似乎是意外地脆弱。

「沒事，就只是在想點事情。」

因此，我也是個人呢——譚雅直率地說道。

「離開戰地後，時間也變多了。這樣一來，也有時間思考起許多事。正因為平時沒有這種閒暇……所以也會思考起平常不會去想的事。」

比方說——伸手舉起服務生帶來的餅乾盒。

就連包裝都很講究的食品，豪華到讓人懷疑這真的和帝國徹底落實簡易包裝的粗糙食品一樣都是餅乾嗎？

「就連這種餅乾，都會讓人回味呢。」

「因為料理很好吃呢。想要的話，好像還能另外拿巧克力喲。」

「是義魯朵雅方的關照嗎？就收下吧。」

用意是想要炫耀吧，但作為習慣匱乏的人，能拿的時候是不會客氣的。

「我會想辦法順便弄到紅茶葉與咖啡豆的。畢竟如果是這裡的餐廳，就會準備真正的好東西呢。」

「有辦法的話，就麻煩妳弄到白糖了。很適合作為給本國的土產吧。」

「是的，我知道了。」

如果是笑咪咪的副官，相信一切都能妥善安排好吧。

不過，帝國軍人居然是用砂糖作為伴手禮！帝國在總體戰之前，可是能靠自國產的甜菜糖百分之百的自給自足啊！

如今呢。

只要跨越一道國境，義魯朵雅這裡可是什麼也不缺啊！在帝國所有的一切，都是無可奈何地，根本性地不足！

無法取得的事物就近在身旁，這個事實令人驚訝地擾亂著神經。差點搔抓起頭髮，不由得停下手來的譚雅，嘆了口氣。

這種情緒該說是忌妒吧，不對，是心死嗎？就連自身的情緒都無法確定的衝擊，令人討厭。非常難受。

譚雅就在這時搖了搖頭。到頭來，假如不想依靠存在X之類的傢伙，自己的道路就只能靠自己走了。

儘管無法改變出生，但命運是能改變的。或者，至少選擇道路的意志是自己的。

出生於帝國這個戰爭國家，身為孤兒為了避免徵兵的命運志願從軍。如今在盡力確保某種程度的地位後，所幸還能思考接下來的事。

帝國處於穩定狀態，更加嚴密地來講，是「隸屬帝國的軍人」譚雅，還有辦法思考「接下來的事」的穩定狀態。

「……即將漏完的沙漏，也還有辦法逆轉嗎？」

「那些傢伙，就只有軍服漂亮呢。」

以梅貝特上尉、托斯潘中尉為首，配屬到港防隊的雷魯根戰鬥群成員所一致抱持的異樣想法，是針對穿著平凡軍服的友軍。

筆挺的制服、端正的軍帽、磨亮的軍靴。把軍裝穿得像是從照片裡走出來的軍人一般的諸位友軍士兵。習慣東部的腦袋，相當難以理解這群人竟會是港防隊的士兵，而不是哪裡來的玩具軍隊。

不對，不只他們兩個，只要是雷魯根戰鬥群的留守將兵，全都會在看到「港防隊」的瞬間傻住。事情的開端，是來自上頭的好意。

在東部激戰連連的雷魯根戰鬥群接獲指示，半休假似的作為輪調的一環，退到後方進行重新編制。

此時，砲兵與步兵是分配到港灣勤務。就算不是梅貝特與托斯潘他們，也會非常歡迎兼作休假的後方守備任務吧。

不幸的是，就唯獨阿倫斯上尉等裝甲家……是被告知要在帝都近郊的演習場重新編制。

這被認為是個讓步兵與砲兵一齊大呼稱快，戰車兵絕望地喊著「不會吧」的配屬地點。畢竟，離本國愈近，規矩就愈煩人。

在這個時候，奉命擔任港灣勤務的一方，還能在部隊裡流傳著「比起滿身砂土的裝甲家，雖說是占領地區，但就能悠哉享受海鮮這點來講……我們還真幸運」之類的玩笑話。

直到他們看到同僚為止——如今，不得不加上這個重大的但書。

要說到守備部隊的模樣，可是足以讓在東部威名遠播的雷魯根戰鬥群為之戰慄。儘管像是裝備老舊，總覺得老少的比率很奇怪等等，有著許多令人在意的地方。但是，他們的模樣足以讓人把這些統統忘光還綽綽有餘。

摺線分明的軍服！直挺到讓人懷疑有用熨斗燙過的褲子！磨得就像鏡子一樣的長靴！最後，還全都沒有沾上泥巴！

以步兵的模樣來講，這簡直不可思議。如果是葬禮的儀仗兵也就算了，但就連守備部隊的步兵都穿成這樣。這對在東部戰鬥過來的將兵來說，是不可思議的景象。

穿著漂亮的軍服是打不了仗的。

戰爭可是無可奈何地充滿著泥腥味。就算是軍官也不可能例外；就算是將官，就算是東部傑出的高級將官傑圖亞中將，也都穿著滿是泥巴與汗水的皺巴巴野戰軍服。

在東部，實際上所有的校官都在擔心襪子的來源。從前線歸來，前往後方占領地區後，所窺看到的守備部隊模樣，該怎麼說好……穿著筆挺的軍服在昂首闊步嗎？讓人驚訝到下巴都掉了。嚴重地偏離現實。

不過，真正驚訝的是，港口司令部嚴命吩咐他們穿著這樣的軍服吧。打從進駐分配到的港灣防衛設施起，雷魯根戰鬥群的成員就在煩惱與難以置信的現實之間的文化差距。

擔任留守部隊指揮官的托斯潘中尉與梅貝特上尉之間聊的話題，大半都跟文化衝突有關。嚴格來講，幾乎都是牢騷。

那一天也不例外。

「筆挺的制服儘管好看……但總覺得放鬆不下來。」

擺出厭煩的表情，托斯潘中尉垂下視線看著自己的制服。在他眼前，是一套根據規定有確實熨過的軍服。

穿起來是很好看，但也就只是好看。他是不在意要努力保持軍服的整潔。不過，這不是在白費工夫嗎？

帶著這種苦瓜臉，托斯潘中尉向長官喃喃抱怨著。

「上尉，這樣可沒辦法放鬆啊。明明是難得的休假期間，卻搞得這麼硬。」

「托斯潘中尉，這是規定。」

看到砲兵上尉本人說得一派認真，托斯潘中尉就向他微微聳肩。不得不說這是彼此彼此。

「那麼，梅貝特上尉，不好意思，請恕下官提醒你一件事。」

「我有犯錯嗎？」

對於搖頭表示這不可能吧的上尉，托斯潘中尉戰戰兢兢地說道：

「那個……軍帽。有通知不准摺成船形便帽……」

「什麼？」

在托斯潘中尉眼前，梅貝特上尉頭戴的軍帽，是折成時下流行的瀟灑風格。

這種軍帽受到前線歡迎的祕訣，就在於整理輕鬆，而且戴起來輕便……也就是說，這嚴格來講是違反規定的。

「這是違反規定的戴法。有發出『不准摺軍帽』的通知。」

「唔，是嗎？看來是在無意間照著東部的流行戴了吧。」

梅貝特上尉伸手調整軍帽，「真傷腦筋呢」地苦笑著。畢竟對本人來說，是打算非常嚴格地遵守規定。雖然自以為個是墨守成規的人，但卻在不知不覺中逾矩了。

「……儘管不會像提古雷查夫中校那樣很乾脆地『重新解釋』規則，但看來似乎是被他影響了呢。」

要說是究極的功利主義吧，在太過擅長取捨的長官底下做事，對老實人來說也很辛苦。

「雖說是抱怨，但我們的中校儘管確實是名好長官……」

「的確，中校她……有點那個呢。」

兩人「對呀對呀」的，趁著家中沒大人抱怨起來。

「那位長官，該怎麼說好……是愛國心太強了吧？」

「因為她不會迷惘呢。」

「就是這個，中尉。凡事都會用『這是對國家的義務』一句話打發掉。對於必要能將一切的事情正當化深信不疑的個性實在是……」

儘管凡事都能非常迅速地做出決定，但也蘊含著容易逾矩的危險性。在她的影響之下，被注入太多創意精神了呢——梅貝特上尉苦笑著。

「拜這所賜，讓基地的規律生活過得很鬱悶呢。就這點來講，還真是羨慕阿倫斯上尉。」

「就是說啊。雖然這麼講很失禮，但戰車家……可是很圓通的呢。」

「雖說是帝都近郊，但可是機動戰演習地區喔？就算滿身沙土地開著戰車，也不會有人囉嗦到哪裡去吧。」

儘管同樣是重新編制組，砲兵、步兵、戰車兵也有著兵科的差異。基於實務上的必要性，部屬地點不同反倒是當然的事。留守部隊的人數，依舊是以步兵為主。再來是砲兵。因此，是由托斯潘中尉與梅貝特上尉兩人負責管理大半人力，其餘的航空魔導部隊與戰車部隊則是分別行動。

這段期間，在被納入其他部隊的指揮下後明白了一個事實。想不到……在提古雷查夫中校指揮下的部隊是意外地自由——在這點上他們的意見一致。

「當初聽到是在占領地區擔任和後方勤務差不多的平穩職務時，還很開心就是了。」

「是真的覺得這很幸運呢。」

結果不是呢——兩人苦笑起來。

「情況差這麼多，還真是讓人煩惱。中尉，貴官是怎麼想的。」

「上尉也是嗎？」

「終究……不至於說辦不到。但就是不習慣。儘管應該早就習慣遵守規定了，但依照作息表的生活卻讓身體叫苦連天。」

伴隨著這句話，梅貝特上尉就像不好意思似的聳了聳肩。

「正在勉強自己適應呢。」

「恕下官失禮，上尉。我們戰鬥群裡，會有適應這裡生活的人嗎？」

「……仔細想想，確實是如此。」

譚雅要是看到梅貝特上尉笑說「被你抓到盲點了」的模樣，相信會一臉像是發現到夥伴似的說著「貴官也有相同的意見嗎？」靠過來吧。

談笑中的梅貝特上尉與托斯潘中尉，一面看似散漫的放鬆，一面確實盯著四周警戒。跟過去會讓譚雅認真擔憂「這些傢伙派得上用場嗎？」的模樣，有著天壤之別。

是俗稱的久經野戰。

這是他們作為野戰軍官，也向經驗這名教師繳交了高額學費的結果。對於成為足以獲得裁量權的軍官的他們來說，死板的規則已成為讓他們感到喘不過氣來的枷鎖。

「……上尉。後方……該怎麼說好啊。」

「我懂你想說什麼，中尉。和想像中的差很多呢。」

就像是明白托斯潘中尉欲言又止的意思，梅貝特上尉朝他苦笑起來。

「以前，這裡也是我們的歸宿吧。等回過神來時，野戰歸來的人，在這裡已全是異邦人了。」

經過野戰的歷練，身為人的感性在戰場上遭到「修正」。

不論是梅貝特上尉，還是托斯潘中尉，都因為無法適應後方的事實，漸漸感到不太對勁的原因就在這裡。

「異邦人嗎？」

「就只能這麼說了。」

「……自己也不太明白。至少，無法像上尉那樣……說得這麼清楚。」

「也就是貴官開始適應這裡了吧，托斯潘中尉。」

「也不是這樣。就只是覺得，異邦是有點說過頭了。不過，也不知為何地覺得這個空間很奇妙。」

聽到托斯潘中尉這麼說，梅貝特上尉點了點頭。作為軍人，或是作為一個人，他們習慣了東部。而關於這點，會有著個體差異吧。

深淺、個人資質，或是心態。

「但同樣有感到不對勁，卻是一樣的吧。」

「是的，誠如上尉所言。」

畢竟——就連托斯潘中尉都能肯定。

「總覺得坐立不安。有種不可思議的感覺。」

有著差異。

也有著不同。

然而，梅貝特上尉與托斯潘中尉能打從心底的完全同意一件事。總覺得這裡讓人坐立不安。

在習慣東部後，作為守備部隊的補強兼輪調勤務的一環，配屬到海港都市的感想幾乎相同。

從待習慣的東方前線這種例外的環境，輪調到本國附近的後方地區。

對於移防過來的他們來說，平穩的每一天才是一連串的新奇與困惑。

本來，這裡才是自己等人的世界啊！

無法習慣的最主要原因，在於敵人不會襲擊過來的事實。雖說是占領地區，一旦是本國附近的舊共和國海港都市的話，就會非常「和平」。

拜這所賜，簡單的警備任務情況相差太多了。與不得不將重點放在游擊對策上的東部是天壤之別。就算說主要任務是要避免較為友好的占領地區居民與警備兵發生衝突，也只會覺得「那要怎麼做？」進而真心地感到不知所措。

舉例來講，出現在禁區的可疑分子，基本上是要當場射殺。對於半身浸在東部泥濘裡的雷魯根戰鬥群的步兵任務來講，警備不得不以「絕對不能讓敵人靠近」的排除作為前提。

習慣這麼做的他們，目前正連忙和托斯潘中尉一起啃著《警備指南》中的《可疑民人對應工作手冊》。

然後，該作為第二個讓他們困惑的要素提出的，是一如字面意思的規律生活。早上聽喇叭聲起床，在營房用早餐，依照作息表用午餐、晚餐，然後直到熄燈就寢。

也就是依照時鐘指針行動的兵營生活。

絕對不會被軍令要求「快去睡午覺！」的生活。千篇一律，一如字面意思，號令就連時間都能支配的規律世界。讓他們互相抱怨真不習慣，持續過著就像是被時鐘指針追逐似的兵營生活。

閒暇時間太多，可不是一個好軍官該有的情況。

隨時都要有著能伴隨著時間觀察周遭的餘裕。當然，只要觀察周遭，就會想到一兩個用來改善的對策方案。而且，讓士兵遊手好閒也沒有意義。

與其浪費時間，還不如動手做事。

就算沒有特別的意義，也還是挖個散兵坑會比較好。梅貝特上尉會想適當地構築陣地，也是出自於這種想法。

「托斯潘中尉，今天想請步兵稍微幫個忙。」

梅貝特上尉直接向部下說出要求。

「我有點在意砲臺的周邊防護。儘管大概是無法灌水泥加強，但想把能做的事情做一做。」

「儘管吩咐。」

「很好。我想請貴官的步兵中隊堆一下沙袋。」

不論是點頭說「這種程度的話沒問題」的托斯潘中尉，還是笑道「總比連這種程度都沒有好吧」的梅貝特上尉自己，都真的認為這只是小事一件。今天與其讓士兵遊手好閒一整天，還不如派他們去作業吧……就只有這種程度的想法。

譚雅要是在場，肯定會笑他們是凱因斯主義擁護者吧。

要是有笑不出來的地方，那就是負責人的差異吧。港口地區的負責人是帝國的官僚機構，也就是一板一眼的大笨蛋。

不論好壞，都徹底習慣脫離常軌的長官的梅貝特與托斯潘，就很不幸地迎頭撞上了官僚制縱向機構的牆壁。

這件事就發生在梅貝特上尉讓部隊進行他所提案的作業途中。

讓步兵列隊站好，在找來的袋子裡填滿土、堆著沙袋的單純作業。不論由誰來看，這都是無法做其他解釋的景象吧。

偶然經過的海軍事務官，卻像不可思議似的開口詢問。

「梅貝特上尉？不好意思，那個，請問你們在這裡做什麼啊？」

「在說這個嗎？」

「嗯，沒錯。」

看就知道了，為什麼還要特意來問啊？

儘管歪頭不解，循規蹈矩的梅貝特上尉也還是費心說明；將在進行簡單的臨時陣地構築這件事簡便地向他說明。

然後，隨著我方的說明，制服傢伙的臉色也愈來愈難看。對於搞不清楚理由而困惑的梅貝特上尉，海軍事務官向他大大地嘆了口氣。

「不好意思，請問有什麼問題嗎？」

「上尉，恕我直言，這會沒有問題嗎？這可是個大問題啊。」

「事務官，非常抱歉，我是真的摸不著頭緒。到底有什麼問題啊？」

「你真的不知道嗎？……真傷腦筋呢。」

十分特意的嘆息。在誇張地嘆了口氣後，事務官就把手伸進自己的手提包裡，拿出一本小冊子。

「請好好看過工作手冊。上頭有明確記載，當要對防衛設施進行這種變更時，必須要進行書面申請。」

「……下官並未領取到這類的手冊。」

「是參謀本部那邊的事務手續出錯了嗎？」

儘管微微歪頭困惑，事務官也還是語帶不滿地繼續抱怨著。

「不管怎麼說，說自己不知道就無視規定的話，我們也很困擾啊。」

「就只是堆個沙袋，也需要許可嗎？不行事後報告嗎？」

「這裡可不是戰地。不是需要超脫規定的場面。上尉，非常不好意思，這本就給你了，還請務必要遵守程序。」

在目送走把工作手冊遞來，丟下一句「請你配合」就走人的海軍事務官後，梅貝特上尉也盛大地嘆了口氣。

這裡確實是海軍方的基地。知道必須要向他們報備。沒有適當地交接工作手冊也是事實吧。缺失遭到譴責，就制度上來講說不定是正確的。

但是，「有什麼根本性地不太對勁」。

文書工作比任何事都還要重要，現場要做事得先獲得許可？這在東部是無法想像的。早在適當的文件送達以前，共產主義者就會蜂擁而至。

或是比起必需品，官僚性的文件會先壓垮補給網吧。可怕的是，官僚主義說不定真的會選擇後者。

前線與後方居然差這麼多。

儘管不願意，梅貝特上尉也還是向作業中的部下高聲喊道：

「托斯潘中尉！過來一下！」

小跑步趕來的步兵中尉臉上寫著困惑。這也難怪。因為托斯潘中尉想不到自己會被叫過來的理由。

「改善作業先暫停。讓步兵集合待命。」

「有什麼事嗎？」

是大事喔——梅貝特上尉向他聳了聳肩。

「沒有文件，似乎就連野戰築城都不行做……海軍的做法還真是讓人困擾。」

「咦？」

「在用文件取得許可之前，禁止構築陣地的樣子。」

托斯潘中尉歪著腦袋，難以理解梅貝特這句話的意思。

「就只是堆個沙袋……還需要許可嗎？」

「就是說啊，中尉。」

托斯潘中尉就像難以置信似的板著臉，搖了搖頭。

「……真的需要一一取得許可嗎？認真的嗎？自己實在是不這麼認為。」

「這裡的事務官似乎是這樣相信的。常識不同。在我整理好文件之前，就先把將兵帶回兵營休息吧。」

答覆一句了解後，托斯潘中尉就開始撤收作業。

另一方面，梅貝特上尉自己就趁著這段時間，忙著準備必要的文件。就速戰速決吧，得趕快重新作業才行……像這樣幹勁十足地面對文書作業的上尉，卻碰到一個不幸的事實。

官僚主義是個討厭程度與聯邦軍不相上下的強敵。

形式上，申請文件也會徹底的「格式化」。如果是梅貝特上尉在忙著準備的文件，就要寫上作業的大略概要，還有必要的經費與資材。

不是要灌水泥的要塞構築，也不是要設置高度的復線式防禦陣地，甚至不是布雷作業。

要做的事情，就只是堆沙袋。頂多就是做沙袋時會用到布袋。再來就只要把附近的土填進去，堆起來就好。鏟子，步兵自己就有。

內容最多就一張筆記紙吧。

不可思議的是，當要寫成文件時，一張筆記紙就夠的內容，就必須要用十幾種不同格式的文件，分別依照各自的獨特規定填寫。

就連把土填進沙袋裡，在後方也需要「格式」。

「……土的出處？所有權的確認，以及與既有防衛計畫、建築計畫的兼顧確認？」

令人暈眩的形式主義。是會讓人覺得與其使用附近的土，還不如認命地塞文件進去比較快的繁雜手續。

等回過神來時，已經過了預期以上的時間，作業進度比想像中的還要緩慢。最後，還讓像是在擔心進度的托斯潘中尉跑來看情況。

「托斯潘中尉入內。上尉，文書作業的進展如何了？」

「不行啊。幾乎要投降了。」

「我也來幫忙吧……雖說自己也不太擅長文書作業。」

「我也是。」

想起能三兩下就處理好這類業務的軍官，梅貝特上尉苦笑起來。

「要是長年擔任副官的謝列布里亞科夫中尉在的話，說不定文書作業也會意外輕鬆吧。這樣一想，也難怪提古雷查夫中校會將她視如珍寶了。」

儘管認為她單純是個優秀的魔導軍官，但看來是在優秀的魔導軍官之上吧。總是能俐落地把事情安排好。坦白講，還以為她是弄雜務的……
「就算是雜務，累積起來也是一種戰術威脅嗎？好啦，托斯潘中尉，幫我處理這一份吧。」
「遵命。」
只能一面發牢騷，一面動手了。
如果是要用砲彈射擊敵人的話，不論再重都有辦法裝填砲彈吧。雖說是上尉，但他可是砲兵家。梅貝特自己也有能力扛起砲彈塞進砲管裡。
然而，筆很輕。儘管這麼輕，卻怎樣也動不了筆。所謂的不習慣，竟然會如此地扯人後腿。
在看得見海的指揮所裡，一個勁地面對書桌一段時間後。
早在依照規定製作好作業計畫書，開始填寫提出用的申請文件時，梅貝特上尉的肩膀就已經開始感到一股難以抹去的徒勞感了。
「繁瑣的工作手冊還真是讓人傻眼。光是工程計畫書就這麼複雜啊。」
一面碎碎唸著，一面就只有手在動。
對梅貝特上尉來說，目前最大的威脅是分類手冊。沙袋依照各種規定，總共被分類為十二種，結果讓他被問到是要用哪一種沙袋構築陣地。
「……頭好痛。還以為自己會死在戰場上，這下很可能會死在文書作業上呢。」
他們早已習慣上頭的強人所難。甚至連「死守」這種殘酷的命令，兩位軍官都有在東部經歷過。

但就算是這樣，那也不是要依照規定構築戰壕，一面遵守工作手冊細項第X條，一面填寫備考事項，然後死守的古怪命令。

「如果是在東部，就連死守都只有一張命令文件，其他交由現場裁量了耶。真的有必要一一做這種事浪費力氣……究竟是怎麼想的啊。」

甩甩頭，上尉為了轉換心情，伸手拿起水瓶。新鮮的水無限暢飲。是只有基地才有的奢侈自來水萬歲。

對於疲憊的腦袋，一杯冷水會很有效。

「托斯潘中尉，你那邊如何？」

沒什麼進展——中尉也回以疲憊的表情。把水瓶遞過去，他們喝水潤喉。

「我還以為自己懂工兵作業。」

就像是覺得情況差很多似的，托斯潘中尉盯著手冊，嘆了口氣。就這點來講，梅貝特上尉也差不了多少。

「姑且不論動身體的方法，動筆的方法就實在是呢。埋地雷時，終究會製作地圖啦……」

看來會因為不習慣，耗費不少時間。

正當梅貝特上尉扭了扭頭，想要轉換心情朝海上看過去時，就在水平線上確認到不可思議的黑點而整個人僵住。

「喂，那是什麼？」

零零落落地漂浮在海上的黑點。

他立刻抓起愛用的雙筒望遠鏡站起，一面衝向窗邊，一面把部下叫來。

「勤務兵！領取到的預定表上，有記載那個船團嗎？快去確認！」

「請稍等一下。我立刻去看預定表……」

「動作快！」

不過，即使他高聲催促部下……梅貝特上尉自己也沒把這件事看得太嚴重。非常單純地，就只是警戒心受到刺激的條件反射。至少，在這個階段還是。

畢竟雷魯根戰鬥群旗下部隊是外人。在主要的港口警備司令部沒有發出戰鬥配置的通知時，這邊騷動起來也很奇怪。

只是……就算是記錯了，不知道有這個船團這點讓人在意。

剛剛才因為交接不完善而遭到譴責這點也很讓人在意。是連絡的問題，還是自己忘記了？如果是後者，那就只是自己的過失，前者的話就是大問題了。

不管怎麼說，這都是要為了今後著想，應該要找出問題癥結的事態吧。

「上尉，久等了。這裡是預定表……」

「辛苦了，勤務兵。入港預定如何？」

「很奇怪。司令部送來的預定表上，就只有記載幾艘潛艦……」

拿過來——從站在一旁的勤務兵手上搶過表單，快速確認過後，梅貝特上尉狠狠說道。

「我可不覺得那是潛艦呢。」

預定入港的部隊，就只有幾艘潛艦。而且還附上了緊急時可能歸港的但書。如果是緊急歸港的潛艦，也不是不能理解為什麼會在海上航行。

只不過，那個怎麼看都不像。

「有信號嗎？」

「無線電沒有反應。要主動呼叫嗎？」

「……那是司令部的工作吧。保留在監視上。讓部隊做好出動的準備。」

在將敬禮後開始動作的部下趕出視野後，梅貝特上尉立刻思索起來。潛艦沒有理由會和其他艦種看錯。

視野良好。毫無誤認的可能性。最主要的，還是潛艦沒有這麼大艘吧。如果有發出識別信號也就算了，但也沒有收到這類的信號……

「怎麼看都不是潛艦。是運輸艦嗎？該死，我不擅長分辨海軍艦艇啊……」

梅貝特上尉一面用雙筒望遠鏡窺看，確認著看似桅杆的東西，一面因為情況有別而嘆了口氣。

「後方也有運輸艦呢。看起來也像是護送船團……這種時期的護送船團？」

「會是那個嗎？記得中校他們前往南方大陸。看起來也不是不像從那裡撤退的船團……」

在一旁觀看事態的托斯潘中尉，插嘴說出這個可能性。

「南方大陸的撤退船團？」

「是的，上尉。如果是友軍船團的話……」

不就有可能了嗎？——對於提出這種意見的部下，梅貝特上尉認為沒理由認同這種樂觀論的搖頭否定。

「要是這樣的話，沒有通知也很奇怪喔，中尉。」

「可是，我們是外人。」

「這裡是基地。報備一兩聲是當然的事吧。」

唔了一聲，把手放在下巴上想了一會兒後，他做出了決斷。既然現狀不太明瞭，就必須做好最大限度的警戒。

也就是戰爭的準備。

「托斯潘中尉，儘管辛苦你了，但也要出動你的步兵中隊。去就戰鬥位置吧。」

「立刻就去，梅貝特上尉。」

「辛苦了。那麼，那邊就交給你了。」

一拍即響的反應。忍住意見與疑問，理解自己該做什麼的實踐職務。正因為如此，梅貝特上尉也要遂行自己的職責。

將取代離開房間的托斯潘中尉衝進來的士官召集起來，也將戰鬥置入考量的採取對應行動。

「司令部沒有發出通知嗎？包含休息中的值班人員在內，再去確認一遍。不對，等等，時間有限。給我司令部的通知。」

「在這裡。」

「……果然沒有啊。」

記載的船隻名單看不出缺失。至少，因為文件遺失或不完備，導致雷魯根戰鬥群留守方遺漏通知的可能性很低。

說到底，根本不會有實戰經驗者不知道聯絡的重要性。在東部受到提古雷查夫中校徹底灌輸報告、聯絡、商談的概念，在索爾迪姆528陣地英勇奮戰的砲兵部隊，會在這種地方上失誤嗎？

有種討厭的「感覺」。

沒有預定，這也就是說，那是沒有收到通知的不明船團。光是這樣，就讓梅貝特上尉想讓部隊就戰鬥位置想得不得了。

然而，為什麼？

「為什麼？警報為什麼沒有響。友軍的配置怎麼了？」

忍不住發出一句疑問。假設最壞的萬一，摸索預防對策是基本中的基本。在沒有該樂觀的理由時樂觀的長官，會因為怠慢而害死部下。理所當然的事情沒有理所當然的發生，讓人坐立不安。脫口說出一句對他人的批評。

「看來這裡的海軍與留守部隊，似乎缺乏實戰經驗的樣子。」

「一旦是每天都在做例行公事的港口防衛，果然是會讓組織僵化吧。」

聽到士官回應自己這句抱怨的話語，梅貝特上尉輕輕搖頭。

「是長官的問題吧。長官要是可怕的話，就算是後方也不會偷懶。就像提古雷查夫中校是上司的話，還會有勇者想偷懶嗎？」

士官哈哈哈的陪笑就是回答了吧。對老手來說，那個要說是幼女的嬌小軍官，是個令人畏懼的對象。距離會被輕視、瞧不起的長官有如永遠般的遙遠。

「中校雖是殘酷的長官，但卻是有工作能力的人。這裡的傢伙有沒有工作能力，還挺讓人懷疑呢。」

「上尉，這話……不對，是沒說錯吧。」

「對吧？要說得明白一點的話……就連中校的怒吼，事到如今也讓人懷念起來了。」

「能插句話吧。你這是生病了喲，上尉。」

哈哈哈地誇張大笑，等到氣氛熱絡起來後，就是報告、聯絡、商談的時間了。

就算不習慣實戰，司令部也是司令部。梅貝特上尉拿起聽筒，呼叫起司令部。要是不習慣的話，想必會陷入混亂吧。

如有必要的話，或許需要派傳令或是直接前往司令部立即取得聯繫。

上尉的這種打算，打從一開始就受挫了。

「是的，這裡是港口司令部。」

一次呼叫就回應的即時反應。喔——讓梅貝特上尉無意間舒展愁眉的迅速對應。語氣毫無動搖，話語中不帶有一絲混亂。

「這裡是雷魯根戰鬥群的梅貝特上尉。緊急狀況。希望最優先處理。幫我轉值班軍官。」

「緊……緊急？有什麼事嗎？上尉。」

這說不定是太小看他們了。如果是不當的輕視的話……梅貝特上尉的這種認定，也在通訊人員的狼狽回應之下煙消雲散。

這該不會……就只是沒注意到吧？

「轉值班軍官！快！」

「請……請稍等。我這就去確認……」

「緊急事態！動作快！」

著急的梅貝特上尉就等了數秒。不對，是數分鐘嗎？

感到難以置信的漫長，討厭地讓人焦慮。沒有通訊中斷，司令部也沒有忙線！明明是線路暢通的狀況，卻這麼慢！

難以置信值班人員會讓他等這麼久。

「梅貝特上尉，我是保羅中校。說什麼希望最優先處理的緊急狀況，還真不安穩呢。是有什麼事呢？」

「是有關預定上沒有的船團。」

「啊，那個嗎？是忘記通知了吧。」

非常樂天的話語自保羅中校的口中說出。

「我有讓人去確認所屬了，但恐怕是收容南方大陸遠征軍的船團，或是我方撤離的運輸艦吧。」

斷言沒有問題的語調，充滿著毫無動搖的自信。甚至讓進行確認的梅貝特上尉自問起，自己鬧得這麼大是不是杞人憂天了。

「有取得確認了嗎？」

「確認？現在正在做。馬上就能取得了吧。」

還沒嗎？——要忍住這句反問非常辛苦。過度的樂觀論，聽起來就像是非常難以理解的異族語言。假如不是隔著聽筒，梅貝特上尉想必會死死地盯著保羅中校的表情吧。

「恕下官失禮，中校。都這麼靠近了，還在確認當中？」

「無線電出問題不是什麼罕見的事喔。也有句知名的話叫做戰爭迷霧。這種事，身為前線軍官的貴官也十分清楚吧。」

儘管想點頭回一句你說得對，但反駁長官也是部下的職務。最重要的是，梅貝特理解自己就是這種個性的人。

「我有領取到南方大陸遠征軍收容船團的代碼！從那個船團上，並沒有確認到這類的信號！」

「就知道你會這麼說……你是忘了假定通訊不良的狀況嗎？」

「恕下官直言，保羅中校。是包含信號旗在內的代碼。就算用望遠鏡確認，也沒有看到疑似識別表代碼的訊號。」

想要努力不讓語氣粗暴也有個極限。深呼吸一次，想辦法讓著急到發燙的腦袋冷卻下來。

「上尉，有複數不明船隻準備入港。」

點頭回應士官後，梅貝特上尉朝窗外快速看了一眼。確實是在靠近。毫無疑問就要入港了。這是分秒必爭的狀況，為什麼無法理解。

藏不住危機感的梅貝特上尉催促著司令部。

「……司令部，取得確認了嗎？不能讓無法確認所屬的不明船團再繼續靠近了。請允許警告射擊。」

「不行。」

簡潔且堅決的意志。

聽到司令部的保羅中校做出的答覆，梅貝特上尉忍不住握緊聽筒。這種時候，還在進行這種愚蠢的對話。

「……下官再次進言。請允許向不明船團進行警告射擊，並同時讓守備部隊就戰鬥位置。」

聽不懂人話的混帳傢伙，是一句話。

儘管只是一句話，但要省下這一句話，需要經過足以讓理性嘎吱作響的內心糾葛。對梅貝特上尉來說，這是在挑戰他精神力極限的試煉。

「請允許射擊。」

「梅貝特上尉！你是聽不懂人話嗎！給我等到識別結束之後！要是攻擊到友軍的話，你打算怎麼辦啊！」

打算作為最後確認說出口的詢問，得到了冷淡的答覆。啊，該死——他後悔了。

「……是在浪費時間呢。」

「什麼？上尉，貴官在說什麼？」

「不知道那是敵軍還是友軍？」

到底是誰聽不懂人話啊。該死，為什麼就連這麼簡單的事都無法理解？

「你這聽不懂人話的傢伙。也就是說，那個是敵人啊。不懂嗎？」

以直截了當的士兵語言，梅貝特上尉帶著微笑，隔著聽筒向司令部說道。不能再浪費時間了。話說完了。開始行動吧。

「失禮了。」

喀噹地摔下聽筒後，上尉看向周遭。

將兵就像是明白似的立正站好，理解了他想說的意思。這才叫做聽得懂人話。

無法證明自己是友軍，也就是說，就算遭到攻擊也無法抱怨。更何況，要是無法回答識別的話……「不攻擊的人才有問題」。

這是就連一介士兵都懂的簡單明瞭的原理原則。

對上尉來說，真的是打從心底的感到不可思議。這麼顯而易見的事實，為什麼自己不得不和司令部起爭執啊？

戰場上盡是些難以理解的事，隨時都在深深挑戰著想像力的極限。

「上尉，要將船團視為敵人嗎？」

「沒錯。」

對於士官形式上的詢問，梅貝特上尉簡短回應。

「就視為敵人對應。」

梅貝特上尉話一出口，瞬間也不是沒有這種想法……要是自己搞錯的話，真的是因為某種事情、差錯才沒有聯絡，其實他們真的是友軍船團的話，該怎麼辦。

……到時候的事，到時候再說。

「他們無法證明自己是友軍。換句話說，這就是他們的錯。」

不是友軍，就是敵人。就在這時，上尉突然敲了下手。如果是在南方大陸前線大鬧的友軍，怎麼可能不知道這麼基礎的原則！

在歸國前先被自軍的砲彈打死，未免也太蠢了。如果真的是友軍的話，就會為了避免遭到誤射，想盡一切的方法努力確立聯絡才合乎道理。

「……完全沒有這種動向。倒不如該說是想讓我們誤解吧。」

果然是敵人。無須迷惘。

「準備射擊！」

號令毫不遲疑地自口中發出。

「瞄準！」

假如要說齒輪受到干擾的話，就是這一瞬間。就在號令發射之前，管制室內響起了尖銳的電話鈴聲。

「上尉，是司令部打來的。」

對於士官的話語，梅貝特上尉板著臉點頭。

「拿來。你們不用在意，繼續瞄準。」

不耐煩的表情接過聽筒，是有什麼能讓人心情好轉的通知……之類的期待是完全沒有。梅貝特上尉本來就不指望毫無緊張感的司令部。

認為自己做好了最壞的覺悟。只是，他還是稍微樂觀了一點。

畢竟，梅貝特上尉所想到的最壞的假定，還附帶著「就算再怎麼蠢，也不會蠢到這種地步吧」這種保留意見。

在無意識中假定下限的他，面對到了現實。

「梅貝特上尉！你擅自掛電話，是想要做什麼啊！」

隔著聽筒傳來喋喋不休的怒吼，而且還是在這種緊急時刻！帶著難以置信的心情，梅貝特上尉忍不住閉上眼睛。主啊，這是試煉嗎？

「……儘管非常冒犯，但下官十分理解中校的想法了。」

「你明白了嗎？上尉！」

「是的，下官十分理解直屬長官的心情了。」

「什麼？」

面對聽不懂人話的傢伙，究竟有多麼令人煩躁？為何提古雷查夫中校會有著「過度偏好獨斷獨行」的傳聞？

跟笨蛋對話未免也太浪費時間了。

這種時候要怎麼回答呢——想到這裡，梅貝特上尉總算明白了。

啊，對了，那句臺詞就是為了這種時候而存在的。

「下官要獨斷獨行。那麼，失禮了。」

喀嚐地放下聽筒，梅貝特上尉搖了搖頭。在不短的軍歷中，如有需要的話，也會做出獨自的判斷。

不過，這還是第一次。

當面說出「我要獨斷獨行了」是提古雷查夫中校的拿手好戲，應該不是梅貝特上尉自己會做出的行為——

「既然長官是她，也會受到不良影響吧。」

「沒問題嗎？」

「也想跟她抱怨幾句呢。」

面對部下的詢問，身為長官的梅貝特上尉回以嗤笑。

「在晉昇後，就十分能理解長官的心情，還真是討厭。也就是說立場不同，觀點也會不同吧。」

對於周遭的意見，有必要以話語表示堅定的決心……在試著站到這個立場上後，就讓人非常迫不及待地想要這麼做。

「……上尉，要開始砲擊嗎？」

「要在敵人面前讓大砲保持沉默？這是不可能的事。」

正要用下巴指示動手，對了——梅貝特上尉就在這時想起一件事。他忘了補上一句話。

所謂的命令，必須要確實且適當的下達。

「萬一出了什麼事，責任由我來扛。」

雖是在模仿長官，不過還是應該明確說出。

這是將部下捲入自己的獨斷獨行之中。儘管相信有這個必要，但做到這種地步，要是搞錯了也沒辦法。

既然沒有能負責的長官，自己就必須善盡身為最高階軍官的義務。

「有意見嗎？沒有的話，就開始行動。」

環視室內一圈，沒有反駁與意見。很好——上尉滿意地微微點頭。

「通知全員。發射近彈。不過，千萬還不要打中。」

「是警告射擊嗎？」

「我向上帝發誓那是敵人，不過軍法很囉唆。盡量避免直擊。是帶有緊張感的警告射擊。兼作為觀測，盡可能嚇死他們。」

他就在這時深呼吸。有別於在東部下令砲擊時的討厭緊張感。不過，已經決定要做了。既然如此，就上吧。

「開砲！」

已經充分說出該說的話。對於精密的暴力裝置來說，只要有指令就夠了。因此，裝置充分地做到該做的事。

「遵命！開始砲擊！」

這是受過徹底且反覆的軍紀教練的雷魯根戰鬥群暨沙羅曼達戰鬥群。可說是最精銳的他們，在實行命令上是「身經百戰」。換句話說，就是會將猶豫當作燃料燒得一乾二淨。

當長官判斷是敵人，且無合理的懷疑理由時，他們對「即刻實行命令」的行動，就不會有任何的「延遲」介入。

在東部度過鐵的試煉與洗禮的砲兵，工作非常地簡單明瞭。

長官下令開砲。

所以，開砲。

盡可能地迅速且精準無比。

除此之外的思考，對化身為砲兵這個概念的砲兵來說是毫無意義。

要說到可能會讓動作延遲的要素，就只有速度與準度這兩項。然而，沒人規定不准貪心。

梅貝特上尉就像理所當然似的，要求部下兩邊都要徹底的追求；部下也認為這是理所當然的要求。

於是，伴隨著希望如願的祈禱，砲兵擊發的要塞砲的砲聲在港口迴盪開來。

鋼鐵的咆哮。

隨著砲聲而來的空氣震動的刺麻感，正是砲兵家的夙願。

然後，結果也值得自豪。

技術出眾的海岸砲，第一次射擊就是近彈。

在船隻旁邊轟出巨大的水花。以射偏來說太近，以命中來說太遠的微妙距離。

考慮到這是緊急發射的砲彈，就幾乎是完美了。

要是連砲臺的癖好都有徹底掌握到的話，就能轟得再靠近一點濺起水花，把可疑船隻嚇得渾身發抖吧。

「觀測射擊良好。很好，確認諸元，準備效力射……啊，不對，這是要塞砲呢。暫停射擊。嚴密監視可疑船艦。」

一面對表現出色的部下感到自豪，梅貝特上尉一面用望遠鏡窺看著。

之後，就是等待結果了。如果是敵人，會如何反應？不對，如果億分之一真是友軍的話，就會收到氣急敗壞的電報，或是緊急時的一般通訊或旗號通訊吧？

電話鈴聲突然響起。

上尉猛然抬頭，同時也感到疑慮。以砲擊的反應來說，這也太快了。

「喂，這裡是砲兵隊的梅貝特上尉。」

「梅貝特上尉！你知道自己在做什麼嗎！立刻住手！聽到了嗎！」

保羅中校的尖叫聲。是相當急迫吧，完全沒有剛才所帶有的冷靜與自信。

「是的，中校。下官聽得很清楚。」

「立刻停止砲擊！不准再攻擊了！」

心想著該不會真的是友軍；另一方面，理性也可靠地低語著，沒有義務要服從毫無根據的叫喊。

「不好意思，下官難以答應。」

「……什麼？」

愣住的聲音沉默了一會兒，吸了口氣後，保羅中校發出烈火般的怒吼。

「你知道這是什麼狀況嗎！是忘記自己的職責與義務了嗎？你這蠢蛋！」

「……下官當然十分理解自己的職務，中校。」

梅貝特上尉就在這時小聲嗤笑。

「雖然覺得不太可能，但該不會是收到友軍發來的抗議通訊了吧？萬一發生了這種事態，下官就立刻中止砲擊。」

「回答我！為什麼未經確認就開砲！」

「啊啊，那麼，不是因為對方有發出呼叫呢。」

所以，才必須開砲。

令人驚訝的顯而易見。就跟行星繞著太陽旋轉一樣確實吧。

自己為什麼會面臨到就像在和司令部爭論地動說與天動說何者正確的局面？

下官只是做了該做的事——梅貝特上尉正要這樣回答，聽覺就被海上響起的複數砲聲給吸引過去。

不是自己大砲演奏的聲響。只要是砲兵，這種小事不論是誰都聽得出來。

既然如此，出處就只有一個。是敵人，是敵人的攻擊。

「開砲了！」

士官的叫喊讓他做好覺悟。

「應戰，全力回擊。」

使出丹田的力道，一手拿著聽筒的梅貝特上尉大吼著。

「開砲，開砲，儘管開砲。這可是陸上砲臺喔。絕對不能射輸給艦艇那種東西！」

所幸，這是要塞砲對艦艇的理想環境。

在東部還會被砲彈不足與維護保養的問題弄得苦不堪言，但就算同樣是占領地區，一旦是基礎建設完善且鄰近本國的港口，儲備物質也會非常充裕。

有在事前確認，就算被其他守備部隊嘲笑有點偏執也有徹底對應，沒有中斷訓練的真正價值，經由部下發揮出來。

絡繹不絕的砲聲，是各單位開始砲擊的證據。不用一一指示，也知道自己該做什麼的砲兵真是太棒了。

「誠如中校所聽見的。那麼，下官要去指揮防衛戰鬥了。在防衛之際如有其他命令，還請另行通知。」

喀噹地放下聽筒，重新朝海上望去後，就看到意圖入港的船團一面「加速」一面散發白色煙幕，並同時開始砲擊。

這絕對不是遭到「誤射」的部隊反應。姑且不論野戰狀況，不是採取迴避行動而是衝鋒行動的話，就連萬一的誤解也沒有了。

是敵人。敵人衝過來了。

既然如此，該做的事情也很清楚。梅貝特上尉拿起擺在剛才放下的聽筒旁的野戰電話，呼叫應該正在待命的部下。

「我是梅貝特。有聽到吧，托斯潘中尉。」

他回了一聲當然。

所幸，電話線沒有斷線。

「露出馬腳了呢。」

「就是說啊，托斯潘中尉。有和平痴呆的友軍在就會這樣。」

是非常合理的結果呢——梅貝特上尉輕輕嗤笑，冷靜地重新看向海面。現狀下，難以想像成功的發展；不幸的是，能輕易想像得到失敗的理由。

不需要用望遠鏡窺看就知道了。

我方的對應完全慢了一步。驚慌失措，直到現在才開始動作的表現，只能說在訓練水準上有著深刻的問題。

「我方的反應太慢了。」

「這也沒辦法。」

「可以嗎？照這樣下去，會衝進船塢或潛艦塢裡的。」

「貴官的擔憂很正確，但我們不是司令部。這不是我們的工作喔。」

「要袖手旁觀嗎？」

「似乎很愉快呢，但否決。幸好，這裡不缺彈藥。就去做我們能做到的事吧。」

能毫無顧慮地開砲，真讓人開心。跟需要嚴密地計算使用彈數，一面不是在擔心帳簿餘額，而是砲彈殘量，一面砲擊聯邦軍的日子相比，心情輕鬆許多。

「步兵要怎麼做？」

「快速反應待命。姑且先等待司令部的反應。假如沒有後續消息，我再發出指示。」

「了解。」

就在喀噹地放下聽筒時，指揮所裡響起部下的警告。

「是敵艦，一艘敵艦衝過來了！」

「阻絕射擊！」

就在連忙喊出命令時，梅貝特上尉感到不太對勁。

在海岸砲面前，讓運輸船或偽裝巡洋艦進行衝鋒，就常理來講是不可能的。只會是自殺行為。海上的傢伙會這麼做，也就表示……

「那一招的話……阻止他們！不是自爆就是想登岸！」

對於這道緊急下達的命令，部下迅速作出回應，重新調整砲門。儘管是緊急射擊，卻打出了數發近彈。此外，還有一發更是完全命中了。

「很好！直擊敵艦！本領不錯。不枉費在東部的鍛鍊。」

梅貝特上尉作為砲兵家，對砲兵隊的表現由衷感到自豪。

不過，使用對艦攻擊的重型穿甲彈，反倒是適得其反的樣子。似乎是輕易貫穿了敵艦裝甲，造成的損害意外地有限。

還來不及咂嘴，敵方就有了動作。從像是運輸艦的艦艇中，衝出好幾艘疑似附有動力的突擊艇。傻眼的是，在那後方還跟著出現了一艘疑似驅逐艦或輕巡洋艦的艦艇，衝了過來。

「看看那個，那些傢伙怎麼看都不是同胞。」

儘管是早就心知肚明的事，但只要獲得確信，其他友軍也就不會再遲疑了吧。會怎麼發展呢

——就在他做好準備時，無線電開始發出叫喊。

「司令部！司令部！敵人衝進來了！立刻派出步兵！」、「應……應戰！快應戰！」、「讓部隊就戰鬥位置！砲兵開始應戰了喔！」、「識別怎麼了！」、「依值班軍官的判斷，讓部隊個別……」、「加強潛艦塢的防備！敵人的目標是那裡！」、「保護司令部！」、「魔導師緊急起飛！動作快！」

啊啊，該死，是亂成一團嗎？梅貝特上尉差點忍不住抱頭呻吟，但也還是甩甩頭，勉強讓心情調適過來。

就算是為了活用數量優勢，也想要友軍盡早恢復冷靜。但願是愈快愈好。畢竟，單一部隊能做的事情有限。

手頭上有固定的砲兵，以及少數的步兵。

該怎麼用？

最有效的做法，果然是去支援友軍吧。梅貝特上尉一面拿起連接托斯潘中尉的電話，一面急忙重新思考小兵力的戰鬥方式。

「托斯潘中尉，有收到通訊嗎？」

「是說在大喊什麼衝進來了，徹底陷入混亂的那個嗎？」

「沒錯。就跟你聽到的一樣。慘不忍睹呢。」

敵人的大膽將我方玩弄於股掌之間。不得不說主導權正被逐漸奪走。

「雖是敵人，卻也是做出這種膽大妄為行徑的勇者呢。話雖如此，但我們也毫無理由放任他們為所欲為。有必要將他們統統打回海裡。」

「說得沒錯。我的部隊要怎麼做？」

「想請你到前方展開部隊應戰。守備部隊他們看樣子是慢了一步。假如無人支援，恐怕會一直落於被動的跡象很濃厚。」

「請儘管指示。不過，只有我們中隊的話，在數量上會有問題。」

「不知是幸還是不幸，這點沒什麼問題。敵人似乎是突擊部隊。」

畢竟——梅貝特上尉直截了當地狠狠說道。

「如果對手是少人數的特種部隊，姑且不論水準，在數量上是不會輸的。只要不是蠢到會被恣意玩弄的友軍，應該都能靠數量壓制。」

「了解，上尉。」

就拜託你了——正當要接著這麼說時。守著觀測儀器的人員，聲音僵硬地喊出警報。

「有魔導反應！」

梅貝特上尉立刻轉頭問道：

「哪裡發出的！空中嗎？」

「是敵艦。從敵艦傳來複數反應！」

「在這種時候投入嗎！」

航空魔導師的威脅，不是別人，雷魯根戰鬥群自己最為清楚。

第二〇三航空魔導大隊，還可進行游擊的最精銳部隊。是這種部隊在與自己並肩作戰。假如沒有在東部戰區親眼目睹過，大隊的戰功甚至會讓人一時之間難以置信吧。

正因為知道這些猛將，所以才十分清楚魔導師的適當投入會帶來多大的破壞力；魔導部隊能超乎外行人想像的，在戰場上投入衝擊與恐懼。

那可是負責掩護敵方突擊部隊的魔導師。總之不可能會是外行人。

「托斯潘中尉，有敵魔導部隊。從敵艦傳來多數反應。」

「是敵海陸魔導部隊嗎？」

「就交給友軍的魔導部隊處理吧。緊急起飛組……很好，升空了喔！」

航空魔導部隊的快速反應待命組終究開始工作了。是中隊對中隊的抗衡狀態。老實說，跟看慣的航空魔導戰相比，動作相當遲鈍……只要能暫時無視敵海陸魔導部隊的話，砲兵的工作就沒有變。

「有友軍的魔導部隊在場，還真是可靠呢，托斯潘中尉。」

「我同意。不過要是那個中隊，不對，小隊就好了。就不能像這樣，想辦法安排魔導部隊過來掩護嗎？」

「……貴官跟我，之前都過得太輕鬆了呢。」

「就是說啊，提古雷查夫中校還真是個好長官呢。該死！」

隔著聽筒傳來托斯潘中尉的抱怨。

儘管嘴巴上抱怨連連，但他也有確實趁著空檔讓步兵部隊展開部署吧。梅貝特上尉在這方面上，信賴著同樣受過東部洗禮的部下。一面說著蠢話，一面確實地工作。

不論任何時候，都絕對會做到最低限度的要求；這就是東部的風格。

只不過，東部的戰場上有著一切；儘管全都不足，但也全都有著最低限度的水準。裝甲部隊、砲兵、步兵、魔導師，進行著有機性合作的戰鬥。對於習慣這種緊密合作的戰鬥群方式的人來說，掩護中斷的戰鬥是必須要徹底避免的情況。

「掩護射擊就交給我了。會賞他們一發特大號的。」

一面以不輸給砲聲的音量大喊，一手拿著聽筒的梅貝特上尉戳了一下士官。

「喂，變更其中一門的彈種！要換成榴彈。」

「上尉？對付船隻用穿甲彈比較好吧。」

對部下的發言搖頭，梅貝特上尉直截了當地說道：

「反正沒辦法全部阻止！既然如此，就趁他們登陸時，發射歡迎會用的榴彈！」

「……會打到友軍的設施喔？」

「誰管他啊！」

士官會一臉愕然地看回來，還真是意外。對梅貝特上尉來說，這是擺明的事。

「就算多少會破壞設施，事到如今，我管他去死啊。」

就只是占領地區的軍政負責人會頭痛罷了。這是他們的工作，而我們的工作是發射大砲，所以「這種程度無所謂吧」。

要是有必要的話，等戰鬥結束之後要我寫幾張文件都行。

「……敵艦撞過來了！」

「果然是登陸用的特殊艦艇嗎？以驅逐艦來講，太堅固了。」

毫不減速地撞過來的敵方鐵塊。

猛烈到彷彿能聽到劇烈的撞擊聲響。小艇與像是驅逐艦的艦艇，就這樣衝上港口的岸壁。接下來，是一如想像的畫面。

敵步兵以輕快的動作，陸陸續續地降落。

「果然是突擊部隊嗎！」

在厭煩地狠狠說道的梅貝特上尉眼前，敵人儘管小規模，卻陸陸續續地登上岸。令人佩服的機敏，以及整齊劃一的動作，能讓人窺見到周全的訓練與計畫的存在。

共產主義者的氣勢也很可怕，但這種專業的敵部隊，也能發揮出令人厭煩的頑強。

「東部的戰車騎乘兵儘管也很讓人驚訝，但萊姆佬也挺能幹的。那個應該要稱為驅逐艦騎乘兵吧？」

儘管心情不悅，但梅貝特上尉還是繼續著奇妙地自問自答。

「不對，海軍似乎是把這叫做靠舷突擊呢。是這麼說的嗎？」

不過，判斷應該會發生吧。據點防衛戰，而且還是要求立刻做出判斷的防衛戰，這在索爾迪姆５２８陣地時已經充分領教過了。如果是數量不比聯邦軍多的突擊部隊，托斯潘中尉的步兵中隊就怎樣都有辦法料理吧。

「上尉！」

苦笑表示我知道了，梅貝特上尉甩甩頭，將意識切換回來。

「向萊姆佬發出歡迎會的通知！開火！」

號令聲下，砲聲隆隆……榴彈在登岸的敵方驅逐艦旁炸開。近乎完美的一擊。

然而，效果卻背叛了梅貝特上尉的預想。明確來說，就是射角剛好被擋住了。被設施的牆壁阻擋，效果不足。姑且不論野戰的平地，港口也有著許多障礙物。

而且，最糟糕的是，敵我雙方幾乎是貼在一起的混戰。榴彈會在無法預期的時機散發碎片，所以讓人不敢隨便盲射。

「嘖，該死。效果有限嗎？」

儘管想進行掩護射擊，但也覺得派不上多大的用場。

「……也無法無視敵海上戰力。不如先攻擊那邊嗎？」

就在將望遠鏡朝向海面，打算掌握情勢時，梅貝特上尉發出了困惑的聲音。

「嗯？」

奇妙的光景；複數的敵艦上冒出濃煙，讓人忍不住想揉起眼睛。是砲彈直擊了嗎？若是這樣的話，是哪裡的部隊啊？

儘管很蠢，但在這瞬間，梅貝特上尉是真心地感到疑惑，而他就在這時注意到，敵艦上冒出的「煙」雖然是煙，卻是煙幕的那種煙。

這麼說來，他們剛剛應該也有使用。是陸戰偶爾也會用到的手法，艦艇也一樣嗎？用上一兩招遮蔽視線的手法是當然的吧。

「該死，對臨時的海岸砲兵來講，展開煙幕也太棘手了。」

就算要進行彈幕射擊，也沒有這麼高的密度。要讓砲彈直擊朦朧不清的影子，是不可能的事。

「總之先排除突擊部隊嗎？要是友軍能發揮機能的話……」

情況怎樣了——把耳朵靠在友軍的無線電收訊機上。在這瞬間，梅貝特上尉的表情明顯變得無可奈何地難看。

「請求增援！有敵方的突擊部隊！該死，友軍上哪裡去了！」、「救命啊！有敵人，敵人來了！」、「住手！別再開槍了！會打到我方的！」、「被攻擊了！那是敵人！」、「失火啦！快去滅火！」、「先排除敵兵！」

亂成一團。或是說，瀕臨潰逃的混沌。全員都只在自顧自的亂喊。電波傳來的聲音，全都述說著與井然有序的行動相距甚遠的無秩序狀態。

該怎麼辦？——就在他蹙起眉頭時，與托斯潘中尉的直通電話響起尖銳的鈴聲。來得正好。

「托斯潘中尉，遭到滲透了。再這樣下去……」

「上尉！沒辦法！來不及了！」

「你說什麼，托斯潘中尉？怎麼會？」

不可能會來不及啊——蹙起眉頭的梅貝特上尉，就在下一瞬間忍不住瞠目。

「被槍擊了！被我方的火力陣地！」

「啊，該死！」

不知該說是唯獨在這種時候，還是該說正因為是這種時候。缺乏實戰經驗的傢伙會徹底陷入恐慌。

這樣一來，他們會將一切會動的東西都看成敵人的影子感到害怕吧。就連該負責指揮的軍官與士官，要是經驗不多的話，也無法期待他們有辦法處理。

最後再加上這場混亂，就連要取得聯絡都不太可能。

想要砲擊敵人卻遭到制止，想要阻止敵人卻遭到槍擊，這種事就連在東部都沒經歷過。

「人生還真是充滿驚奇呢。」

只能抱怨了；這群就連該做的事情都不懂的混帳稻草人！

到底是把戰爭當成什麼了。有必要追加規定吧。毫無疑問是要把「戰爭要認真打」這一項加註在工作手冊上。

「中尉，總之先讓我方陣地鎮靜下來吧。無法取得聯絡嗎？」

如果是敵方的火力陣地，看是要送煙霧彈還是穿甲彈過去都行，但那姑且是我方陣地。總不能開火讓他們安靜下來。

這群白痴！

「在做了，旗號與燈號都不行！那些傢伙，啊啊，該死！」

「怎麼了嗎？」

「是敵方的增援！有新部隊登岸！他們又衝過來了！」

托斯潘中尉大叫敵人衝過來的悲鳴。就算要將敵突擊部隊封鎖在登陸地點，在這種情況下也辦不到。

我方亂成一團；另一方面，敵人很能幹。真不想和不用軍官督促，就能依各自的判斷，為了遂行任務而進行分隊行動的步兵交戰。

「就算有增援，也有著壓倒性的人數差距。冷靜下來，中尉。」

「……下官失禮了。」

既然攻擊方無法靠人數壓制防守方，人數優勢就是握在帝國手上。只要爭取到時間，狀況也很快就會好轉。

就連敵人也很清楚這件事吧。

「敵人數量不多吧？」

「就算有增援，也頂多是大隊左右吧。不是多大的數量。」

收到托斯潘中尉的報告，梅貝特上尉隔著聽筒點頭。

「是以破壞工作之類的行動作為目的的襲擊部隊吧。目的不是占領……哎呀，真的就算是魔導小隊也好……嗯？」

梅貝特上尉因為自己的發言停住，稍微動起腦袋。

就算目的是破壞工作，他們可是襲擊者。襲擊陣地，失敗的話就「撤退」。這是東部的流程。

不過，這裡是海上。這樣一來，退路果然就是船了吧。

靠岸的敵船，最好還是不要想繳獲，先破壞掉會比較好吧？畢竟敵人也不會蠢到把密碼表留在登陸用的船上。

只不過，這可是一場豪賭。

就只靠步兵打過來，他們還真是有膽量吧。就算要搭船逃離，假如沒有相當的自信與確信，這就只是魯莽之舉。

「是有什麼祕密嗎？該不會是……不妙！」

他猛然叫道。

「托斯潘中尉！現在立刻掉頭！」

「什麼？不用迎擊嗎？」

慢了一拍的反應。

就連用來說明的一點時間都叫人著急，梅貝特上尉大聲喊道：

「敵人可能不只步兵！」

這是多大的紕漏啊。忘了有魔導師的可能性。方才從海上飛來的魔導師，無法保證就是敵方的全部啊！

只要回想起索爾迪姆528陣地，這就顯而易見了吧！

故意展現一部分的魔導師作為誘餌，誘導敵方的注意與思考。將警戒吸引到反方向上後，在最棒的時機，對掉以輕心地認為「魔導師總共只有這些」的蠢蛋，從側面施以痛擊的技巧。

是取得大量戰果的那一招！

「回想起東部！如果是中校的話，總之就會在那批突擊部隊裡……！」

混著魔導師吧——這句話被從旁傳來的報告打斷了。

「是魔導師！敵突擊部隊，傳來魔導反應！」

士官的警報，讓梅貝特上尉忍不住咂嘴。同一時間，像是察覺到狀況的托斯潘中尉，聲音中帶著苦澀的呻吟。

這是當然的吧。步兵與魔導師的混合運用具有多大的威力，不是別人，他的中隊是最為清楚的。

「該死！被擺了一道了！」

「中尉，只靠步兵撐得住嗎？」

「……很困難，但也不是辦不到。」

對了——說到這裡，他補上具體的說明。

「如果是陣地防衛的話，就有辦法撐得下來。儘管只能撐得了一時，但我會撐住的。我立刻就去重新部署防衛線，請稍等。」

極端來講，認識第二〇三航空魔導大隊，對托斯潘中尉這個不知變通的人來說，是個奇妙的幸運。

他被譚雅・馮・提古雷查夫中校評為是「只懂得從經驗中學習的死腦筋」。也就是說，托斯潘這名中尉，會理所當然地對自己的經驗深信不疑。

而他在東部看到了。

伴隨著第二〇三航空魔導大隊這個劇毒，看到了航空魔導部隊惡毒的運用案例。既然如此，只要對手是「魔導師」，就能非常輕易地確信自己「這種程度的話就能對付」。

當然，也要視情況而定。

然而，在對付最精銳的聯合王國海陸魔導部隊時，這種確信就會化為「知己知彼」的優點。畢竟他有過跟聯邦軍魔導部隊的寶珠交戰的經驗。

以那些傢伙堅固到難以置信的防禦殼為對手的陣地防禦。在阻止魔導師這點上，沒有比這更好的戰鬥教訓吧。

就算聯合王國海陸魔導師的動作機敏，但要是只有這種程度的差距，就有辦法對付。經驗是勇氣的泉源。外加上還具備彈藥、陣地，以及砲兵確實的掩護，在這種狀況下，沒有理由會遭到蹂躪。

就算友軍無法發揮稻草人以外的功用，只要「自己所屬的戰鬥群」發揮機能的話，就能進行必要的最低限度自衛。不顧一切的砲兵開始超近距離的掩護砲擊，甚至會集中運用反戰車砲來對付魔導師的沙羅曼達戰鬥技術依舊健在。

以最精銳對付最精銳的對峙。

當然，他們終究只是砲兵與步兵組成的留守部隊。要是本來該有的航空魔導師的掩護，以及裝甲部隊的側面支援都中斷的話，梅貝特上尉面臨到的就是「每況愈下」的狀況。

然而，時間很難得的是帝國軍的友方。只要他們想攻卻攻不進來的話，「敵人就會擅自撤退」。本來的話，應該是完全沒有著急的必要。

巨大的爆炸聲響，以及連指揮所都在搖晃的衝擊。毫無疑問是有東西被引爆了。一旦是軍港，就不缺可引爆的可燃物。

該死——就在梅貝特上尉甩甩頭，打算站起來掌握狀況時，注意到了士官的叫喊。

「潛艦塢被炸掉了！」

喊著請看那邊所指著的方向上，冒著巨大的黑煙。濛濛瀰漫的黑煙，過於雄辯地指出潛艦塢被炸毀的事實。

是讓梅貝特上尉忍不住破口大罵的光景。

「那群該死的蠢蛋！就連那麼好守的建築物都守不住嗎！」

連在簡易構築的野戰壕裡發抖的新兵，都能在聯邦軍重砲兵部隊的轟炸之下，維持住防衛線啊！對方就只是輕裝備的步兵與少數的魔導師，居然就連個跟水泥塊沒兩樣的潛艦塢都守不住！這樣的話，守備部隊是要來幹麼的啊！

在忍不住破口大罵，搖搖頭後，梅貝特上尉注意到打從剛才就在大喊的通訊人員。

「怎麼了，發生了什麼事。」

「司令部下達了潛艦塢的救援命令！」

什麼？——就算反問，答案也一樣。部下就只是不斷重複著司令部要求對潛艦塢派出救援的話語。

「他們是笨蛋嗎？」

「咦？」

「現在托斯潘中尉他們可是遭到誤射，動彈不得喔！而且，掩體也被炸掉了。甚至連敵方的魔導師都在橫行的狀況下，要我們怎麼救援啊！」

儘管命令是絕對的，但命令沒辦法連現實都改變。就算是大王，也沒辦法讓大海靜止。這是著名的故事。

「電話給我。」

「上尉？」

「給我。快。」

「是……是的！」

把聽筒搶過來後，梅貝特上尉做了一次深呼吸。

「司令部，這裡是梅貝特上尉。聽到請回答。」

「終於連上了嗎！上尉，就如你所見，潛艦塢被炸掉了。立刻向潛艦塢派出救援！」

保羅中校焦急地喊道。

「人手不足。不過，如果司令部硬是要下令的話，就另當別論了。是要用砲擊將敵我雙方一起炸死嗎？」

「什麼？」

對於聽不懂人話的傢伙，梅貝特上尉親切地再說一次。

「請下達對潛艦塢廢墟的砲擊命令。我只有能將在那裡的傢伙，不分敵我統統炸死的自信。」

「你這傢伙，又在說什麼啊！」

「現狀下，下官以為我們除此之外派不上任何用場。當要下達砲擊命令時，還請用電話聯絡。那麼，下官先告辭了。」

喀噹地摔下聽筒，梅貝特上尉深深嘆了口氣。還以為有必要下定決心，但我錯了。

看來還是做好覺悟會比較好吧。

「向包含砲兵在內的所有人員下令準備近身戰。假定最壞的情況。做好被攻進來的覺悟。快去確認武裝。回想起索爾迪姆528陣地。」

說什麼時間是友方。

再這樣下去可不行啊。

當天——義魯朵雅王都／親善觀光團

搭乘不會搖晃的列車，在形式上搖搖晃晃地抵達義魯朵雅的王都。豪華的中央車站是作為國家窗口的車站有妥善維護的證人。

也由於是首都，在規模上與帝都不分軒輊。單純比較的話，帝都柏盧在物流規模上是勉強勝出吧。加上戰時情況下的強制性物資動員才勉強取得的勝利，真的能稱之為「勝利」嗎？也叫人非常懷疑就是了。

附加一提，能強辯是勝利的，也就只有量。要是不對關鍵的華麗度與明亮度睜一隻眼閉一隻眼，就根本無從比起。

畢竟，帝都柏盧籠罩在總體戰的面紗之下已久。沉重的氣氛從帝都深處滾滾滲出，就連氣氛也很陰鬱。

相較於能天真歌頌著平時繁榮的義魯朵雅氣氛，勝負太過於一目了然。帝都的不尋常氛圍，只讓人覺得連吸進肺裡的氧氣都不一樣。

「……雖是車站，氣氛卻很開朗呢。」

譚雅喃喃地向卡蘭德羅上校說出這一句話。

「什麼？」

「車站裡聽不到戰死者遺族的悲嘆聲，還真是相當不錯。」

對於譚雅語帶諷刺的抱怨，卡蘭德羅上校向她聳了聳肩。看來，是在理解她的言外之意後，打算充耳不聞吧。這是非參戰國的特權。

「抵達義魯朵雅的首都了呢。就讓我再歡迎妳一次，提古雷查夫中校。歡迎同盟國的友人蒞臨本國。」

「下官深感榮幸，卡蘭德羅上校。」

儘管是形式上，彼此也還是以禮相待。

雖說是軍隊，但也避免不了社交要素與社會禮儀。特別是後方的社交禮儀，在義魯朵雅這個平時體制的國家裡更是格外重要。

有大量的餘力能顧及禮儀，還真是叫人羨慕。在假儀仗隊的護衛下，從停駐的列車，慎重地帶領到車站大樓的表現，也是禮儀的一環嗎？

由比起禮儀，更像是將重點放在與周遭「隔離」的憲兵擔任儀仗兵。

啊——譚雅輕輕笑起。看來義魯朵雅人似乎是不想讓帝國人，在人目眾多的車站自由走動。他們與帝國之間的友情，沒辦法再展現得更多了吧。在以親切的引導帶領到車站大樓，說要讓雙方負責人會面時，譚雅甚至做好覺悟會被迫接下不可能的任務。

心想，是要基於無聊的國家面子與外交上的利害，讓現場的自己累得要死吧。

不過在這點上，因為義魯朵雅人不論好壞都是「中立國」，所以在「關照」上也遠比帝國老練。

在卡蘭德羅上校帶領到的小房間裡，一名掛著少校階級章的軍部官僚在等候著。

義魯朵雅方有什麼事嗎？——在納悶的譚雅面前，那名少校遞出一封信封，只說了兩三句話就迅速離開房間。留在房間裡的，就只剩下卡蘭德羅上校與譚雅。

然後，上校就將手上的信封，沒有拆封的直接交給譚雅。

「請用這個。」

「下官就收下了。請問這是？」

譚雅收下遞來的信封，向卡蘭德羅上校發出疑問。裡頭是一疊紙吧？

「是各位的簽證，還有適當的身分證。再來，就是義魯朵雅參謀本部的空白支票。是基於加斯曼上將閣下的厚意，從機密費中撥出來的。」

說到這，他輕輕笑起。

「終究沒辦法給你們無限額度的空白支票，所以是小額支票……哎，這是義魯朵雅軍開的支票，在義魯朵雅領內的信用超群。總之是不會遭到拒收吧。」

「請容下官觀看一下。」

在拆封的譚雅面前，確實是印著義魯朵雅軍紋章的漂亮支票。是在戰場上，總之不太可能看到的東西。

順道一提，這也是接待費是經由加斯曼上將與卡蘭德羅上校的管道爭取來的物證，雄辯地述說了這個事實。

這麼大手筆，譚雅大概辦不到吧。就算跑去跟雷魯根上校、烏卡中校交涉，也頂多就是能多確保一點馬鈴薯與子彈。

該死。感覺還真是悽慘啊！

「是作為舒適旅行的隨員，提供給同盟國的。不會讓各位感到旅費不足的喲。」

卡蘭德羅上校爽朗笑道。

「感謝上校的厚意。可以認為我們戰鬥群選拔中隊一行人，就算大吃大喝也無所謂嗎？」

就算譚雅暗示會花到信用額度的上限為止，卡蘭德羅上校也還是面不改色。

也就是說，在接待費上沒有任何的不足與不安吧。

充裕的預算。還真是叫人忌妒啊！再這樣下去，自己很可能會化身為忌妒的怪物。

「請別客氣，盡情享用義魯朵雅的特產吧。只要各位沒有狂飲航空用的高辛烷值汽油，就不會有任何問題。」

「咦？汽……汽油？」

「什麼，中校。貴官沒有從雷魯根上校那邊聽到來龍去脈嗎？」

他儘管一臉這下糟了的表情想敷衍過去，但他確實是說錯話了吧。也就是在高辛烷值汽油這方面上，帝國與義魯朵雅之間有著什麼密約嗎？

「下官有聽說義魯朵雅的嚴守中立。實際上，就連南方大陸遠征軍的撤退也無法依靠貴國的『厚意』，才會讓下官像這樣來到貴國叨擾。」

「中校，請別怨我們。我能理解妳想抱怨的心情，但我們是中立國。凡事都會有個限度。」

苦著臉回應的卡蘭德羅上校，終究是一名擁護義魯朵雅這個國家的軍人吧。實際上，中立國難以答應交戰國的通行，在法理上是說得通的。

譚雅也想尊重法律。就這點來講，甚至能理解義魯朵雅為什麼會採取風向雞般的保身策略。不過，這要是與自己的辛苦有直接關係的話，就另當別論了。也會想挖苦他幾句。

「上校是說限度嗎？下官認為，同盟國也有所謂的限度喔。」

「貴官說得沒錯。」

「咦？」

「……不管怎麼說，義魯朵雅都是貴國的同盟國。就算要充滿感情地加上親愛的這三個字也無所謂。」

對於怒視過來的譚雅，卡蘭德羅上校甩了甩頭，繼續說道。

「戰時嚴守中立，終究只是外交上的慣用語。」

「上校，下官至今為止……一直以為義魯朵雅是正當合理的中立義務的尊重者。」

怎麼可能啊——卡蘭德羅上校立刻開口否定。

「我們也沒冷酷到會對友邦見死不救。有在盡可能地提供協助。就像我剛才說溜嘴的一樣。」

「是指航空用的高辛烷值汽油嗎？」

「沒錯……對於西方迎擊戰，我們有在航空燃料等方面上提供協助。」

「是想說一滴石油一滴血嗎？」

這是遠東國家很久以前所提倡的口號。只不過，與其說是作為戰時標語啟發國民，這毫無疑問是該作為戰略論進行討論。

覺得有趣，譚雅嗤嗤笑起。類似的語句，但用法也差太多了。卡蘭德羅上校強辯著，他們以後勤支援盡到了友邦的義務。這不是很了不起嗎？

「上校，恕下官直言……有可能會有不流血的同盟嗎？」

覺得就算有也無所謂。這是譚雅的心聲。只是，會當風向雞，就表示兩國的關係最多就是不誠實的交易對象吧。

順道一提，就算是基於試探反應這個類似武裝偵察的目的，也想試著讓他動搖。

「用提供石油，代替一同流血、裹屍！在義魯朵雅語中，這就叫做誠實的同盟嗎？」

「就以支援貴國的戰爭努力的意思來講，此話毫無虛假。奉勸貴官最好還是別以狹隘的觀點談論事情吧。」

沒有反應。或是說，他似乎有著相當強固的理論武裝。追根究柢，卡蘭德羅上校是名優秀且邪惡的組織人。

……該收手吧。再爭論下去，只是在浪費時間。

「真是失禮了，下官並非外交官，也不是政治家。只是與高度戰略無緣的一介野戰指揮官。」

「看似幼女，掛著銀翼突擊章的一介中校？」

對自己的話語點點頭，卡蘭德羅上校就像覺得這不可能似的接著說道。

「不懂戰略的狂犬，有可能這點年紀就當上參謀將校嗎？」

甚至帶著愉快的笑容，卡蘭德羅上校敲了下手。

「順道一提，在軍大學的名次是十二騎士。不懂戰略？請別假裝不懂了。畢業論文我也拜讀過了，貴官的本質是戰略吧。」

面帶笑容，但注視譚雅的眼神之中卻毫無笑意；筆直凝視過來的視線裡，帶有著作為精闢觀察者的意志。

「機會難得，中校。就讓我們肝膽相照吧。」

別再裝作是前線將校，讓我們開誠布公的要求。就以偽裝本質來講，你明明也一樣吧。

「卡蘭德羅上校，想不到你如此熟知帝國軍的事情啊。」

譚雅就像深受感動似的點了點頭，同時也沒忘了開口還擊。

「儘管在東部認識時，上校說自己是山地的專家……卻是個相當的情報通呢。」

不是單純的野戰將校吧？——譚雅如此暗指的喃喃說道。

「消息很靈通呢。」

「當然，我們不是同盟國嗎？」

說得面不改色的卡蘭德羅上校，臉皮果然很厚。

區區的同盟國將校，怎麼可能閱覽帝國軍的參謀將校培育程序，以及相當於軍機的軍大學論文啊！

情報家，最起碼會是能參與外交政策制定的軍中央的軍部官僚。

也就是說，是非常可疑的傢伙；也是國家理性的忠實體現者吧。也難怪帝國軍參謀本部會讓他作為軍事觀察官，分派到雷魯根戰鬥群來了。

「下官該感謝上校對帝國的興趣與關心嗎？」

「以一介野戰將校的身分？」

「考慮到這是山地部隊出身的上校，與野戰指揮官的下官進行的現場層級交流的話，就並無不妥吧……」

互相對視的沉默。

一邊是懷疑義魯朵雅居心叵測的譚雅；另一邊是要求顧慮義魯朵雅情況的卡蘭德羅上校。

彼此都受到原則束縛，假如不在話語中加上一兩句修飾，就連對話也沒辦法。

這就是義魯朵雅與帝國之間美好的兩國間同盟的現狀。真是美好的友情吧。比起亮出槍口，伺機射殺對方的關係要來得文明多了。甚至很和平。

「……哎呀，互相試探對我不利呢。」

就像投降似的，卡蘭德羅上校舉起雙手。他要是真的認輸的話，才不會這麼說。是綽綽有餘吧……實際上，他是很有餘裕吧。

這裡是義魯朵雅；他的主場。身為異邦人的譚雅在這裡鬧事並無好處。

「上校，那下官就承蒙你的好意了。」

面帶笑容地，慎重地，就算只有表面上，也要保持親切。這是一場愉快的會談——譚雅表現出和睦的態度。

「下官也不擅長試探他人的想法。身為前線將校，說不定會在無意間讓情緒爆發出來。要是有什麼會讓上校誤解的不當發言，還請見諒。」

「……中校，貴官果然很適合當外交官。怎樣，要不要放棄當軍人，試著轉職看看。」

「下官適合當外交官？」

面對她帶著些許期待的詢問，卡蘭德羅上校卻是露出微微苦笑。

「我沒有要侮辱貴官的意思。十分清楚貴官的本職是軍務。儘管文字遊戲玩過頭了，但我身為一名同行，是真的很尊敬妳。」

正因為如此——他就在這裡露出一抹苦笑。

「請好好享受這趟短暫的觀光旅行吧。這是我的心聲。」

「可以嗎？下官還以為對義魯朵雅方來說，我們會是不速之客而做好覺悟了。」

譚雅的詢問話語，得到的是一張曖昧的表情；跟方才的微微苦笑十分相似的曖昧神情。是想說他表面上沒辦法主張我們很麻煩吧。從他忍住這句話的表現來看，姑且不論義魯朵雅，說不定能盡到表明他個人好意的功用。

卡蘭德羅上校是名相當難以捉摸的人物。身任官職的心聲與原則、立場混雜交織，難以看出何為真話，何為假話。

「中立國不是任何人的敵人。這反過來說，就是我們也沒有理由與必然性，拒絕『休假中的帝國軍人』到此觀光旅遊吧。」

「會款待親善靠港的潛艦船員一行人，也是這種想法的延伸？」

「當然。義魯朵雅提倡睦鄰政策已久。朋友是愈多愈好對吧？」

在這種狀況下，持續對所有人擺出好臉色。這也是一種覺悟吧。義魯朵雅是蝙蝠，但也是非常合理的風向雞。

儘管無法信賴，但能信任他們的能力與判斷力吧。至於卡蘭德羅上校這個窗口，哎，或許也能信任吧。

她帶著這種心情，將裝有支票與簽證的信封感激地抱在懷中。

「那麼，上校。下官這就去享受觀光了。交流會也麻煩你了。」

統一曆一九二七年七月二十一日　義魯朵雅領內／國際列車頭等艙

和平的期間很快就過去了。

在義魯朵雅大喝大鬧的熱鬧生活。為期數日的首都停留是轉眼間的事。會有部下希望延長，也是當然的吧。要是能就此在義魯朵雅玩到終戰的話，就連譚雅自己也很樂意這麼做。

可悲的是，義魯朵雅接待方的意思，似乎是不歡迎他們久留。對於長年進行著風向雞外交的他們來說，帝國軍部隊是礙事者。

不管是「休假」、「聯歡」，還是「觀光」，藉口怎樣都好。單純是讓帝國軍人在首都的「帝國交戰國」的外交官面前徘徊，太不適當了。

在笑臉下隱藏著要「盡快」將帝國軍部隊趕出首都的決心，義魯朵雅方準備了慎重的紅地毯。也就是「我們安排了無微不至的送行列車，所以趕快給我滾吧」的意思。

幾乎是不容拒絕地訂好了車票。要說是最起碼的好意，或是在主張帝國的影響力嗎？帝國大使館的職員一齊來到車站送行……他們可以留在義魯朵雅這裡，真是讓人好生羨慕啊。想是這麼想，但身為社會人，終究不能表現在臉上。頂多就是裝著笑臉與他們告別，暫時成為列車的乘客。

依舊是在不會搖晃的鐵軌上疾馳的列車包廂。妥善到令人討厭。招待周到的是，在我們停留義魯朵雅的期間內，義魯朵雅方就連我們的喜好都打聽清楚了。

拜這所賜，連早餐都能從喜歡的餐點中任意挑選，受到這種難以置信的好待遇。於是，譚雅就和副官一塊吃著作為簡單的早餐送來，符合自己喜好的輕食，享受著用餐的樂趣。

新鮮的水果、簡單的冷盤，還有像樣的麵包與肉。哎，還真是奢侈啊。

「……炫富性的消費。而且，還是搭豪華的旅客列車歸還本國。而餐點卻是由服務生送到房間裡……是不想讓我們在餐車上說話嗎？」

「這姑且是國際列車呢。乘客不只有我們吧。」

「雖不到隔離的程度，但對方也很用心良苦嗎？哎，不過火腿和起司很美味，還真是太好了呢，副官。」

白麵包也很讓人開心，但由於火腿與起司能大量提供平時缺乏的「良性蛋白質」，所以是個令人高興的部分。

「中校，還有咖啡。」

「喔喔，不好意思。感謝妳了，謝列布里亞科夫中尉。」

注入的黑色液體散發著芳香；是絕不會聞錯的香氣。

「……果然，真貨就是好呢。」

「是好久沒聞到的味道。」

兩個茶杯；芳香的二重奏。

缺乏許久的像樣瓷器，搭配像樣的咖啡豆沖泡的好咖啡。這正是道地的文明。

「貴官是不是也買了一大堆東西呢？」

「是的，有一點。因為是義魯朵雅的支票。」

所以我就毫不客氣了——就像開玩笑似的笑著的副官，還真是會精打細算。卡蘭德羅上校他們，如今毫無疑問是收到一大疊徹底花到信用額度上限的請款單了。

該對似乎是作為義魯朵雅的軍政家很有名氣的伊格．加斯曼上將閣下說一聲感謝嗎？話雖如此，那也是別人家的機密費。只要不是跟譚雅有關的財源，怎樣都無所謂。

「會讓人覺得，要是參謀本部也跟他們一樣慷慨就好了。」

一面苦笑，譚雅一面說著玩笑話。

「不過只要看參謀本部的餐廳，就會知道這是無法實現的夢想吧。」

過分的餐點配上漂亮的盤子。

就算是再好的餐具，要是不挑裝盤的東西也是白費。要說到帝國的品味，總覺得就只注重形式，容易把內容給忘了。

「色彩鮮豔的餐點還真棒。」

「該怎麼說好，義魯朵雅的色彩很豐富呢。」

譚雅一面與謝列布里亞科夫中尉一起輕輕抓起擺在包廂桌面上的豪華前菜，一面輕輕笑著。

「就連吃頓飯，都看得出來呢。」

「還真是叫人羨慕。」

「就是說啊。所以才讓人難受。」

等回過神來時，就不經意地脫口而出。

「怎麼了？是身體不舒服嗎？」

對於一臉擔心的副官，譚雅有點自嘲地嗤笑起來。

「沒事，我開玩笑的。我大概也被茶毒了吧。」

「中校？」

不像是自己會說的話。至少，愛國的軍人是否該說這種話，是一條曖昧的分界線。然而，這也是譚雅毫無虛假的感覺。

恐怕是咖啡讓她說溜嘴的吧。

「不，沒事。在義魯朵雅過得太平穩了。總覺得冷靜不下來呢。」

「……是這樣嗎？」

「就是這樣。」

不好——為了消除變得莫名沉重的氣氛，譚雅故意岔開話題。

「話說回來，中尉，紅葡萄酒跟白葡萄酒，妳喜歡哪一種呢。」

「嘿，葡萄酒嗎？」

對於愣住的副官，譚雅點頭表示沒錯。

其實她在義魯朵雅的停留期間，有確實儲備了作為實彈的禮品。當然，是用義魯朵雅方的支票。不僅在義魯朵雅弄到了好幾瓶要作為禮品，再加上卡蘭德羅上校的餞別禮，就會是品項齊全到小有規模的收藏了。

很可悲的，就算是好酒……自己要是不能喝的話，就只會是純粹的「社交用」實彈了。當然，不論種類如何，實彈都是有總比沒有好的東西。

「是呀，別人送的。想要的話，就拿去跟副隊長他們開來喝吧。」

「可以嗎！」

「即使是意外獲得的葡萄酒，我也不能喝。貴官們想喝就拿去喝吧，我無所謂。」

譚雅從放行李的籃子裡，窸窸窣窣地拿出塞進去的東西，就像在說任君挑選似的遞出去。

「太感謝妳了，中校！」

「別忘了幫我跟大家轉達，我很感謝你們平時的輔佐喔。」

「這是當然的！那麼，下官就先告辭了！」

匆匆忙忙地小跑步離開的副官，該怎麼說好，看起來還真是幸福。從她那軟綿綿的表情來看，是徹底鬆懈下來了。

她雖是那副樣子，卻也是相當優秀的副官。

「認識她應該也相當久了……」

完全搞不懂哪裡是謝列布里亞科夫中尉的開關，不清楚的地方也很多。

這就是人的多面性吧？不熟悉社會學與社會化之類的領域說不定是個失敗。為了將來著想，有機會就該去學習一下吧。

「懷念起學校了嗎？」

在義魯朵雅品嘗到闊別許久的後方；籠罩在打瞌睡般的和平之下的氣氛；文化性且文明性的，讓人遺忘許久的「真正的和平」。

相反地，萊希正在進行大受好評的戰爭。

正在朝著總體戰，意圖將一切的資源丟進火與鐵的試煉裡燃燒殆盡。和平的後方？就算是再怎麼後方的地區，帝都終究是帝國的都市，也就是戰時國家的首都。瀰漫的空氣哪會有不險惡的道理啊。

唉——自然地嘆了口氣。

「……深深覺得典範差太多了。」

發自內心的牢騷。

「最前線、後方地區、和平的仲介人。儘管知道會各有不同，但住在相同的世界裡，有辦法以不同的典範對話嗎？」

解構的重要性是從何時開始被正式提出來的啊？必須認真擔憂受到話語定義限制的可能性。

自己，譚雅・馮・提古雷查夫，希望和平；即使是帝國軍參謀本部、最高統帥會議，也一樣希望和平吧；義魯朵雅、帝國臣民，還有世界輿論，應該也同樣希望著和平。除了極少數的精神病患，或是病態性的戰士文化的保有人之外，不覺得有人會想讚賞戰爭行動。和平是無條件的尊貴。就算是最不正當的和平，也比最為正義的戰爭來得好吧。

至少，對被迫從軍的當事人來說沒有例外。

宏大的資源浪費，一直都是愚行。

就連在有關反共的方面上堅定不移的譚雅自己，一旦要戰爭的話，也不會無條件地肯定。

要是共匪也能以戰爭以外的方法，和平地解決掉的話，就該以更加文明的手段解決他們，她對此深信不疑。

畢竟就一般論來講，戰爭的性價比太過差勁。

只要不是共匪沒有核彈，而我方有核彈，可以用戰略核單方面地將他們一掃而空的理想環境，由我方發動攻擊就是沒得商量的事吧。邊想著這種事情喝起來的咖啡，意外地苦澀。這不是個品嚐咖啡的好方法。

真浪費——譚雅切換心情。

只要翻閱在義魯朵雅停留期間取得的外國報紙，就能看到各國審查官付出了怎樣的努力來取樂。特別是聯邦、聯合王國的報紙，會讓人看得「很開心」。雙方都跟帝國的報紙相同水準這點令人發笑。

要說到唯一的缺點，就是似乎會讓人看得腦子出問題吧。

不過，這時候就輪到義魯朵雅準備的三餐登場了。午餐是出色的肉料理，至於晚餐則是費工夫的燉煮料理。

甚至還能讓部隊在確實空下來的餐車上一起享用晚餐。哎，雖然在被拜斯少校死皮賴臉地多要走一瓶葡萄酒時，是有點不爽……但想到滿是戰爭販子的大隊成員也覺醒了文化氣息的話，也會讓人對此睜一隻眼閉一隻眼。儘管也覺得副隊長的酒品意外地差呢。

如此愉快的宴會結束後，要是還準備了以臥鋪列車來說是無微不至的臥鋪的話，也就只能上床睡覺了。

然後，帶著好心情躺在臥鋪列車的臥鋪上，安穩入睡的譚雅，被微微的搖晃驚醒。

就寢前相對安靜的震動聲響激增。霎時間，足以讓人懷疑發生了什麼事的，聲音改變，搖晃增加。

腦內甚至還瞬間敲響了警報。不過她忽然注意到。總讓人感到不快的變故，其實卻是熟悉的帝國鐵路。

「……靠鐵軌的維護管理程度，體會到越過國境的感覺嗎？」

義魯朵雅是個寧靜、色彩豐富的另一個世界。

帝國的世界是灰色的。被消耗殆盡的國力極限，以微弱的形式，在無可奈何的層面上透露出來。

「讓人確實感受到了貧窮。」

帝國的賣點是列強。是誇口我們是勝過世間一切的萊希，有著旭日東昇之勢的國家。

結果，怎麼了。

等到譚雅出社會時，一切都逆轉了。現狀豈不是將全部精力投注在軍事上，最後還無法維持這股軍事力，逐漸地自行崩壞了嗎？

就連輸掉戰爭的未來也十分有可能，這點讓人不爽。

「還真是討厭呢。」

似乎有必要進行緊急避難，這點讓人格外不滿。

「……繼續睡吧。」

距離帝都，還很遙遠。

能睡的時候就要盡量睡。

畢竟還能消除壓力。

[chapter]

VI

第陸章

黃昏時分

At Dusk

假如戀情是盲目的，愛情就是要去面對。
愛國也不例外。

——義魯朵雅軍　卡蘭德羅上校

統一曆一九二七年七月二十二日　帝國軍參謀本部

出差歸來，或是到總公司露面的機會。不論要怎麼說都行，總之身為一個社會人，就不能忘記推銷自己。

到參謀本部覆命是個絕佳的好機會。

將在南方方面的V-2運用報告書兼義魯朵雅見聞錄提交給窗口；土產的葡萄酒，做好稍後由副官提交給參謀本部負責人的安排。

之後，就是到處拜會之旅了。

當譚雅被臉色非常難看的雷魯根上校叫來時，正好就在她拚命向人獻殷勤的瞬間。在被問到「有空嗎？」之後，幾乎是立刻就被帶到雷魯根上校的辦公空間。

還真是相當慌張啊——會這樣納悶也是當然的吧。不過就連這種雜念，也在雷魯根上校告知的「情報」前消失得一乾二淨。

「雷魯根上校，恕下官失禮，你剛剛說什麼？」

「就跟妳聽到的一樣，中校。」

對於啞然的譚雅，雷魯根上校一臉疲憊地淡淡說道。

「梅貝特上尉、托斯潘中尉被憲兵隊逮捕了。當然，是暫時性的。很快就會獲得釋放了吧。」

「恕下官失禮，上校。這不是期間的問題。我隊上的砲兵家與步兵笨蛋被逮捕了？」

說明書笨蛋，嚴守命令的個性，會默默照著命令去做。兩人的個性，就連譚雅也很清楚。

絕對不是會擅自做出愚蠢的獨斷獨行，「連說明書都不看就自作聰明的大無能」。托斯潘中尉說不定是個不會懷疑說明書的蠢蛋，但即使是他，應該也會閱讀最低限度的說明書。

「他們兩人都是比我還要嚴守規定的類型。完全想不到會被逮捕的理由。是以怎樣的理由逮捕的？」

「……占領中的軍港遭受到聯合王國突擊部隊的襲擊。儘管擊退，但損害甚大。司令部的傢伙氣沖沖地表示是雷魯根戰鬥群的怠慢讓損害擴大的。」

「恕下官失禮，怠慢？姑且不論戰意過剩，怠慢是絕無可能。」

就譚雅所知，他們是埋首苦幹的個性。絕對不是會怠慢職務而遭到逮捕的蠢蛋。

「托斯潘中尉那傢伙，可是會在防衛戰中自願要求死守命令的人喲！他會在敵前怠慢，就只有死亡的時候！」

面對極力反駁的譚雅，雷魯根上校儘管表情有些不耐煩，也還是向她點了點頭。

「貴官的主張是有道理。我聽過報告了，海軍他們似乎拚命地想隱瞞過失。實際上，這是冤罪的樣子。」

「請容下官斷言，這絕對是冤罪。然後呢？冤罪的罪狀是？」

「罪狀是不服從、抗命，最後是故意誤射友軍。」

「不服從！抗命！故意誤射！還真是驚人的凶惡罪狀呢。下官怎樣也不覺得這會是事實。到底是對他們做了什麼？」

「在港口防衛時起了點衝突呢。現在說給妳聽。」

在聽完內情與來龍去脈的同時，譚雅感到一陣噁心。難以置信的無能，不可理喻的低能，最後是，無可救藥的缺乏想像力。

「就連在東部向經驗這名教師付出學費學到的教訓，後方的蠢蛋也沒有去學習嗎？這該視為頭部疾患，施以子彈作為治療吧？」

「……提古雷查夫中校，請注意妳的口氣。」

那麼——譚雅慎選著恭敬的措辭，換個方式說道：

「請將那個無能的司令部與憲兵隊統統送往東部。丟到聯邦軍面前，教育他們什麼是真正的戰爭。」

假如部下犯錯，上司就要負起責任。只不過，假如部下受到不當的批評，上司就必須要堅決地做出反抗。

這是功績主義的基本。能力必須受到正當的評價。要是托斯潘中尉與梅貝特上尉是蠢蛋，只要懲罰他們兩人就好；要是他們兩人是對的，就該把真正的愚者吊死在街頭上。

「推卸責任的無能，竟敢對我、我的部下這麼做！這可是事關他們的名譽喲！」

進一步來講，還有自己的經歷。如此蠻橫，是絕對無法原諒的。對於猛烈表示抗議的譚雅，雷魯根上校就像在強忍頭痛似的呻吟起來。

「……我同意。貴官會氣憤也不無道理吧。無法原諒這種蠻橫之舉。」

「他們兩個會被釋放吧。」

「當然。是我親自到憲兵司令部把事情談好的。」

「多謝上校。」

不用道謝——雷魯根上校擺了擺手。

「就形式上，這可是雷魯根戰鬥群。這點小事倒不如說是當然的義務吧。」

原來如此，這麼說也對——譚雅一面點頭同意，一面迅速提出補償的要求。

「能領到一面勳章吧。」

「這是非常正當的要求呢，中校。其實，潛艦司令部還很理性。能夠確認真相，也是多虧了他們協助。那些傢伙的手腳很快。老奸巨猾地，就連感謝狀與授勳推薦都交過來了喔。」

「見識過潛艦塢外頭的人，果然很正常嗎？」

譚雅無心的一句話，讓雷魯根上校的嘴角揚起了耐人尋味的笑容。

「妳說得一點也沒錯，中校。『如果是見識過外頭世界的人』，就還保有著客觀的判斷力吧。」

雷魯根上校的言外之意，是某種該說是對沒見識過外頭的人所帶有的隔閡吧。察覺到本國或許也相當不妙的譚雅，壓抑住幾乎要隱隱抽動的嘴角。

「本位主義、缺乏想像力。最後，愈是優秀且誠實的軍官，就愈是會死在東部嗎？再這樣下去，帝國軍的根本將很可能會崩潰。」

啊，不對——說到這裡，譚雅為求正確的修正說法。

「如果要嚴格定義的話，應該說是很可能會全面瓦解吧。」

「在發牢騷呢，中校。」

「……是下官失禮了，上校。」

她端正姿勢，直視著眼睛地謝罪。

「這或許超出了一介野戰將校該說的範圍，還希望上校能多多海涵。」

「夠了，夠了，中校。」

雷魯根上校帶著共犯般的笑容擺了擺手。意思也就是肯定。這就是帝都的現狀嗎？沒見過世面的混帳，給我多吸點世間的空氣啊。

「好，中校，來談工作的事吧。」

「是的。」

「盧提魯德夫閣下在等妳。隆美爾軍團長據說是對妳讚不絕口。儘管已接近是在聊以慰藉了……但妳可以期待這方面的授勳。」

「授勳？那個，儘管很榮幸，但未免也太早了。南方大陸遠征軍的相關手續，不是才正要開始處理嗎？」

對於指出他們才剛回來的譚雅，雷魯根上校就像稍微保證似的抬起手來。

「要說是經驗差距吧。原則上就跟貴官說的一樣，但我是裡頭的人。」

「上校的意思是？」

「我也曾當過授勳課長。開戰以來，儘管授勳基準的條件與內規做了不少變更，但這方面的預測，我有自信是不會錯的。」

有辦法熟知官僚機構的人說的話，還真是可靠。就是因為這樣，往來作戰圈與軍政圈的後方菁英才讓人受不了啊！

老實說，差點就要忌妒起雷魯根上校了。他明明是個這麼好的長官！

啊啊，儘管如此，也還是想要他的職位啊。

「不過，光是收到勳章也無濟於事。」

「……妳說得對。與其在戰時掛著勳章自豪，更但願能向迎來和平的子孫自豪。」

「上校有結婚的對象嗎？」

「開戰前是有想過差不多該結了，但因為戰爭取消了。等戰爭結束後再稍微考慮吧。」

說到這，雷魯根上校隨口說了一句。

「等戰爭結束後，貴官也到適婚年齡了吧。啊，不對，我太多管閒事了嗎？請當作沒聽見吧。」

當然——譚雅很有禮貌地帶著曖昧的笑容點頭。

「希望總有一天，能將這些蠢事當成笑話回顧。」

「就是說啊。」

「無論如何都要做一個了結。下官在戰後可是保證了版稅生活，這方面也很讓人期待呢。」

是感到錯愕吧。雷魯根上校很難得地露出了目瞪口呆的愣然表情。

「版稅生活？」

「會由盧提魯德夫中將閣下寫繪本，而我也會分到一點版稅。」

「……繪本？那個中將閣下？」

對於他那難以置信的表情，譚雅也點頭表示他的疑問很正確。個性粗獷，宛如岩石般的那位盧提魯德夫中將，要寫兒童繪本！

只能說人的興趣還真是意外了。

「是以下官為主角，由盧提魯德夫中將閣下主導的繪本。說是等戰後就要動筆之類的。是個相當有趣的企劃吧？」

「這樣的話，確實是很有趣呢。到時也請我喝一杯咖啡吧。」

「樂意之至。那麼，下官就繼續去向眾人打招呼了。」

「辛苦妳了，中校。難得來這一趟，就把A物資配給券帶走吧。就從參謀本部的保守物資中，不論是巧克力、葡萄酒，還是咖啡，看妳高興要拿什麼都行。」

「可以嗎？」

那些是貴重品吧——對於譚雅的顧慮，雷魯根上校大方地表示無所謂。

「我會期待戰後的回禮的。最起碼能報答我咖啡錢吧？」

「是的，那下官先告辭了。」

一看到提古雷查夫中校轉身離去的背影消失在門後，雷魯根上校就呼地嘆了口氣。

「……版稅生活嗎？」

天真的夢想，恐怕就連本人也有著難以實現的覺悟與自覺吧。還真是讓人鬱悶。

「中校，要是貴官真的能迎來這一天就好了。」

不是「銀子彈」，而是掛起「達摩克利斯之劍」，而且雖然微弱，但「預備計畫」也開始胎動了。

對知道開戰前生活的人來說，早已深深覺得數年前的生活就彷彿是異次元。

到底為什麼會變成這樣啊。

當初看到總體戰理論時，還認為這是無法容許的禁忌理論而忌諱著。對如今的雷魯根來說，已無法再採取這種態度了。

不對，這甚至無法容許的行為。

他是軍人，是參謀將校。

總體戰的進展，相信著祖國而成為基石的大量血肉。必須在堆積起年輕將兵的屍骸、將國土焚燒殆盡，充滿著遺族的嘆息聲之中，進行「戰爭指導」。

怎麼會有辦法像事不關己般的，對「總體戰」蹙起眉頭。這個是現實；這就是現實。

該死。

荷包飽滿，心情愉快的譚雅，就這樣得意洋洋地到處打招呼。最後的最後，或者該說是最大目標的人，是盧提魯德夫中將閣下。

就算正式的老闆是人在東部的傑圖亞中將閣下，但向有力將官兼與上司親近的有力人士獻殷勤，身為組織中人是非常合理當然的行為。一旦也關係到授勳的話，總之就去露個面吧。

「提古雷查夫中校，請求入內！」

「進來，中校。」

讓她入內的盧提魯德夫中將還是老樣子。儘管表情有些疲憊，但跟往常一樣擺出不想浪費時間的態度。

講話也很單刀直入。

「我聽過貴官的活躍了。」

心情愉快的中將閣下，就像在拍手叫好似的敲了下手，接著說道。

「戰鬥巡洋艦、航母，還有多艘驅逐艦嗎！就連海軍的勳章都不是夢想。當然，這邊也會授勳呢。妳大可期待喔。」

「恕下官僭越，這全是與部下的共同戰果。也必須感謝潛艦司令部的協助。假如沒有海軍的考慮與支援，也不會有如此的成果。」

「也該感謝技術廠一聲吧。」

「……是的，閣下所言甚是。下官……也很……感謝……他們。」

就算是形式上、禮儀上的臺詞，要向那個瘋子答謝，會讓人感到相當的精神疲勞。直截了當地說，要感謝把人塞進V-2裡的傢伙……是違反人的自然狀態的行為。

「是修格魯主任工程師他們的團隊吧。他們也做了優秀的兵器呢。」

對於深感佩服的中將閣下，譚雅基於不得已的想法插嘴說道。

「恕下官失禮，但建議不要過度評價V-2。姑且不論第一次，想要期待再一次的成功，說不定是痴人說夢。」

「喔？說明理由。」

「這是手法曝光的魔術。」

是的——譚雅點了點頭，開口說道：

「也就是說，中校，貴官的意思是，敵人已經想到魔導師從海中襲擊過來的可能性了？」

「沒錯。奇襲性已經降低了。敵人會對海中的魔導反應抱持著病態性的警戒心吧。可期待的戰果或許也會縮小。」

我懂了——盧提魯德夫中將閣下苦笑起來。

「……一旦在海中偵測到魔導反應，就會立刻採取退避行動嗎？」

「是的。而且，至少會在航母或戰艦等主力艦上，確實地搭乘敵海陸魔導部隊，讓遭到對應的風險也會大幅提昇。就個人所見，他們毫無疑問是會採取對策吧。」

就算說V-2是導引魚雷，但本質上還是帝國的魚雷。有別於砲彈與術式，速度再快也頂多是四十節左右。基本上，能跑出三十節就算好了。

姑且不論航速慢的戰艦，要攻擊航母的話，速度就「太慢」了。要襲擊有所警戒的對手，坦白說，需要靠運氣的要素太多了。

「作為一般的攻擊武器，如何？」

「會比V-1來得好吧，但也僅此而已。V-2也是個問題重重的兵器吧。」

「導引魚雷的概念，相當誘人呢。」

閣下所言甚是——譚雅禮貌性地點頭同意。宣稱能讓命中率大幅提昇的導引炸彈、導引魚雷等新兵器，會讓軍方首腦期待是理所當然的事。

問題在於，所採用的導引方式。

「尚未實現全自動化。因此，會過度依賴操縱者的力量。或許該再度說明，負責這次運用的我等第二〇三航空魔導大隊的訓練水準吧。」

「也就是除了資深人員外，會難以運用嗎？」

不——譚雅就在這裡搖了搖頭。

「嚴格來講，大半的資深人員都派不上用場。有辦法適應海上作戰的魔導部隊，數量太有限了。」

「貴官說了奇妙的話呢。這是為何？」

「會提到航空魔導師的技術細節，可以嗎？」

朝著點頭表示當然的長官，譚雅盡可能簡潔地說明起來。

「是導航的差異。我們是以地文航行為主。」

「地文航行？」

「是以判斷地面地形為前提的飛行方式。在沒有地標的海上，會產生重大問題吧。就連戰歷豐富的資深人員都無法避免。至於最近成為數量主力的速成出身者，當中可能還參雜著就連地文航行都不太行的人吧。」

畢竟──譚雅深深地嘆了口氣。

「攔截管制做得太好了。這也讓不少人就只懂得依靠地面導引的無線電導航。」

將導航從魔導師的工作中外包出去。藉由委外實現的效率化，得到了大幅提昇業務效率的成果。同時，這也是讓魔導師迅速喪失導航這門技術的訣竅的主要原因。

是技術外移的徹底效率化，導致內部資產弱化的顯著典型案例。

「要重新讓航空魔導師徹底學習天文航行嗎？」

「就下官的立場，只能說如果能確保這麼做的教育時間的話。」

「貴官的主張很合理呢。有關這點，話說回來……傑圖亞那傢伙，跟我說了個有趣的笑話。」

「咦。」

「跟妳有關。」

「摸不著頭緒。是怎樣的笑話啊。」

東部的傑圖亞中將說了什麼？——對於譚雅的這種疑問，盧提魯德夫中將開口補上說明。

「是在比較第二〇三航空魔導大隊與所謂的速成教育組時的小故事。」

「下官摸不著頭緒。能請問是說了怎樣的小故事嗎？」

「妳那邊的年輕中尉似乎主張『甚至不用同等人數交戰。別說是半數，就算只有三分之一也能輕鬆取勝』的樣子。」

覺得有趣的中將閣下提到的軍官是……啊啊——譚雅就在這裡敲了下手。

「這樣的話，就是在說格蘭茲中尉吧。如果是他的話，確實是有可能會向傑圖亞閣下說這種話。」

「這個評價是事實嗎？」

「嚴格來講，這並非事實。」

「是誇大其辭？」

被瞪了一眼的譚雅，也還是輕輕笑起。

「不，是他也學到了要謹言慎行吧。身為長官，我很高興部下的節制態度。」

「什麼？」

「閣下，速成教育組與資深人員的差距極大。恕下官失禮，才『三倍程度』就想跟『我們資深魔導部隊員』對等？」

這是侮辱。而且是輕蔑。自己的部門並沒有過得這麼輕鬆。

對於不當的過小評價，身為部門長的譚雅有必要用稍微粗暴的語氣，就像在說你當精銳是用來做什麼似的，朝著他深深地嘆了口氣。

「作為參謀本部直屬的精銳，可沒有鍛鍊得這麼柔弱。當然，如果是下令對付三倍的敵精銳，我們是有可能瓦解吧。」

但是——吸了口氣，譚雅做出斷言。

「怎麼可能會無法擊潰飛行時間才一百小時上下的新兵啊。要說到我們大隊的老手，可各個都是 Named 喲？」

「原來如此，也就是根本性的不同嗎？」

「沒錯。這是義務。直到現在，也一直都是義務。」

對於十分自豪的譚雅，盧提魯德夫中將就像明白似的敲了下手。

「我明白了，感謝貴官的說明，中校。那麼，既然都培育到這種程度了……就乾脆拆開來，作為新編部隊的基幹人員如何？」

「咦？……唯……唯獨這件事，還請閣下高抬貴手。」

「但考慮到培育的話，這是最快的方法。」

「恕下官直言，這是鍛鍊戰技作為齒輪的部隊。受過軍官教育，能擔任基幹人員的人並不多，也根本就沒進行過相關訓練。最重要的是，要是將他們帶走，就會對戰鬥群指揮造成阻礙……」

「我開玩笑的，中校。」

制止住拚命找理由的譚雅，盧提魯德夫中將帶著壞心的笑容說道。

「相信我吧。沒有要將騎士分割成士兵的打算。」

「……多謝閣下。」

「如有時間的話，或許會考慮吧。」

譚雅決定要將他喃喃說出的這句話牢記起來。雖是半開玩笑的意見，卻讓人深深感到時間不足的迫切性。

現狀下，還能當成是笑話。

然而，卻是個深刻到必須要笑的問題。至少，必須正視中將閣下本人是這樣認為的事實吧。

「妳理解戰局的現況吧，中校。」

「咦？」

討厭浪費時間，不喜歡議論的個性的長官想找人閒聊？儘管受到討厭的預感支配，譚雅也還是為了保持平靜，輕輕地深呼吸了一次。

這是怎麼一回事啊？

「陪長官聊聊天吧，中校。」

「只要閣下下令的話。」

「這我無法下令。不過，應該可以請求吧。」

參謀本部作戰圈老大的請求！到底是要怎樣的人，才有辦法恭敬地拒絕啊？

「……只要閣下這樣請求的話。」

「現狀，並不壞。」

「誠感惶恐，下官雖沒有反駁的意思，但閣下是說『不壞』嗎？」

聽到意外的話語，譚雅臉上透出困惑兩字。坦白講，就連要說樂觀因素不多，都應該會是樂觀的看法了。

「傑圖亞幫忙防守東部，讓我有餘裕去思考西方與南方。戰略預備部隊也回到手頭上了。」

「戰略預備部隊？」

「我是作戰圈的人。兵力一直都是我頭痛的來源喔。所幸，東部的自治議會表現得很好。他們看來也有著要作為盾牌守護帝國的跡象，令人高興。」

有點令人在意的發言。在東部樹立的由當地人組成的自治議會，譚雅也認為他們所發揮的作用值得讚賞，但這終究是將重點放在反游擊活動上的評價。

無法抱持更多的期待，才會是誠實的評價。

「他們有作為縱深防禦空間以上的好處嗎？」

「能組成師團吧。」

「……閣下，下官要基於義務指出一件事。占領地區的徵兵，很可能會明確觸犯到戰爭法。」

盧提魯德夫中將用鼻子哼了一聲後說道：

「如果是徵兵的話呢。」

他這句話的意思，譚雅一時之間沒能聽懂。徵兵會有危險，所以不是徵兵的話……那就是志願了。

儘管很單純，但問題就在於志願者的有無。

「不會吧！是想靠志願召集兵力嗎！即使將糖果一字排開，作為代價的可是東部的壕溝線啊！」

「我也有相同的想法。」

閣下——譚雅基於前線的經驗，忍不住提出勸告。

「不論形式為何，實質上的強制徵募非常危險。潛在性的敵意會很強烈吧。一旦讓這種士兵拿起武器，甚至很可能要擔心起背後的安危了。」

「所幸，真的是自發性的。」

「意思是，有著形式以上的方法嗎？」

「是『戰後獨立』的保證。」

盧提魯德夫中將閣下愉快地笑了出來。

「帝國對於自主獨立的精神，在官方上是表示容忍、擁護，甚至還協助推動的吧。」

「真虧最高統帥會議會允許這件事呢。恕下官失禮，但就從傑圖亞閣下的描述來看，事情似乎比想像中的……來得順利許多。」

「中校，給妳一個忠告。不要靠臆測發表意見。」

「是下官失禮了。」

對於假裝惶恐的譚雅，盧提魯德夫中將厲聲表示這不是她該在意的事。只不過，他的其中一隻手，神經質地緊握著雪茄。

就譚雅所見，是些微的緊張。要是連參謀將校出身，且位在權力中心的人也隱瞞不住的話，就會是相當嚴重的事吧。

會是什麼事啊？

「就套用貴官的話吧。嚴格來講，『保證』並不是事實。」

「咦？」

「最高統帥會議對『在東方獲得新的領土』表達了興趣。」

「咦？新……新領土？」

在東方取得領土的野心？怎麼會，這樣的話，就是在全面否定樹立自治議會的政策了。這要是讓聯邦的共產主義者知道，會發自內心的大聲喝采吧。

帝國沒有體力、理由、利益去占領東部。這不僅是想要吞下根本吞不下的東西，還會失去潛在性的同盟者，簡直是愚蠢透頂的行為。那種泥濘，看誰想要就送給他不就好了！

「想要縱深；也想要填補損害；該要求賠償吧；既然如此，就該讓聯邦割讓領土不是嗎？

——就是這麼一回事。」

「……最近，下官懷疑起一件事。」

「什麼事？」

「帝國本國該不會是跟異世界連接了吧。就算只基於微薄的經驗，也怎樣都不認為雙方住在相同的世界裡。」

就譚雅所知，帝國應該是個懂得利害計算的國家吧。究竟是發生了什麼事，才會打起這種愚蠢的盤算啊？雖說帝國傾向於偏重軍事合理性，但正因為如此，還以為他們至少懂得軍事合理性。

「作為踏入異世界的人，我就斷言吧。安心吧，中校。並不只有貴官抱持著這種想法喔。」

「還以為閣下會予以否定。」

「……這就是現實。連作白日夢都還比較有真實感呢。」

「現實還真是可怕。」

這讓人毛骨悚然。中將閣下一臉認真地說出「歡迎來到異世界」這種話，對精神並不太好。

無法體諒她的心情，盧提魯德夫中將居然還愉快地笑了起來。

「也就是說，現狀並不壞。沒錯吧，中校。」

「下官沒有立場評論。」

「直說無妨。」

「下官只是一介中校。」

夠了——微微擺手的盧提魯德夫中將繼續說道：

「別再浪費時間了。這我說過很多遍了。妳不同意對吧。快說真話。」

「這是命令嗎？」

「是命令。」

既然是強制的話，不對——譚雅就在這時特意追求保險。儘管上次失敗了，但這次實在是想要救命繩。

「就算會說出非常失禮的內容？」

「無所謂。」

那麼——在做了一次深呼吸後，譚雅慎選用詞的說道。

「沒必要這麼迂迴地表示『毫無勝算』。」

「是失敗主義嗎？」

「不，就只是在指出客觀的事實。」

吸了口氣，譚雅說出下定決心的話語。

「現狀下，勝利位在另一端。更正確來講，該說是位在遙遠的另一端吧。」

敗北的認知。

率直的表明。

假如不是自己人，不對，是假如沒有最低限度的信賴與信用，就甚至是難以說出的一句話。

「這已經是該如何說服『國內』的層面了吧。」

譚雅基於現狀的見解，非常地簡單明瞭。

最好也是逼和（註：指在棋類遊戲中，一方未被將軍時，出現無子可動的現象）。

在死力抵抗，受到幸運眷顧之後，總算能抓到的最好結果，就是這個。絕對不能有更多的期待。因此，是要以妥協這句話，委婉地進行敗戰處理的時間。只能夠想辦法說服輿論，經由政府採取行動了。

然而，對於譚雅的發言，盧提魯德夫中將做出的反應卻離好意相距甚遠。以就像在看可疑人物的視線瞪著她。

「中校，我想確認一下。妳……是要軍方置喙政治？」

「下官的心聲與學到的規則，是想要否定這件事。但在現狀下，這是難以避免的吧。」

終戰工作。

儘管不想承認，但身為自由主義者，同時也是反共主義的自己；這個譚雅自身，居然在主張「軍方的政治介入」。如果是中世紀的話，甚至會將對存在X的怨恨丟到一旁，喊出「神聖和平」的口號吧。

「雷魯根上校也好，貴官也好，不論到哪都在談政治、政治嗎？既然這麼想談政治，就先給我退役之後再去談。」

這句常識性的發言，述說著作為軍人的良知。就像盧提魯德夫中將閣下所說的，身為現役將校的譚雅不該說出這種話吧。

只不過，要譚雅本人說的話，她也不是自願待在軍中的。

「能容許退役的話，下官這就拋開軍服，前往議會。」

「提古雷查夫中校，貴官雖然在軍事上很優秀，但似乎是不諳政治。」

「咦？」

「參政權有年齡限制。妳不知道嗎？」

「……下官失禮了。由於大人太沒出息，一不小心就……不，請當我沒說吧。」

「一不小心，就怎麼啦？」

「覺得政治這種事，似乎就連像下官這樣的人也有辦法做到。」

假如不是在嗤笑「真是辛辣呢」的長官面前，這會是無法原諒的蠻橫發言吧。反過來說，就是連像盧提魯德夫中將這種萊希風格的高級將官，都失常到「能容許這種程度的發言」了。

「作為現役將校，提出可採用的作為吧。」

那麼——譚雅點了點頭後，立刻思考起來。要鑽官僚規則的漏洞，採用官僚手段是最有效的吧。

戰車對戰車，魔導師對魔導師；「以眼還眼，以牙還牙」是黃金法則。

「軍方為了讓政治做出適當的判斷，以及善盡輔佐帝室的重責，應該要提出建言。雖然要看解釋的方式……但軍方也具備著進行適當『說明』的權限吧？」

「所以說？」

「像是『進講』（註：向帝王講解詩書文史等）或『參謀本部課長級的說明』等等。」

官僚常做的「說明」。直到理解為止，用資料與知識毆打對方的做法。這種做法或許無法取得感情上的理解，但在緊急時刻，算是有充分選擇手段的方法吧？

「閣下，我們具備著要向政府說明的權利與義務吧？」

「就這樣強迫政府答應嗎？很遺憾的，只要關係到軍事領域，貴官也很清楚侍從武官、聯絡官等人的存在吧。有辦法繞過他們嗎？」

「……那些長官也是同行。就針對軍務向他們說明。」

「不斷地追加例外，到最後能得到什麼？」

這不是標準的手續。太過於逾矩了。

只不過，能允許依照手續去做而死亡的，就只有士兵吧……軍官、將官遵守規定而讓士兵死亡，就只是無能的證明。

「可是閣下，如今已無計可施了！果然還是得向政府直接說明！」

「就算無計可施，也不能把原則毀掉。」

「閣下！你是要默認現狀嗎！」

譚雅忍不住拋開禮儀，粗暴地喊道。太過頑固，完全無法溝通。坦白說，甚至是感到失望。

軍方不容置喙政治的姿態，是優秀自制心的典型例子吧；是教科書的模範。

然而，這份良知是平時的美德。

如今是戰時，也就是作為政治延伸的戰爭。

「既然戰爭是政治行為，實行者的軍方又怎麼能不過問政治啊！閣下，我們有義務傳達該說的事！」

「閉嘴！」

咚地敲打桌面，在瞪向一度氣急敗壞的譚雅後，盧提魯德夫中將粗暴地咬住雪茄。就這樣深深吸了口煙，故意朝著譚雅的臉上吐出後，盧提魯德夫中將接著厲聲說道。

「……我們是軍人。給我記好。中校，我們不是腦袋。」

「是的，是下官太過冒犯了。」

「無所謂。畢竟從今以後，這份自覺會變得更加重要呢……給我記好了。」

莫名耐人尋味的一句話。

會變得，更加，重要。會變得重要，也就表示意義增加了。

然而，雖是形式上，但對作為軍人向帝室與祖國宣誓忠誠的譚雅．馮．提古雷查夫來說，想不到他加重警告不准對政治感興趣的理由。

「閣下，恕下官失禮……」

「閉嘴聽好。中校，可以嗎？」

「遵命。」

「占領義魯朵雅。最高統帥會議開始認真考慮這件事了喔。」

「……義魯朵雅？占領？」

沒有問為什麼。

就只是覺得居然會這麼愚蠢嗎？地輕輕嘆了口氣。

「殺掉仲介人後，我們要拜託誰來調停議和啊？」

「這是軍人該知道的事嗎？」

是認命了吧。或是死心了吧。以參雜著奇妙感覺的語調，盧提魯德夫中將抽著菸，朝著她自問著。

「我們是軍人。既然是軍人，就該明白這不是我們該知道的事吧？」

「閣下，貫徹作為軍人的姿態只是小善。為了天下國家，進而為了萊希這個故鄉，請再考慮一下。」

說出口的話語，就連自己都感到震撼。

我這個革新派將校，居然又親口說出彷彿腦袋不好的「軍事獨裁論者」的發言！這還真是！讓人深深覺得，這世上究竟是怎麼了。

喔喔，這該死的世界。

儘管不知道是誰，但向負責人降下災難吧！

「我們是軍人！」

「所以，這又怎麼了。」

「我們是向祖國與帝室宣誓忠誠的軍人！」

雖然並沒有絲毫的愛國心可言，但契約就是契約。只要好好看過譚雅宣誓的軍務的職務內容，就會發現上頭也要求著「維持祖國」的義務。

作為不愛國的將校，所以才要主張。

「不能就這樣乖乖等死！」

「就跟相信戰友一樣，政治就交給政治的專家處理。」

「可是！」

咚地痛打桌面的聲音一道。打斷譚雅發言的拳頭主人，不用說就是盧提魯德夫中將本人。

「感謝妳的意見，中校。這是個『嶄新的意見交流』。」

話中帶有不許再說下去的堅定意志。只需看盧提魯德夫中將的眼神，就非常清楚這毫無反駁的餘地。

十分足以讓人意識到，再逾矩下去會有違自我保身的最高目的。她不得已只好撤退。朝著提出的退路直線前進。

「感謝閣下寬容的話語。」

「中校，就稍微忍耐一下吧。」

「當然，下官會銳意推進軍務的！」

「很好。」

那下官告辭了——譚雅雖然規規矩矩地離開房間，腦子裡卻滿是焦躁。硬要說的話，就是「別把我捲進來」。

自認為這是最低限度的要求了。

就像在說「拜託，別把我捲進來」似的，譚雅嘆了口氣。既然帝國要死，倒不如就算只有我，也必須進行緊急避難。

並沒有想殉國的意思。

組織與個人，終究無法幸福的結婚。因為個人只能和自己的能力結婚。只不過，一直在為這個組織做牛做馬，也是無法撼動的事實。

這些時間與勞力會白費吧？未免也太可惜了。

唉地一聲嘆息，落在參謀本部的通道上。

應該是來自我推銷的，卻強化了轉職願望。真是天不從人願。陰鬱的心情，瀕臨絕望的感覺。比帝都的天氣還要黯然的譚雅，肩膀被人隨手拍了一下。

「提古雷查夫中校，有空嗎？」

「隆美爾閣下？」

在啞然回頭的譚雅眼前，是一張彷彿在打什麼壞主意似的將帥臉孔。

「撤退支援的事，還沒向貴官道謝。在這遇到也算是有緣吧。希望妳能賞我個面子。」

「不會，下官就只是做了該做的事。」

擺擺手要她別這樣的將軍，看起來就跟往常一樣。在這種時候，跟往常一樣。啊啊，表現得相當露骨呢。以閣下來說顯得僵硬的表情……也看得出來是在強顏歡笑。

「偶爾也想與並肩作戰過的戰友一塊聊聊往事。」

「要下官相陪嗎？」

「是啊，請務必答應。」

因為曾是在南方大陸上熟知彼此的上下關係，所以也能看出這種程度的意思。考慮到時機，原來如此，隆美爾閣下似乎有道謝以上的事情想跟我說。

「儘管非常遺憾沒辦法請貴官喝酒，但就讓我請妳喝杯咖啡吧。」

下官知道了——譚雅陪著笑臉點頭。

「感謝你的招待，閣下。」

當天——傍晚／將校俱樂部

參謀本部旁，位在將校俱樂部角落的包廂。

因為這裡是賣酒的地方，而堅持「未成年不許進入」的憲兵，也在隆美爾將軍掛著的中將階級章之前毫無辦法。

用「應該沒問題吧」一句話強行闖關，是漂亮到令人爽快的權力運用吧。看來一旦是將軍閣下，終究是連在將校俱樂部都有著很大的面子。

一句「給我包廂」，就會確實準備好適合密談的房間，這點讓人感受到在帝國軍內部的力量差距。

譚雅自己甚至有過儘管掛著中校的階級章，也還是被憲兵用一句「這是規定」趕出啤酒館的經驗。

不對——譚雅就在這裡搖了搖頭，將意識切換到接待模式。

一旦是與隆美爾將軍的酒席，就得花費相當的心思……這種想法，卻被他「我要喝了」一句話給打散了。在那之後，就咚地把蒸餾酒的酒瓶放在桌上，像在喝水似的開始拚命狂飲的隆美爾將軍，看起來很不尋常。

譚雅默默喝著香草茶，思考起長官不斷散發出來的危險氛圍的根源。

就在隆美爾將軍不知喝了多少，少說也喝光了一瓶酒時，他輕輕地搖了搖頭。

「別認為看到的就是一切……特別是盧提魯德夫閣下的態度呢。」

「咦？」

就像喝到爛醉似的，是意外地酒量很差吧。他是容易臉紅的人嗎？儘管話語中帶著酒味，但隆美爾將軍卻小小聲地呢喃著。

「那位長官是狸貓。而且，還是特大隻的。在被騙倒之前，要好好地捏著臉頰。」

「下官很清楚」這句話，譚雅終究難以啟齒。雖說喝醉了，但小看隆美爾將軍的知性與記憶力也非常危險。

朝著有禮貌地假裝沒聽見的譚雅，隆美爾喃喃說出一句。

「那位大人在作為傑圖亞閣下的部下的貴官面前，拚命高呼著原則論？還是別把盧提魯德夫中將看成是這種單細胞分子吧。」

「閣下？」

「帝都有著許多沒有腦袋的耳目吧。是不得不這麼做的。」

「……咦？」

就算是醉了，這話也……

「知道南方大陸遠征軍有多麼地遭到輕視嗎？貴官不知道吧。但我知道。坦白說，我們被『置之不理』到令人焦躁的程度。是被遺忘的軍隊。」

「然後，因為政治的要求撤退嗎？」

「也就是如有必要的話，中樞的諸位聖名也會想起我們吧。」

哼地一聲，中將閣下一面大口喝酒，一面抱怨起來。

「政治太過於為難現場了。軍隊雖是遂行國家目標的道具，但也是由活生生的人所構成的。」

抱怨……不對——譚雅修正評價。這是超出抱怨的某種情緒。有什麼藉由酒力浮上了表面。

「就算是被消耗的士兵，也都是活著的。」

「這是當然的吧。」

「沒錯。這不是該向貴官這樣的野戰將校強調的話呢。」

流露出作為同行的同感，隆美爾將軍向她聳了聳肩。

「與貴官不同，我們是搭船回來的。妳猜返回帝都的我們，到底看到了什麼？……偏偏居然是凱旋式。」

「咦？」

「很驚訝吧，中校。我們南方大陸遠征軍變成是凱旋歸來啊。宣揚這是一場大勝利，當作是達成了任務，連勳章都發得毫不客氣。」

隆美爾將軍用手指輕輕彈了一下掛在制服上的獎章，一手拿起酒杯，發出走音般的笑聲。

「那麼？」

「那麼？沒錯。我被拱為勝利者了。」

聲調沒有失常。就像喝醉似的，極為冷靜的語調。潛藏在看不出有喝到沙啞的聲音深處的，是讓譚雅啞然無言的憤怒之火。

「勝利的榮光，勇者的榮譽。還有作為有名譽的軍人的名聲嗎？這些我當然想要，是啊，沒錯。我畢竟也是個軍人。」

「軍人追求個人的榮譽是……」

「這不是該跟銀翼持有人說的話吧。不過，對於榮譽與名聲的憧憬，也確實盤據在我的心中。說我想要，不是個謊言。」

流露出來的聲音，真的是聲音嗎？

「妳知道將校為何會在戰場上遂行義務嗎？中校。我認為就根本來講，是因為虛榮。這會轉化為義務吧。到最後也能內化吧。但最初那不想被嘲笑的小小自尊心，即是一切。」

叩地一聲把玻璃杯放在桌面上，隆美爾將軍微微笑起。

「然後，我那小小的自尊心，又開始發疼了。」

他一面在玻璃杯中添加蒸餾酒，一面再次笑起。

「我想贏取勝利與名聲。想作為一名勝利者。並不想像政治家那樣，偷過來作為自己醜陋的贅肉。」

「……這就是閣下的希望嗎？」

點頭表示沒錯，將玻璃杯中的液體一飲而盡的將軍，以遙望遠方的眼神喃喃說道：

「本國的主張很簡單。是為了保持戰意的必要措施。必要？保持戰意？別開玩笑了。這種姑息的短劇叫做『政治』？」

「恕下官失禮，閣下。你從方才起就喝多了。就算這裡是參謀本部的附屬設施……」

「我很清楚自己說過頭了。也十分理解這是在抱怨、批評高層。」

出乎預料的明確話語。討厭的徵兆。不過，譚雅儘管感到畏縮，也還是重新說出義務性的話語。

「那麼，就請容下官說一句話。我們就只是軍人。而且，還是遂行實務的將校。恕下官直言，就連中將閣下，也是其中一人。」

「是啊，妳說得沒錯，中校。在我被稱為勝利者隆美爾將軍而向政府抗議時，也被說了相同的話。」

將軍不愉快似的蹙眉，發起牢騷。

「區區中將不該談論戰略。要默默為了國家的政治目標，賞賜凱旋的榮譽。聽到這種話的瞬間，實在是讓我難以忘記。」

「閣下說了太多不該說的話了。是喝多了嗎？」

「故鄉的酒可是很嗆的。在沙漠，就連喝酒也很辛苦呢。中校，等到貴官也能喝的時候就能理解了吧。」

很美味喔——將軍憐愛地看著蒸餾酒。老實說，度數也相當高。他為什麼能像喝水似的喝著，也是譚雅所無法理解的部分。

「在南方大陸能拿到的，幾乎都是義魯朵雅的葡萄酒。畢竟那些自稱友人的傢伙，明明就不給彈藥，卻宣稱是友情的證明，光是送葡萄酒過來呢。」

那個國家的話，確實是會這麼做吧——譚雅忍不住點頭同意。汽油、葡萄酒，還有血。能將這些視為等價的，就只有義魯朵雅式的外交。

身為置身現場的人，譚雅自負能體會隆美爾將軍會感到多麼地焦急。風險與報酬，太過於不相稱了。

「政治給予的友人；因政治失誤而死去的部下！」

「……這就是現狀。」

「沒錯，中校。這就是我們的現實。」

狠狠說出的話語，流露著無可奈何的寂寞。

「因為狗屎般的政治指導，賜予害死部下的男人勳章！哎呀，我雖然很喜歡勳章，但唯獨這種勳章，似乎是怎樣也喜歡不起來。」

「假如不是在參謀本部的將校俱樂部的話，會非常擔心隔牆有耳呢。閣下，坦白說，這對將校規範來說，有點……」

「哈哈哈，開場白說得太長了呢。」

「閣下？」

叩的一聲。

再度放下玻璃杯，只不過，這次沒有斟酒，隆美爾將軍目不轉睛地凝視著譚雅說道。

「我們是宣誓之身。要防衛帝室與祖國。忠誠的宣誓是無法忘卻的。」

「沒錯。」

「因此……假如政治是問題，就必須得要解決。」

「這並非軍人的工作。就在剛剛，下官才被盧提魯德夫中將閣下命令要明白這件事。」

即使是譚雅，也對現狀感到不滿。甚至想高聲大喊，再這樣下去，早晚會變得愈來愈慘。理性之沙漏盡，餘命之沙所剩無幾的沙漏。毫不懷疑地相信，如果能讓沙漏倒轉，只要不會威脅到自己的安全，就該竭盡全力去做。

只是，自己終究是組織人；人是無法單獨成就任何事的。

「我們是軍人。所謂的獨斷獨行，就只是在『共同的目的』明瞭時，為了達成此目的，選擇該如何實現『目標』的裁量權。用獨斷決定目的與目標，就只會是越權與專橫。」

「我們的目的，是要保證國家安全，也就是要確保祖國與帝室的安寧。大致上的目標，是要排除對帝國的軍事性威脅。」

突然地恢復語調後，隆美爾將軍說出該說是原則的語句。被問到有錯嗎？譚雅也只能點頭表示沒錯。

實際上，帝國軍人就是基於這種契約在服從軍務。

「閣下，就誠如你所說的。我們的職務，就只保留在對付軍事性威脅上。針對政治的組織性介入，就本來的職務來說……」

「只要政治這個領域足以成為軍事性威脅的話，就能作為軍事性目標了吧。如有必要，也會是該進行獨斷獨行的局面。」

「……該不會！」

閣下的玩笑開過頭了——譚雅連忙繃緊差點扭曲的表情笑起來。不對，是自以為笑了。

「閣下，你好像醉過頭了。」

再聽下去，會很糟糕。還是不要聽會比較好。雖是來得太遲的判斷，但在察覺到情勢不妙後，就只能立即撤退。

譚雅慌慌張張地起身，連忙說出藉口。

「下官這就去找閣下的副官吧。這可是久違的帝都。就洗去南方的戰塵，好好休息吧。」

想敷衍過去的努力，也在隆美爾將軍的一句話之下，輕易地化為烏有。

「我的意識很清楚。」

「……閣下這話是認真的嗎？」

要是他無言點頭，譚雅也束手無策了。因為只要知道了，就必須要做出抉擇。

是時候做好覺悟了吧——譚雅輕輕地嘆了口氣。

「那麼，閣下。還請你務必說明。不過，希望能等到你清醒之後再來談。」

「就這麼做吧。看來貴官似乎是不懂得喝酒的樂趣……啊啊，這是我的做法不恰當吧。」

就算向幼女闡述酒的美好也沒用呢——帶著苦笑，隆美爾將軍爽快地約好下次再談。

「如貴官所願，就明天再談吧。對了，這次就來我的基地如何？」

「下官知道了。午後能去叨擾的話。」

隆美爾將軍滿意地接受譚雅的提案，在手中的小筆記本上邊唸邊寫著會面預定。這樣一來，也沒辦法用是在酒席上記錯了作為藉口吧。當然，事到如今也不打算逃避會面就是了。

「不過，在進入主題之前……先跟妳說件有趣的事吧。儘管就像是無聊的題外話，但貴官應該會有興趣吧。」

「是跟最近有關的事嗎？」

咧嘴笑起的隆美爾將軍開口說道：

「沒錯。只要有著比貴官還長的軍歷，就能靠經驗多少看出一點事情。一旦是從戰地歸來，就能嗅出參謀本部的危險氣氛。」

「危險嗎？」

「追尋著些許氣息四處徘徊……就聽到了一件有趣的事。」

「下官深深希望這會是個無聊的蠢話。」

就算知道不會是這樣，但也沒有理由要支持絕望主義吧。要說是少有的幸運吧，期待這種萬一發生的譚雅如此說道。

對此，隆美爾將軍愉快地彎起嘴角。

「沒錯，是個很蠢的玩笑話。是叫做預備計畫嗎？算了，下次再慢慢說給妳笑吧。」

「預備？恕下官失禮……意思是有主要計畫？」

「在試探我啊，提古雷查夫中校。直截了當地說，該說是『有過』吧。雷魯根上校的義魯朵雅工作曾經是主要計畫吧。」

對於「預備計畫」，隆美爾將軍說出簡單明瞭的評語。

「軍隊會偏重計畫。即使是要臨機應變，獨斷獨行，也得要先有『所計畫的目標』。不是嗎？」

不管怎麼說——說到這裡，隆美爾將軍就起身離席。

「那麼，中校。明天見了。很高興妳今晚能答應邀約喔。」

譚雅聽著從背後傳來的這句話，不悅地盯著手中的玻璃杯。

無須等到明天。隆美爾將軍的言外之意非常明瞭。絕對不可能會聽錯。

一部分的帝國軍，毫無疑問是想動手了。

全貌先姑且不論吧。只不過，毫無疑問是開始胎動了。就從「預備計畫」這個名稱來看，那會是預備性的吧。

然而，會預備到什麼時候？

……我該怎麼做才好？

統一曆一九二七年七月二十三日　帝國軍隆美爾將軍副官日誌

提古雷查夫中校，奉參謀本部之意，為進行概要說明來訪。於司令部恭聽東部方面的整體情勢，以及西方空戰相關的一般情報。西方的天空，情況相當危急。

東方的戰線儘管僵持，卻持續著激烈的消耗戰。

在官方的職務後，司令官與中校進行了愉快的私人會談。

再啟

對於在南方戰線並肩作戰的戰友，支援我們撤退的可敬友人，司令部眾人贈送咖啡豆作為紀念。

陰鬱表情的男人，在陰慘的氣氛中進行著黯淡的報告。作為在參謀本部作戰部門舉辦的會議上的發言者，假如以客觀的角度來看，就會是這種感覺吧。

邊聽著諷刺家的自己在心中的嘲笑，雷魯根上校邊特意以淡然的語調進行報告。

「閣下，以上就是有關最高統帥會議提供的『打開局面對策』的事前資料。政府方面對我們參謀本部懷有很大的期待。」

「……自南部國境線抽出兵力。當不可能時，就『考慮』藉由讓義魯朵雅『喪失軍事能力』以創造出剩餘戰力嗎？」

默默聽著報告的盧提魯德夫中將面如土色。雷魯根不用看鏡子，也想得到自己的臉色也差不多吧。

朝著應該避免的破局筆直前進。

帝國的政治在錯誤的道路上，能制止繼續前進的煞車故障了。不對，就像是代替煞車，一路踩著引擎的油門吧。

「要我們考慮對義魯朵雅展開軍事侵略，還真是了不起的命令呢。那些政治家與官僚，在桌面上是意外地勇敢啊。」

用鼻子哼了一聲，叼起雪茄來的長官，語調中充滿著諷刺。

「真正的勇者是會承認膽小的人……對義魯朵雅發動軍事侵略？不論勝敗都只會慘不忍睹。」

雷魯根自己也不得不默默地點頭同意。實質上來講，這是帝國在對抗各列強。在這種結構下，打倒勉強能算是仲介人的義魯朵雅，能改變什麼？

就算一切順利，收穫也有限。頂多就是將那裡的十幾個師團送進東部的泥沼裡。而且，還是在一切都能按照樂觀的劇本發展的假設之下！

「上校，來考慮實際一點的事吧。暫時不管對義魯朵雅的侵略，來想想看我們能擠出多少兵力吧。」

進言不可能，是參謀將校的職責。當用盡千方百計，也仍舊毫無勝算時，就該指出現實。

這是軍大學的基本教育，也是雷魯根上校現在痛恨的部分。

就算是要向患者宣告餘命的醫生，也會很苦惱吧；一旦要宣告故鄉的命運，就幾乎要呻吟起來了。

「……閣下，這是再三討論過的問題。」

「我知道數字。然後指示你們，去研討抽出兵力的方法。」

「閣下，不可能再抽出更多兵力了。」

特意淡然地再說一次。對雷魯根上校來說，他不想再說得更多了。

「上校，我就再說一次吧。就命令你們讓不可能變得可能。在現狀下，就只有南部國境守備部隊是滿編的有力派遣候補群。給我擠出來。」

「南部的國境守備部隊絕不是游離部隊！即使如此，也已經削減到極限了！考慮到內線戰略的前提落空，現狀以上的削減就太危險了！」

已削減到安全餘裕的極限了。這就是各方面軍的現狀。將龐大的兵力與資源投入東部，並支援著各方面軍，就算是帝國也已經超出負荷了。

「研討是否能靠防禦陣地彌補人數。」

「……這與外交牴觸。會跟參謀本部想要培養友好氣氛的意圖產生嚴重的矛盾。」

「連構築防衛陣地都得操心嗎？就算是那副德性，義魯朵雅也還是同盟國。沒辦法。」

沒錯。義魯朵雅是個麻煩且親愛的同盟者。相信他們沒有理由會積極參與對帝國的攻勢。

然而，這也要視狀況而定。

當國境毫無防備時，也必然地沒有理由相信義魯朵雅的國家理性會對帝國置之不理。義魯朵雅是仲介人，也是善良的掮客。因此，他們會買下相信該買的東西，賣出相信該賣的東西吧。在這裡頭的，是純粹的利害計算。

只要名為國境軍勢力的天秤過度傾斜，義魯朵雅自身的利害考量，就會誘發對帝國的攻勢吧。

是為了抑制而部署的軍事力。就算是為了維持不可靠的同盟，也絕對不能移動。

「就結論來講，這個議題述說了削減兵力的困難性。兵力的抽出，早就進行到可容許的極限了吧。」

「無法像西部與東部那樣，明顯地當成假想敵看待，要顧及輿論。不過……要是不管這些的話，就想靠構築陣地取得抽出兵力的頭緒。要做到何種程度才會有辦法？」

「在往來義魯朵雅的空閒期間，下官去確認過很多次了。問題在於地形。」

帝國與義魯朵雅之間的國境地帶，大半是山岳地區。因為是易守難攻的地形，所以能靠一定程度的輕度防衛與部隊配置敷衍過去。然而——雷魯根不得不苦著臉指出一件事。

「諸如登山道路的整備與搬運彈藥用的索道架設等等，這些部分是怎樣都無法簡單解決。特別是我方的工兵隊在裝備狀況上有問題。就連當地的各個部隊，都沒辦法取得充足的必要裝備。」

又是東部。就跟擺出非常想讓腦袋從東部問題中解脫的表情聽著報告的盧提魯德夫中將一樣，雷魯根上校也打從心底詛咒著在東部的消耗。

「上校，在戰前的階段，設備整備到何種程度？」

「沒有基地以外的設備。是處在終於要開始擴建航空基地的階段。」

「因為除了能緊急趕往山岳地區『快速反應防禦』之外，沒有向方面軍提出任何要求。沒辦法。」

「……因為之後的事，會由大陸軍解決。」

「沒錯。但也不能把他們從東部叫回來。」

大前提的失敗也在這裡帶來惡果。戰略層面的錯誤，讓目前的帝國當局人員無法選擇苦苦掙扎以外的選擇。

「這樣一來，想要抽出兵力，就只能採取根本性的解決措施。會變成要擊潰義魯朵雅，將占領軍以外的師團送往東部……」

「這是不值一提的愚策。」

「真是辛辣呢。上校。」

「很遺憾的，下官就只是指出單純的事實。閣下，這事就連閣下也很清楚吧。」

「沒錯。」

更進一步來講，討厭兜圈子的長官……特意把話說得拐彎抹角。在能看出遲疑，甚至是厭惡情感的前方，是「對義魯朵雅戰爭」這個愚蠢透頂的答案。

「我方的對義魯朵雅戰備，完全就是一件慘案。上校，你實地考察的實情如何？」

「儘管視察過好幾趟了，但現狀下的南方方面軍，大半是以防備，而且還是以遲滯作戰作為前提的二線級師團。額面戰力就算說有滿編，但各師團的內在也跟空的一樣吧。」

能夠發動攻勢的餘力，早在很久以前就壓榨殆盡了。

帝國、帝國軍，現在光是要在東部展開以防衛為目的的機動戰，都會搞得焦頭爛額了。只要看被用雷魯根戰鬥群這個敗興的名字稱呼的沙羅曼達戰鬥群就好。

重裝備有過半出問題，正在本國緊急維修重砲與裝甲車輛。是兼作為消化休假進行後方配置的戰鬥群。以戰前的基準來看，是需要重建的單位。

如今，卻被一臉認真地評為是「極為強力的戰力」。

「就連對義魯朵雅攻勢這句話，都只是個幻想。」

正因為如此，看過現場的雷魯根上校，正因為如此才不得不說。

「如果上頭要求發動攻擊的話，最起碼得增派最低限度的打擊戰力。要從達基亞、協約聯合的占領部隊中抽出兵力是極為困難，西方方面軍則是基於海岸防衛的觀點不斷發出『增派請求』的情況。」

「也就是要從東部抽出兵力了。簡直是本末倒置。」

沒有用話語否定。然而，就雷魯根上校所見，盧提魯德夫中將閣下的表情也沒像他說的那麼否定。

儘管想像得到他內心的想法。

「閣下，那麼是要容忍現狀嗎？」

「……偏重東部也是目前的問題。上校，這你也知道吧。」

帝國軍陷入的泥沼；在東部的消耗戰。目的是帝國防衛；目標是敵野戰軍。儘管應該是這樣，但對敵野戰軍的殲滅卻盡數失敗。

嚴格來講，已經擊破過好幾次敵野戰軍。依照軍事教範的教導，在堪稱殲滅的水準上，可說是已經打斷了聯邦軍的骨幹。

儘管如此，聯邦軍卻依然健在。相對地，帝國軍則因為接連不斷的大規模作戰而長吁短嘆。儘管敵人也不是綽綽有餘吧，但我方也不能算是精力充沛。

「……那個義勇師團如何？只要有他們在，就有辦法從東部抽出幾個師團，分派去進行休養與重新編制吧。」

「用不知道能不能派上用場的師團，去代替能發動攻勢的師團？恕下官失禮，閣下，東部能容許這種奢侈嗎？」

雷魯根上校忍不住提出忠告，只不過，他自己也非常能理解盧提魯德夫中將想從東部抽出師團的衝動。

帝國軍本來是以薄弱的方面軍，配合以中央的大陸軍作為代表的雄厚游擊戰力。

不論發生何事，都有辦法快速反應的準備，是帝國傳統以來所偏好的概念。當四方都是假想敵時，想要取得主導權，就絕對不能缺少戰略預備部隊，此乃先人的教誨。

將戰略預備部隊集中投入諾登，讓共和國從萊茵這個側面打來的記憶是想忘也忘不掉的。那是恐懼。而不得不將全力投入東部的現狀，看起來也彷彿是過去的失敗。

「棋子不足。到頭來，還是這個。」

「……閣下？」

「沒事。用手頭上的東西戰鬥，這是當然的事。也不能因為手牌不好，就讓比賽輸掉吧。」

仿效哼了一聲抽起雪茄來的長官，雷魯根上校也叼起香菸。這是沒有尼古丁，就非常難以愉快說出的內容。

開戰至今，儘管順利地逐漸成為一名老菸槍，但所提供的香菸，質與量卻像是反比例似的低迷，還真是令人氣憤。

置身在參謀本部中樞的雷魯根上校自己，對香菸感到不安。很少會有事情比這還要更能述說著帝國的物資動員情況吧？

就在菸灰缸裡堆起菸蒂，注意到這是在浪費時間時，盧提魯德夫中將勉強地開口說道：

「……義魯朵雅方的實情如何？」

「那邊嗎？即使是義魯朵雅方，也像是步調一致似的，由國家憲兵與軍方的混合運用負責國境防備……還有複數完全充足的山地戰部隊作為預備部隊。」

是在演習時亮出來的面牌以外的部分。真正的威脅。義魯朵雅的中樞，山地戰部隊。雖然是對義魯朵雅諜報的門外漢，但身為作戰圈的人，只需要看將兵就能有一定程度的理解。

有在每次往來時找藉口試著視察，那是貨真價實的。

「閣下，義魯朵雅恐怕在是準備快速反應吧。」

「裝備狀況與訓練程度呢？」

「就演習看來，樂觀因素就只有一個。後勤狀況能否維持長時間攻勢，令人懷疑。由於正面武裝混合了複數國家的裝備，所以能期待產生混亂。」

只不過——雷魯根上校特意說出在這之上的艱辛事實。

「訓練程度令人羨慕。義魯朵雅軍毫無疑問有受到充分的訓練，甚至有著充足的給養。」

「受過正常訓練的，正常的大人的軍隊嗎？」

是如今的帝國怎樣都無法奢求的奢侈存在；訓練周到的將兵，是比黃金更有價值的存在。

「缺乏實戰經驗，是唯一的救贖。」

有以大隊為單位好好訓練過。儘管缺乏實戰經驗，但似乎有好好引進這次大戰的戰鬥教訓。訓練，而且還是適當的訓練，會遠勝於「單純的實戰經驗」。

也就是他們並不是平白把軍事觀察官送到各地去的。

「這樣一來，侵略作戰就一如字面意思的，只能是『閃電般』的嗎？」

長官喃喃說出的話語。

無心的一句話。

然而，作戰局的老大說出了「侵略作戰」這四個字。這所代表的含意太重大了。閣下在想這件事嗎？

這是足以讓人忍不住僵住表情的預想。

「我並不是贊成侵略。」

「那麼是？」

瞪目瞪向自己的長官，雙眼中帶著危險的神色。

「軍隊要有計畫，要有想定。正因為有『所計畫的目標』，才能夠要求將兵遂行任務。不是嗎？雷魯根上校。」

「不，誠如閣下所言。」

雖然是道歉表示失禮了，但還是深深感到莫名的寒意。

「不過，唯獨這件事，是需要研討的問題呢。應該等之後再進行正式的研討吧。辛苦你了，雷魯根上校。」

「不會，也沒有這麼辛苦。那麼，下官就先告辭了。」

「上校，我想補充一件事。」

朝著起身準備離開房間的雷魯根的背後，盧提魯德夫中將若無其事地丟下炸彈。

「儘管要看義魯朵雅的情勢，不過就先讓雷魯根戰鬥群研究義魯朵雅方面的兵要地誌吧。」

「……下官遵命。」

在敬禮、離開之際，閃過腦海的是死心？還是絕望？不對，這不能責怪他——雷魯根上校搖著頭，走在參謀本部的走廊上。

研究兵要地誌。這是一般性的指示，單只有這樣的話，並沒有特別帶有攻擊性的含意。但果然，還是怎樣都會去想這句話的意思。

一旦是在這種局面向實戰部隊下達新指示，就會有點耐人尋味了。在返回自己座位的途中，這件事一直占據著腦海。

當然，紙上的研究與實際的作戰，完全是兩回事。從自己的桌子裡拿出香菸，雷魯根上校一面點火，一面嘟囔起來。

「閣下那樣的人，是不可能批准束手無策的義魯朵雅侵略的。」

飄散在勤務室內的自言自語。

「……不可能的。」

無力地吐出這句話，不對——雷魯根甩甩頭。

不論是傑圖亞中將，還是盧提魯德夫中將，自己侍奉的參謀本部副參謀長，真的是很優秀的參謀將校派系。

絕對不會衝動地扣下全自動自殺裝置的扳機。

為了終戰，絕對需要義魯朵雅這名仲介人。

戰爭必須要結束。戰爭是手段，成為目的是本末倒置。原來如此，蝙蝠是很讓人不愉快。也想質問他們同盟的情誼與誠意吧。

然而，這終究是國家的友情。

只因為利害一致而結合，輕薄，卻勝過一切的鋼鐵紐帶。國家利益、國家理性，總歸來講就是善良的個人該感到噁心的「組織人的邪惡」。

「……國家沒有永遠的敵人，也沒有永遠的朋友。主啊，就算只有一國也好，但願能增加祖國的友人。」

這是祈禱。可悲的是，能否實現令人懷疑。

這是擺明的事吧。必須打倒敵人。而該打倒的敵人，當然是愈少愈好。自行追求敵人的石器時代蠻勇，在本世紀是毫無指望的。

盧提魯德夫中將這種立場的人，儘管只是口頭上，但卻不得不說出要以「閃電戰」進行義魯朵雅侵略作戰的帝國現狀。

這種事情，誰也沒有教導過。

避免政治是身為軍人的義務。雷魯根自己也累積了非常多身為善良的個人，同時也是邪惡組織人的經驗……但終究是作為手腳。

如今，令人驚訝的是，在雷魯根這名帝國軍上校的心中，對於「政治」的關心開始胎動了。撲通撲通的心跳聲。

「應該要壓抑下來」，是帝國軍人當初最先學到的一件事。早已反覆學習到足以內化成為自身的價值觀了。正因為如此，自己心中那感情性的聲音，才會堅決大喊著要求自制。

「……我該怎麼做才好。」

明明是這樣，但腦袋、理性卻打算擺脫感情的制止向前衝。這種事情，將這種事情，在自己的腦中堅決認為是對的。

述說著，要是政治家是錯的，那麼軍方、軍人，就該去「修正」這個錯誤吧。

正因為他是雷魯根上校，而且，也無法一直無視著綿延不絕流動的奇妙流向。參謀本部的氣氛足以讓人感到異常。

也不能裝作是看不懂長官意圖的木頭人。會有個限度在。

「……預備計畫嗎？」

對於主要目標失敗的人來說，這還真是讓人鬱悶。預備，就想讓它一直預備下去。然而，卻深深地認為這是個有希望的計畫。

「主與我們同在嗎？要順著那個主的希望，更加地向前衝嗎？沒注意到最好的時刻，相信會給予結束的結果卻是這個啊。」

應該打開活路了。

芝麻開門。

在那個萊茵戰線的戰爭藝術，是怎樣也無法忘記。引誘敵野戰軍，一如字面意思的將主力完全殲滅。

建國以來，帝國軍所盼望、渴望，持續夢想的藉由讓敵野戰軍喪失戰力的議和，只差一小步就能實現了。

……如今深深地覺得，那已是非常遙遠以前的事情了。

相信戰爭勝利了。

當時甚至還真的能去思考戰後的事。儘管如此，如今還真是驚人啊！

「只要知道東部，就能夠理解。地獄會喚來地獄。所謂的總體戰，就是凡事都不值得驚訝。還真是因果報應吧。我們得去收割自己播下的種子。」

鐵與血。

這是建國的由來，但想要拯救被捲入大戰風暴的祖國，居然會「不夠」嗎？將年輕人，有著大好前程的人，悉數推入統計學的死亡之中，就彷彿是注入一切國力，傾倒在聯邦的泥濘上一般的愚行。

然而，還是不夠。

難以置信的是，戰爭這頭貪婪的怪物，在將故鄉的年輕人盡數吞噬掉後，仍在持續高喊著「不夠」。哎，還真是不愉快的現實。無止盡地持續擴大的戰線、接連散播的絕望，還有始終不斷地背叛預期的驚人現實。

居然會變成這樣，居然會掀開這種世界的序幕！

有誰會知道？在諾登紛爭時，除了那傢伙之外，有誰會想到？這種惡夢，這種瘋狂，竟會激起這種風暴！

「……防備一切可能發生之事。這是軍人的職責。是向祖國與帝室宣誓的自身義務。必須盡到義務。」

只要說是身為將校的義務，就沒什麼好說了吧。

自己，雷魯根這名上校是優秀的齒輪，就只是個齒輪。然而，當不容許再繼續是一介齒輪時，所要求的義務也會改變嗎？

「……能允許我維持不變嗎？要盡到我，不對，是我們所背負的義務，最佳解答究竟是在哪一條道路上？」

佩掛的參謀飾繩，述說著自己是名參謀將校。必須盡到這份義務。只不過，該盡到的義務是什麼？軍人介入政治是義務嗎？作為一般的「參謀將校」保持沉默是義務嗎？

要用環境已變作為藉口是很簡單。但是，唯有義務會永遠伴隨著自己。明明就連該盡到怎樣的義務都不知道，卻被必須盡到應盡義務的責任感，深深折磨著自己。

啊，該死。

軍人的我不得不介入政治嗎？還是必須對政治的毫無作為保持沉默？

兩邊都是最壞的選擇。是最壞與次壞。兩邊都是狗屎。

「要我選擇嗎？不選……不行嗎？」

朝窗戶看了一眼，是苦澀的表情。悽慘的臉。就像在說自己是全世界最不幸的人一樣的愁眉苦臉。

浮現在玻璃上的臉，雖是自己的，卻還真是非常難看。

這不是一臉精疲力盡嗎？該作為楷模的將校，就算置身困境也要虛張聲勢，儘管是這樣教導的……但沒有的東西，就是擠不出來嗎？

笑吧。

就算命令表情肌，努力地想要一笑置之，精力也枯竭了。

「該走哪一條道路，太陽才會再度升起？」

就在這裡，雷魯根上校反駁起自己的話。

「……會升起嗎？」

對自己的自問自答。

沒有人不希望早晨到來。但實際上，早晨會來嗎？明天能迎來早晨吧；下個月也可以吧；一年後也認為總會有辦法的。

但是，接下來呢？

帝國的將來會怎樣？

等在前方的，難道不是夜晚嗎？

「……悲觀主義嗎？難怪參謀教育會教導我們這是禁忌呢。」

只要窺看窗戶玻璃，就是一張憔悴不已的臉。還真是悽慘。要迎來夜晚，實在是太不可靠了。

「……夜晚嗎？真是討厭呢。但是，又有誰能逃得了夜晚？」

（《幼女戰記⑨　Omnes una manet nox》　結束）

Appendixe

附錄

【歷史概略圖】

歷史概略圖

①

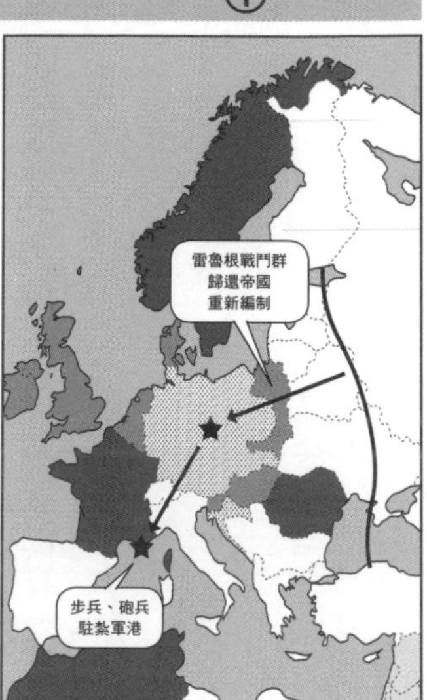

於東西戰線的膠著

在西方的迎擊戰，皆造成帝國與共和國的嚴重損耗。

在東方的防衛戰，以空間換取時間，維持著膠著狀態。

帝國軍的狀況漸漸變成以維持兩戰線的現狀為目的。

※雷魯根戰鬥群，離開東部至本國開始重新編制

②

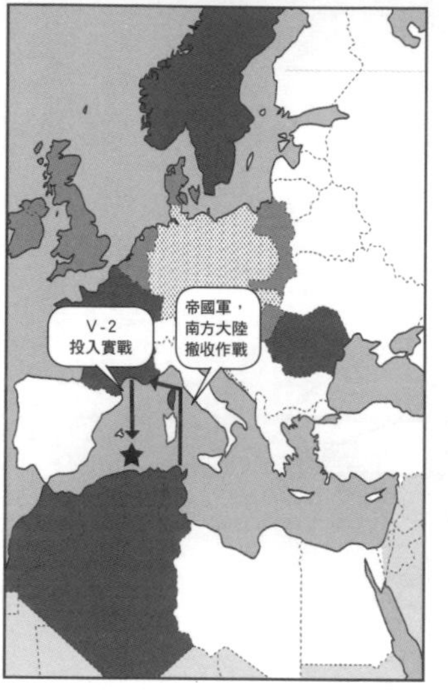

南方大陸的撤退作戰

透過義魯朵雅仲介的撤兵交涉實質受挫。接受事態，帝國軍參謀本部做好與聯合王國艦隊衝突的覺悟，決定撤兵。

第二〇三航空魔導大隊受領V-2。為支援南方大陸方面的撤兵分別派遣。

隨後，在內海海上與聯合王國戰隊衝突。以V-2對包含主力艦在內的敵戰艦造成極大損害。

③

交流事業

第二〇三航空魔導大隊以及潛艦在義魯朵雅入港。

致力於諸如中立同盟國的款待，雙方拜會等禮儀性交際。

聯合王國突擊部隊以及雷魯根戰鬥群主力，在以軍港為中心的攻防戰中衝突。儘管勉強擊退，卻也暴露出帝國腹部的脆弱。

總評

以主導權歸屬為中心交戰的天秤，依舊保持著危險的抗衡狀態。

有關行動的自由，帝國的主體性非常明瞭。

唯一的問題在於主體性的活用方式。

目前的帝國，逐漸深刻地需要「勝利」。

後記

大家好，午安，晚安。我是カルロ・ゼン。

該不會是一口氣買了九本幼女戰記吧？祝福這樣的你有著幸福的未來。並向各位讀者獻上一如往常的感謝。

時光飛逝，考慮到時代的洪流，幾個月的事就宛如蝴蝶之夢。

儘管真是難以置信，但不管怎麼說，我自認為第九集大概會在秋季發售（註：此指日本）吧。

仔細想想，這個結果就一如我在去年六月操守堅定的自我宣言。稍微晚發售一事誇張到讓我過意不去，在此重新向各位讀者賠不是。

然後，能向各位報告「劇場版新作動畫」正在製作的消息，是不幸中的大幸吧。而正在忙於這件事……是作為藉口的材料啊。

幼女戰記居然能到電影院打擾……？儘管半信半疑，但我會不愧於魔法＋幼女＋天空的王道派，努力表現的。

能走到這一步，也全是靠著眾人的力量。這次也得到了許多人的協助。

插畫家篠月老師、擔任設計的椿屋事務所、校正的東京出版服務中心、責編藤田大人及玉井大人，感謝各位的協助。

然後，要向對我容易拖稿一事予以海涵的各位讀者獻上賠罪與感謝。關於劇場版，真的有許多話想說，但基於紙面與工作道義的因素，請容我在此省略。

等到能發布後續消息時，我會大肆宣傳的。希望到時各位能以溫柔的眼光守候。

那麼，今後還請多多指教了。

二〇一八年一月　カルロ・ゼン

被捲進
政治宣傳照的
拍攝當中了？
Magical☆Visha！
（參照第五集後記）

©2015 Touno Mamare

Kadokawa Light Novels

記錄的地平線 1~10 待續

作者：橙乃ままれ　插畫：ハラカズヒロ

為了回到原來的世界，
城惠尋找和「月球」通訊的方法！

成惠2在信中提到第三方存在〈航界種〉，還有危害〈大地人〉的怪物〈典災〉。面對各種問題，克拉斯提缺席的圓桌會議遲遲沒能達成共識。要回到原本的世界還是拯救大地人？同時，城惠挑戰位於澀谷迷宮的大規模戰鬥，尋找和「月球」通訊的方法。

各 **NT$220~250/HK$60~75**

台灣角川

Kadokawa Light Novels

OVERLORD 13 The paladin of the Holy kingdom Kugane Maruyama illustration by so-bin

OVERLORD
Kadokawa Fantastic Novels
13 聖王國的聖騎士 下 丸山くがね

OVERLORD 1~13 待續

作者：丸山くがね　插畫：so-bin

安茲·烏爾·恭死亡──！
由正義引導的第十三集登場！

聖王國遭亞人類聯軍包圍。雖然在聖王國最強聖騎士──蕾梅迪奧絲的指揮下執行防衛作戰，但人類軍依然無法阻擋亞人類的蹂躪。為了達成約定，魔導王安茲隻身面對魔皇亞達巴沃及女僕惡魔。遭紅蓮火焰包覆的聖王國能夠獲得救贖嗎──

各 NT$250~350/HK$75~105

台灣角川

國家圖書館出版品預行編目資料

幼女戰記. 9, Omnes una manet nox / カルロ.ゼン作 ;
薛智恆譯. -- 初版. -- 臺北市 : 臺灣角川, 2019.01
面 ; 公分
譯自 : 幼女戦記. 9, Omnes una manet nox
ISBN 978-957-564-675-2(平裝)

861.57 107019780

幼女戰記 9
Omnes una manet nox

（原著名：幼女戰記 9 Omnes una manet nox）

2019年1月19日　初版第1刷發行
2021年1月11日　初版第3刷發行

作　者：カルロ・ゼン
插　畫：篠月しのぶ
譯　者：薛智恆

發行人：岩崎剛人
總編輯：蔡佩芬
編　輯：陳書萍
美術設計：胡芳銘
印　務：李明修（主任）、張加恩（主任）、張凱棋

發行所：台灣角川股份有限公司
地　址：105台北市光復北路11巷44號5樓
電　話：（02）2747-2433
傳　真：（02）2747-2558
網　址：http://www.kadokawa.com.tw
劃撥帳戶：台灣角川股份有限公司
劃撥帳號：19487412
法律顧問：有澤法律事務所
製　版：巨茂科技印刷有限公司
ISBN：978-957-564-675-2